AF304341

Die gebürtige Westfälin **Dorothea Stiller** entdeckte schon früh ihre Liebe zum geschriebenen Wort und zur Sprache. Nach dem Studium der Anglistik und Germanistik arbeitete sie zunächst fünfzehn Jahre als Lehrerin, bis sie ihre große Leidenschaft zum Beruf machte und seither als freiberufliche Autorin, Lektorin und Übersetzerin sowie Dozentin für Kreatives Schreiben und Literatur ihre Brötchen verdient. Die zweifache Mutter lebt mit ihrer Familie und Katze »Schnappi« am Rande des Ruhrgebiets und fühlt sich in verschiedenen Genres – ob Liebesroman, Historisches, Krimi oder Jugendbuch – zu Hause.

DOROTHEA
STILLER

ROCKSTAR

VERLIEBT IN
LONDON

Überarbeitete Neuausgabe März 2021

© 2021 dp Verlag, ein Imprint der dp DIGITAL PUBLISHERS
GmbH

Made in Stuttgart with ♥
Alle Rechte vorbehalten

Rockstar Kisses

ISBN 978-3-96817-634-5
E-Book-ISBN 978-3-96817-614-7

Copyright © 2018, dp Verlag, ein Imprint der dp DIGITAL PUBLIS-
HERS GmbH
Dies ist eine Neuausgabe des bereits 2018 beim dp Verlag, ein
Imprint der dp DIGITAL PUBLISHERS GmbH, erschienenen Titels
London Love – Herz über Kopf (ISBN: 978-3-96087-443-0)

Copyright © 2016, Forever
Dies ist eine überarbeitete Neuausgabe des bereits 2016 bei Forever
erschienenen Titels Love on Air – Verliebt in London (ISBN: 978-3-
95818-063-5).

Covergestaltung: Anne Gebhardt
Umschlaggestaltung: ARTC.ore Design
Unter Verwendung von Abbildungen von
© shutterstock.com: © viewgene, © ilolab, © carlosr710, © 4 PM
production, © Bokeh Blur Background
Lektorat: Ruth Papacek
Satz: dp DIGITAL PUBLISHERS GmbH
Druck und Bindung: Books on Demand GmbH, Norderstedt

1

Das Erste, was Sarina an diesem Morgen spürte, war das leise Dröhnen in ihrem Kopf, welches davon zeugte, dass es gestern ein paar Gläser zu viel gewesen waren. Doch noch etwas durchdrang die wattigwollige Schlaftrunkenheit und kitzelte ihre Nase: Es war der Duft seines Parfums. Sie streckte sich, wagte aber nicht, die Augen zu öffnen, aus Angst, es könnte alles nur ein Traum gewesen sein. Sie fühlte sich angenehm matt und wider Erwarten kopfschmerzfrei. Das mussten die Endorphine sein. Eine Flut von Bildern strömte durch ihr noch immer cocktailtrunkenes Hirn, und unwillkürlich musste sie lächeln. Eine wundervolle Nacht! Fast zu schön, um wahr zu sein. Sie und er. Sarina und Leo, ihr perfekter Traummann. Der, den sie vor rund zehn Jahren bereits beim Universum bestellt hatte. Und er lag hier in ihrem WG-Zimmer, in ihrem Bett.

Sarina rollte sich auf die Seite, streckte den Arm aus und ertastete: nichts. Die Matratze neben ihr fühlte sich kühl an. Ungläubig blinzelte sie ins Halbdunkel ihres Schlafzimmers. Die andere Bettseite war leer.

Sarina setzte sich ruckartig auf, was ihr Magen ihr für einen Moment übelnahm. Sie atmete ein paar Mal tief durch die Nase ein und aus, und das flaue Gefühl legte sich wieder. Hatte sie vielleicht doch nur geträumt? Ihr verschwommener Blick schweifte durch den Raum und suchte nach Hinweisen. Ohne ihre Kontaktlinsen sah sie zwar nicht besonders gut, aber ihre Klamotten von gestern Abend lagen tatsächlich wild verstreut auf dem Boden, und wenn sie nicht alles täuschte, baumelte ihr neuer roter Push-up-BH von der Schreibtischlampe. Nein, sie hatte eindeutig nicht geträumt. Während sie noch darüber nachdachte, ob er sich klammheimlich aus dem Staub gemacht hatte, fiel ihr auf, dass nebenan im Bad die Dusche rauschte. Sie lächelte, schlüpfte aus dem Bett, zog sich einen Slip und ein T-Shirt an und lief in den Flur. Als sie vor der Badezimmertür stand, hörte sie, wie die Dusche abgestellt wurde. Kurz darauf ertönte das metallische Klirren der Duschvorhangringe.

Fast zärtlich klopfte sie mit dem Fingerknöchel an die Tür.

„Leo? Ich setze Kaffee auf. Möchtest du auch einen?"

Drinnen war das Rascheln eines Handtuchs zu hören. Dann öffnete sich die Tür und der Kopf ihrer Mitbewohnerin Kathi erschien, deren Haare zu einem pinkfarbenen Frotteeturban aufgeschlungen waren.

„Ich heiße zwar nicht Leo, aber einen Kaffee nehme ich gerne", sagte Kathi grinsend.

„Haha, sehr lustig, Kathi!"

Sarina gab einen Grunzlaut von sich und verschwand in Richtung Küche. Auf dem Weg streifte ihr Blick eine neonpinkfarbene Haftnotiz an der Haustür. Sarina zupfte das Zettelchen ab und las:

Ich musste los. Sei mir nicht böse. Wir sehen uns! Leo

Sarina zog die Nase kraus und las noch einmal. *Wir sehen uns?* Was hatte das nun zu bedeuten? Hieß das, dass er sie wiedersehen wollte, oder war das nur eine höfliche Umschreibung für „Vielen Dank für den One-

Night-Stand – bis irgendwann mal"? Während sie noch über Leos Notiz grübelte, tauchte Kathi im Flur auf.

„Dann war Leo noch mit hier? Wann wart ihr denn zu Hause?" Sie schaute sich um. „Und wo steckt er?"

Wortlos hielt Sarina ihrer Freundin Leos Zettel unter die Nase.

Kathi runzelte die Stirn. „Okayyy ...", sagte sie gedehnt. „Heißt das jetzt, das war eine einmalige Sache?"

Sarina zuckte mit den Schultern. „Keinen Schimmer. Das wüsste ich ja auch gerne."

„Warum rufst du ihn nicht an?", schlug Kathi vor.

„Du bist lustig. Ich habe doch seine Nummer gar nicht." Sarina zerknüllte die Notiz in der Hand und betrat die Küche.

„Ich brauche jetzt erst einmal einen Kaffee."

Missmutig starrte Sarina in ihre Tasse, während sie das zusammengeknüllte Post-it wie einen Fußball mit dem Finger auf dem Tisch hin und her schnippte.

„Warum hab ich ihn denn nicht nach seiner Nummer gefragt?"

„Na ja, sieh es positiv!" Kathi grinste. Ihr gelang es meistens, den Dingen noch eine heitere Seite abzugewinnen. „Du bist schon erheblich weiter als die meisten anderen, die nach einer Party mit jemandem im Bett landen. Immerhin kennst du seinen Namen."

„Sehr witzig, Kathi." Ärgerlich schnippte Sarina das Papierbällchen gegen Kathis Kaffeetasse. „Ich könnte ausflippen. Jetzt hatte ich überhaupt keine Chance, ihm zu sagen, was ich für ihn empfinde."

„Das ist auch so etwas." Kathi nippte an ihrem Kaffee. „Warum bist du dir eigentlich so sicher, dass Leo der Mann deines Lebens ist? Genau genommen kennst du ihn doch so gut wie gar nicht und hast kaum mehr als ein paar Worte mit ihm gewechselt.“

Sarina stieß einen langen Seufzer aus und nahm ebenfalls einen Schluck Kaffee.

„Das ist eine lange Geschichte.“

„Schieß los, ich hab Zeit.“ Kathi deutete mit dem Kinn in Richtung Kühlschrank. „Der Putzplan sagt, dass ich heute mit dem Bad dran bin. Jede Ausrede, die mir hilft, mich davor zu drücken, ist willkommen.“

Sie wackelte mit den Augenbrauen, womit sie Sarina ein kleines Lächeln entlockte.

„Sag mal, hast du eigentlich irgendwann auch mal schlechte Laune?“

„Nö.“ Kathi schüttelte vehement den Kopf. Der Handtuchturban, der bis dahin immer noch auf ihrem Kopf gethront hatte, glitt zu Boden und ihre schwarzen Locken fielen ihr auf die Schultern. „Das Leben ist zu kurz, um es mit mieser Laune zu verschwenden. Also los, erzähl.“

Sie angelte mit den bloßen Füßen nach dem Handtuch, bekam es mit den Zehen zu fassen und grinste triumphierend, als sie es mit einer geschickten Verrenkung in ihre Hand befördert hatte.

„Ich fürchte, da muss ich ein bisschen ausholen“, begann Sarina ihre Erzählung.

Sarina war dreizehn Jahre alt und schrecklich verliebt in Nils. Er war toll: groß, sportlich, lässig, selbstbewusst, hatte wunderschöne, meergrüne Augen und dunkle Locken. Im Basketball war er unschlagbar, und er war der Leadgitarrist der Schulband. Nils war von vorne bis hinten ein Traum, und Sarina liebte ihn mit jeder Faser ihres jugendlichen Herzens – doch leider vergebens. Die beginnende Pubertät hatte ihr übel mitgespielt. Sarina kämpfte noch mit dem Babyspeck, da bescherten ihr die Hormone auch schon Pickel. Immer genau dann, wenn es besonders ungünstig war, und immer an prominenten Stellen. Mal am Kinn, mal auf der Nase, mal auf der Stirn oder, wie an dem Tag, als das Klassenfoto gemacht wurde, an allen drei Stellen gleichzeitig. Sie hatte sich von einem ambitionierten Friseur zu einem Pixie-Cut überreden lassen, der ihr leider überhaupt nicht stand, und mit dem sie aussah wie ein Junge. Und als hätte das nicht vollkommen gereicht, bekam sie noch Brille und Zahnspange verpasst. Kurzum, sie sah aus wie ein kleiner, pummeliger Junge mit Brille und Zahnspange. Und Nils – ein typischer Vierzehnjähriger – hatte das Konzept der inneren Werte noch nicht verstanden. Er flog auf die langen blonden Locken und den bereits deutlich erkennbaren Busen von Janina.

Sarina hatte schreckliche Angst gehabt, für immer ungeküsst zu bleiben. Also hatte sie sich auf Sandra Adamczyks Karnevalsfeier erbarmt und Dennis geküsst, den etwas zu kurz geratenen Klassenclown. Immerhin hatte er hübsche braune Augen und einen tollen Sinn für Humor. Das hatte sich Sarina zumindest gesagt, als sie ihn geküsst hatte. Es war nass gewesen. Nass und schlabberig. So, als hätte man eine Nacktschnecke abgelutscht. Eine Nacktschnecke, die nach einer aparten Mischung aus Erdnussflips und Juicy-Fruit-Kaugummi schmeckte. Bis zum heutigen Tag machte Sarina einen weiten Bogen um beides.

Und an jenem Abend hatte sie sich geschworen, nie wieder Kompromisse einzugehen, was die Liebe anging. War er nicht perfekt, war er nicht für sie.

Am nächsten Tag hatte sie sich hingesetzt und eine Postercollage von ihrem perfekten Traumprinzen gebastelt. Aus Mädchenzeitschriften ausgeschnitten, mit den Eigenschaften ihrer Lieblings-Buchhelden versehen, die sie in Stichpunkten auf dem Bild notiert hatte. Ihr perfekter Mann war groß, hatte dunkle Locken und grüne Augen – genau wie Nils. Er war natürlich sportlich. Nach Möglichkeit war er ein Prinz – oder wenigstens adelig. Zur Not auch Schauspieler oder Popstar. Modisch gekleidet musste er sein, ein strahlendes Lächeln haben und schöne Zähne. Pianistenhände! Jedenfalls keine Pranken, keine ungepflegten Nägel oder schwitzigen Handflächen. Er würde mehrere Fremdsprachen sprechen. Und selbstverständlich war er auch nicht arm. Er musste Bücher lieben, intelligent sein, romantisch und Nichtraucher. Und natürlich musste er küssen können. Küssen und dabei weder nach Erdnussflips noch nach Fruchtkaugummi schmecken! Gut riechen sollte er auch. Weder nach Schweiß oder sonstigen Ausdünstungen, noch nebelte er sich mit aufdringlichen Düften ein. Ein guter Tänzer musste er sein, höflich und respektvoll. Er würde niemals ungeniert oder zur Unterhaltung anderer rülpsen, pupsen oder popeln. Sein Verständnis von Humor wäre es auch nicht, Furzgeräusche mit der Achselhöhle zu erzeugen. Stil und Klasse würde er haben, einfach … rundum perfekt sein! Sarina besprühte ihr Machwerk noch mit ein paar Spritzern der Parfumprobe, die ihr Vater neulich in der Drogerie bekommen hatte und die wahnsinnig gut roch. Anschließend verstaute sie den Papier-Traummann feierlich in einem Karton, den sie bemalte und mit Glitzer bestreute. Dann hatte sie ihre Wunschbox unter dem Bett verstaut und sich darauf gefreut, dass ihr das Universum bald den bestellten Traumprinzen liefern würde.

Mit den Jahren waren Sarinas Haare gewachsen, Pickel und Babyspeck hatten sich verflüchtigt, die Zahnspange war entfernt worden, und Sarina hatte ihre Mutter überreden können, die Brille durch Kontaktlinsen zu ersetzen, als sie in den Schwimmverein eingetreten war. Mittlerweile war Sarina beim männlichen Geschlecht deutlich im Kurs gestiegen. Ihr honigblondes Haar fiel in weichen Wellen über ihre Schultern, ihre langen, schlanken Beine machten sowohl in Jeans als auch im Minirock Eindruck, und ihre graugrünen, nunmehr brillenlosen Augen leuchteten unter dichten, dunklen Wimpern.

Sarina hatte sich nach Kräften bemüht, ihre Ansprüche in Sachen Traummann hochzuhalten, wenn sie auch über die Jahre einige ihrer Forderungen als optional – da unrealistisch – eingestuft hatte. Etwa die Sache mit dem Prinzen, Rockstar oder Schauspieler.

Dennoch hatte sie stets Abstriche machen müssen. Den strengen Traummann-Kriterien ihres dreizehnjährigen Selbst hatte bisher niemand in allen Punkten standhalten können. Ob das der Grund dafür war, dass ihre Beziehungen nie von langer Dauer und pauschal betrachtet enttäuschend waren, konnte Sarina nicht sagen.

Schließlich lernte sie zu Beginn ihres Studiums auf einer Party Joachim kennen. Er war der Freund eines ihrer Mitbewohner. Damals hatte sie noch in ihrer ersten Studenten-WG gewohnt. Joachim schien wie für sie gemacht. Bis auf die Haarfarbe erfüllte er so gut wie alle Kriterien auf ihrer Liste. Doch nach ein paar Monaten hatte sie feststellen müssen, dass nichts von dem, was er ihr über sich erzählt hatte, stimmte. Offenbar hatte er in ihrem Zimmer herumgeschnüffelt, war auf ihre Wunschkiste gestoßen und hatte ihr den perfekten Traumprinzen vorgespielt. Daraufhin hatte sie die Kiste in eine spinnenverseuchte Ecke auf dem Dachboden ihres Elternhauses verbannt.

Sarina fürchtete fast, sie habe sich mit der Traummann-Wunschkiste unbeabsichtigt selbst mit einer Art Fluch belegt. Gib acht, was du dir wünschst – hieß es doch. Doch wie wurde man so einen Fluch wieder los? Sarina war überzeugt, es gäbe nur einen Weg: Sie musste den Wunschkisten-Traummann finden. Dann erst würde sich ihr Liebesschicksal zum Guten wenden.

Schon hatte sie sich als verbitterte alte Jungfer enden sehen, als unverhofft Leo in ihr Leben gestolpert war – und zwar wörtlich, über ihre ausgestreckten Beine im überfüllten Seminarraum. Sie hatte ihm geholfen, seine verstreuten Siebensachen aufzuheben – unter anderem eine spanische Taschenbuchausgabe von *Hundert Jahre Einsamkeit* von Gabriel García Márquez (gleich zwei Haken auf der Traummann-Liste: Bücher und Fremdsprachen). Der Blick aus seinen wundervollen, graugrünen Augen hatte Sarina wie der Blitz getroffen, und ein leiser Hauch eines Duftwassers, das genauso roch wie ihr Traummann-Duft, hatte ihre Nase gekitzelt. So dezent und leicht, dass sie sich am liebsten an seine Brust geworfen und ihre Nase in seinem Hemd vergraben hätte, um den Duft aufzusaugen. Seine schwarzbraunen Locken waren ihm neckisch in die Stirn gefallen, als er sich mit einem strahlenden Lächeln und einem warmen, trockenen Händedruck bedankt und auf einem freien Stuhl zwei Plätze weiter niedergelassen hatte. Natürlich hatte Sarina gleich auf der Anwesenheitsliste nachgesehen und wusste seither, wie er hieß: Leo. Leo von Wietersheim. Wenn schon kein Prinz, so klang sein Nachname wenigstens adelig. Und dann hatte sie auf einem Plakat im Mensa-Foyer entdeckt, dass Leo in der Theatergruppe „The Bard's Players" den Hamlet gab. O Gott! Auch noch Schauspieler! Seither hatte sie ihn intensiv beobachtet und ihn – zu ihrem Entzücken – auch noch nie mit einer Zigarette oder beim Popeln erwischt. Leo war wahrhaftig der fleischgewordene Wunschkisten-Mann. Aus diesem Grund sehnte Sarina die Mittwochnachmittage herbei wie andere das Wochenende. Mit verträumtem Blick saß sie jeden Mittwoch im Seminar für Mediengeschichte und Medienästhetik und brachte die neunzig Minuten damit herum, jede seiner Bewegungen zu beobachten, während sie Blümchenranken und Herzchen in ihren Collegeblock kritzelte. Die perfekte Blaupause ihrer Träume war unerwartet über ihre Beine gestolpert. Es musste einfach Schicksal sein.

Leider hatte die Sache zwei kleine Schönheitsfehler. Einer davon war Sarinas notorische Schüchternheit, was Männer anging. Sie hatte sich schon so oft vorgenommen, ihn anzusprechen und zu fragen, ob er mit ihr in die Mensa oder in die Cafeteria gehen wollte. Aber sie hatte jedes Mal gekniffen.

Die einzigen Worte, die sie bislang mit ihm gewechselt hatte, waren ein paar launige Kommentare vor dem Seminar gewesen, wenn sie noch in Grüppchen zusammenstanden und auf den Dozenten warteten.

Sicher hätte sie sich eines Tages ein Herz gefasst und ihn angesprochen, wäre da nicht Schönheitsfehler Nummer zwei gewesen. Merle, die attraktive Brünette, die ihn immer nach dem Seminar abholte. Seine Freundin. Sarina kannte sie flüchtig aus der Ringvorlesung „Positionen der Medienwissenschaft". Sie war total nett und taugte noch nicht einmal zum Feindbild. Doch gestern auf der Semesterabschlussparty der Medienwissenschaftler hatte sich das Blatt gewendet.

Sarina hatte mit Kathi und Inga schon während des Stylings ordentlich mit Hugo vorgeglüht, und so waren sie bester Laune und etwas übermütig auf der Party eingetroffen, wo sie sich gleich eine Runde Cocktails gönnten und die Tanzfläche unsicher machten.

„Puh! Ich brauche eine Pause!", stöhnte Sarina, und die drei Freundinnen suchten sich ein ruhiges Eckchen am anderen Ende der Tanzfläche, um eine Weile zu verschnaufen und das Feld zu sondieren.

„Ist das da drüben nicht dein Leo?"

Inga deutete zur Bar, bei der Leo mit ein paar Kommilitonen stand.

„Er ist nicht *mein* Leo. Er ist Merles Leo", seufzte Sarina.

„Sie scheint aber heute nicht dabei zu sein", sagte Kathi und schaute sich um.

„Und ich finde, er sieht irgendwie traurig aus", sinnierte Inga.

„Wunschdenken!", wehrte Sarina ab. „Hört bloß auf, mir falsche Hoffnungen zu machen. Vielleicht hatte sie keine Lust auf die Party oder sie ist bloß kurz auf der Toilette."

„Papperlapapp!" Kathi wedelte ungelenk mit der Hand in der Luft herum. Ihre Wangen hatten schon dieses verräterische Glühen, das sie immer annahmen, wenn Kathi etwas zu tief ins Glas geschaut hatte. „Was hast du schon zu verlieren? Schlimmstenfalls holst du dir einen Korb. Es nützt doch nichts, wenn du ihn bloß aus der Ferne anschmachtest."

Inga nickte und sah Sarina herausfordernd an. „Also, irgendwie hat Kathi ja recht. Wann, wenn nicht jetzt? Wo, wenn nicht hier?" Sie knuffte Sarina in die Seite. „Na, komm schon. Worauf wartest du?"

„Ich weiß nicht ..." Sarina verschränkte die Arme vor der Brust. „Was soll ich denn sagen? ‚Hallo, ich bin die Sarina und du bist der Mann meines Lebens'?"

„Quark. Für den Anfang reicht es, wenn du ihn einfach fragst, ob er Lust hat, mit dir zu tanzen", meinte Inga grinsend.

Sarina schien kurz zu überlegen. Dann schüttelte sie den Kopf. „Nein. Das ist doch total aufdringlich."

„Jetzt oder nie!", platzte es etwas zu laut aus Kathi heraus und noch bevor Sarina sie festhalten konnte, war sie losgelaufen und quer über die Tanzfläche auf Leo zugestolpert.

„Ach du Scheiße! Bitte nicht!", entfuhr es Sarina. Sie wagte es kaum, hinzusehen, als Leo den Blick hob und sie prüfend über Kathis Schulter hinweg taxierte. Ein amüsiertes Lächeln breitete sich auf seinen Lippen aus.

„Verdammt, ist das peinlich! Inga! Ich muss hier raus!", stieß Sarina hervor.

„Zu spät. Er kommt rüber", kicherte Inga und stieß ihr den Ellenbogen in die Seite.

„Na toll!", schimpfte Sarina. „Ihr findet das natürlich ungemein witzig."

Sie wünschte sich im Augenblick nichts sehnlicher, als dass sich der Boden auftun und sie verschlucken möge.

Leo hielt breit grinsend auf sie zu. Er legte ihr leicht die Hand auf die Schulter und beugte sich zu ihr herunter.

„Hi! Ich bin Leo", raunte er in ihr Ohr. Sein Atem kitzelte angenehm. „Ich habe gehört, hier wird noch ein Tanzpartner gesucht?"

„Ich bin Sarina. Gott, das ist mir so peinlich!", stöhnte Sarina. „Meine Freundin ist schon ziemlich betrunken. Ich hoffe, du denkst nicht ..."

„Ach, Quatsch", unterbrach Leo sie und lächelte schelmisch. „Das Denken hab ich nach dem zweiten Cocktail für heute Abend vorläufig eingestellt. Außerdem fand ich es irgendwie süß! Was ist nun? Wollen wir?" Er zwinkerte, reichte ihr die Hand und deutete mit der anderen auf die Tanzfläche.

„Ach, was soll's?", murmelte Sarina und ließ sich von Leo mitziehen.

Sie drängelten sich zwischen die Tanzenden und ließen sich vom Rhythmus der Musik anstecken. Sarina war froh, nicht mehr ganz nüchtern zu sein. Sie fühlte sich angenehm enthemmt und würde ihre Gesichtsfarbe auf den Alkohol und die Wärme schieben können. Sie grinste verlegen, ließ die Zunge aus dem Mund hängen und zupfte mit zwei Fingern an ihrem Top, als müsste sie sich selbst Luft zufächeln.

„Ganz schön warm hier!", brüllte sie über die Musik hinweg.

Leo griff nach ihrer Hand und wirbelte sie herum, so dass sie rücklings in seinen Armen landete.

„Ich würde sogar fast sagen ... heiß!"

Sein Mund war dabei so nah an ihrem Ohr, dass ihr ein Kribbeln über die Haut lief. Abermals drehte er sie, stieß sie sanft von sich, ließ sie aber nicht los. Er lachte und drückte ihre Hand. Leo war ein guter Tänzer, bewegte sich fließend und im Rhythmus der Musik. Die meisten Typen traten vollkommen hüftsteif auf der Stelle von einem Fuß auf den anderen und bewegten höchstens leichte den Kopf. Leo war anders. Er hatte Rhythmusgefühl und konnte sich bewegen. Wieder ein Haken auf Sarinas Liste.

Sie tanzte näher an ihn heran, wiegte die Hüften und ließ ihre honigblonde Mähne herumwirbeln. Leo fasste sie sanft an den Hüften und wiegte sich mit ihr, seine grünen Augen waren fest auf sie geheftet. Genau in diesem Moment endete das Musikstück und es setzte eine langsamere Nummer ein. Der Augenblick war absolut perfekt. Sarina kam *La Boum* in den Sinn – die Szene, in der Mathieu Vic die Kopfhörer aufsetzt und mit ihr Klammerblues tanzt, während eigentlich eine schnelle Rock'n'Roll-Nummer gespielt wird. Sarina schmiegte sich in Leos Arme und konnte ihr Glück kaum fassen. Wenn es nach ihr gegangen wäre, hätte das langsame Stück ewig dauern können, doch es war viel zu kurz.

Lächelnd griff Leo nach ihrer Hand.

„Kommst du mit raus? Ein bisschen frische Luft schnappen?"

Sie setzten sich auf die Treppenstufen vor dem Gebäude. Es war eine laue Juninacht, die Sterne funkelten über ihren Köpfen, eine angenehme Brise streichelte ihre erhitzte Haut. Über der Wiese tanzten Glühwürmchen.

„Man glaubt gar nicht, dass es nachts zwischen diesen Betonklötzen so schön sein kann", brach Leo das Schweigen.

Sarina lächelte. „Das stimmt. Tagsüber sollen wir ja auch fleißig studieren."

„Du, es gibt da etwas, das ich dir sagen muss", begann Leo und sah Sarina unverwandt an. Verflixt! Sarina wappnete sich innerlich. Jetzt würde er den schönen Traum zerstören, indem er das Gespräch auf seine Freundin Merle brachte.

„Also, das klingt jetzt wahrscheinlich ein bisschen doof. Ich hoffe, du denkst nicht schlecht von mir", sagte Leo und wuschelte sich verlegen durch die dunklen Locken. „Ich habe mich total gefreut, als deine Freundin mich eben angesprochen hat. Du bist mir nämlich schon im Seminar aufgefallen, bloß ..."

Sarina schluckte. Jetzt würde unweigerlich die Seifenblase platzen.

„Also, na ja, da war ich noch mit meiner Ex zusammen."

Sarina hatte das Gefühl, ihr Herz habe einen Schlag übersprungen. Seine Ex? Bedeutete das etwa, er war nicht mehr mit Merle zusammen? Sie gab sich größte Mühe, nicht allzu erfreut auszusehen.

„Es lief schon eine Zeit lang einiges schief", erklärte Leo. „Und vor zwei Wochen hat sie dann die Konsequenzen gezogen."

„Oh. Das tut mir leid", log Sarina.

Leo schüttelte den Kopf. „War definitiv besser so. Ich wusste schon länger, dass es vorne und hinten nicht mehr passte, aber ich habe mich vor der Entscheidung gedrückt. Ich glaube, ihr Frauen habt mehr Mumm als wir, was so etwas angeht."

Sie schwiegen eine Weile und sahen den Glühwürmchen bei ihrem Tanz zu.

„Ich hätte richtig Lust, barfuß über die Wiese zu laufen", sagte Sarina in die Stille.

„Warum tust du es nicht?" Leo legte den Kopf schräg und sah sie herausfordernd an. „Wer als letzter seine Schuhe ausgezogen hat, muss dem Gewinner nachher einen Cocktail spendieren!"

„Tja ... Pech! Das bist dann wohl du!" Sarina lachte, kickte ihre Pumps von den Füßen und lief los. Leo schlüpfte hastig aus seinen Sneakers und lief hinter ihr her.

„Na warte! Ich krieg dich!"

Das Gras kitzelte unter Sarinas Fußsohlen, über ihr funkelten die Sterne und Glühwürmchen umschwirrten sie wie kleine Lampions. Perfekter hätte es nicht sein können. Sarina lief absichtlich langsamer, um Leo aufholen zu lassen. Er erwischte ihren Arm und sie ließ sich ins Gras fallen. Leo plumpste neben sie. Lachend schnappten sie nach Luft. Plötzlich schwebte Leos Gesicht nur wenige Zentimeter über ihrem. Seine Lippen näherten sich. Sarina schloss die Augen. Der Kuss war unbeschreiblich. Süß und fordernd, ein Versprechen auf den Lippen, das angenehm nach Erdbeeren und einem Hauch Salz schmeckte – was vermutlich an der Strawberry Margarita lag, die er zuvor getrunken hatte. Auf jeden Fall weit angenehmer als Erdnussflips und Fruchtkaugummi. Leo schmeckte nach Leidenschaft, nach Freiheit, Urlaub und nach mehr.

Sie hatten sich lange und leidenschaftlich geküsst. Schließlich waren sie noch einmal auf die Party gegangen, hatten sich an der Bar noch einige Cocktails gegönnt, getanzt, geknutscht und gefummelt, bis sie offenbar beschlossen hatten, das Ganze bei Sarina zu Hause fortzusetzen. Der Rest des Abends war eine Folge recht verschwommener Erinnerungen an deren Ende dieser Morgen stand, an dem Sarina nackt in einem Bett aufgewacht war, das nach Leo duftete, während ihr Push-up-BH als stummer Zeuge an der Schreibtischlampe baumelte.

Soweit also die Vorgeschichte. So perfekt der Abend gewesen war, so wenig entsprach sein Ende Sarinas Vorstellungen. Endlich hatte sie ihn gefunden, den Wunschkisten-Mann, hatte ihn geküsst, hatte eine zauberhafte Nacht mit ihm verbracht – doch sie hatte nie die Gelegenheit erhalten, ihm zu sagen, was sie für ihn empfand. Noch hatte diese Liebe keine echte Chance bekommen. Und ehrlich gesagt, in diesem Augenblick sah es dafür auch reichlich mau aus.

Allerdings stand eines für Sarina fest: Sie hatte nicht über zehn lange Jahre auf Leo gewartet, um ihn nun ohne Kampf wieder vom Haken zu lassen. Auch in den romantischsten Filmen war oft nicht beiden von Anfang an klar, dass sie füreinander bestimmt waren, eine Schicksalsliebe hatte immer Hindernisse zu überwinden. Sarina weigerte sich, zu akzeptieren, dass das schon alles gewesen sein sollte. Wahrscheinlich war sie für Leo nur eine Ablenkung gewesen, ein Trostpflaster für die Wunden, die seine Trennung von Merle gerissen hatte. Womöglich hatte sie auch die falschen Signale ausgesendet. Vielleicht hatte sie es zu sehr darauf angelegt, ihn ins Bett zu kriegen, so dass er einen falschen Eindruck von ihr gewonnen hatte. Hieß es nicht immer, man solle nicht gleich beim ersten Date mit einem Mann ins Bett gehen? Wahrscheinlich hatte er geglaubt, sie sei nur auf einen One-Night-Stand aus. Woher sollte er auch ahnen, dass er ihre große Liebe war? Derjenige, auf den sie so lange gewartet hatte, ihr Schicksal, ihr Seelenpartner? All das hatte sie ihm nicht sagen können.

Sie musste dringend mit ihm sprechen. Wenigstens wüsste sie dann, woran sie war. Das war sie sich und ihrer Selbstachtung schuldig. Außerdem war sie sicher, dass das letzte Kapitel zu ihrer Leo-Lovestory noch lange nicht geschrieben war. Es passte alles so perfekt – es musste einfach Schicksal sein! Das, oder das Schicksal hatte einen äußerst schrägen Sinn für Humor. Doch wie, wenn sie seine Telefonnummer nicht hatte, geschweige denn wusste, wo er wohnte? Google und Cyberstalking förderten keine brauchbaren Ergebnisse zutage. Er schien nicht einmal auf Facebook zu sein – jedenfalls nicht unter seinem Klarnamen.

2

Suchend blickte sich Sarina im Seminarraum um. Vielleicht hatte sie ihn bloß übersehen. Nein, nichts. Sie schaute auf die Uhr. Auch das akademische Viertel war schon längst verstrichen, und langsam gab Sarina die Hoffnung auf, dass Leo noch auftauchen würde. Verflucht! Warum hatte sie Samstagnacht nicht mehr daran gedacht, sich seine Nummer geben zu lassen? Allerdings hatte sie zugegebenermaßen auch nicht damit gerechnet, dass er sich am Morgen so schnell aus dem Staub machen würde. Man konnte nicht gerade behaupten, dass die Sache mit Leo so gelaufen war, wie Sarina es sich vorgestellt hatte. Heute war auch noch die letzte Seminarsitzung vor den Semesterferien. Wenn er ihr nicht zufällig auf dem Campus über den Weg lief, hatte sie keine Chance mehr, mit ihm zu sprechen.

Sarina stützte den Kopf in die Hände und versuchte, sich auf das Seminar zu konzentrieren, um sich von den Gedanken an Leo abzulenken. Ihr graute vor der Seminararbeit, die sie in den Semesterferien würde anfertigen müssen. Schließlich hatte sie – Leo sei Dank – von der Veranstaltung herzlich wenig mitbekommen. Sie sollte sich dringend von einem der Kommilitonen die Mitschriften kopieren. Natürlich! Die Semesterarbeit! Sarinas Herz klopfte aufgeregt, als sie sich daran erinnerte, dass sie ihre Adressen auf der Liste hatten eintragen müssen. Das bedeutete, dass Dr. Hörstrup wusste, wo Leo wohnte. Sie würde sich nur eine plausible Story überlegen müssen, warum sie die Anschrift dringend benötigte.

Mit klopfendem Herzen lauerte Sarina Dr. Hörstrup später im Flur auf. „Äh, entschuldigen Sie bitte, Dr. Hörstrup. Ich hätte da eine Bitte."

Der Dozent klemmte seine Mappe unter den Arm und blieb stehen. „Ja?"

„Ja, also … Die Sache ist die … Ein Kommilitone hat letzte Woche seine Unterlagen liegen lassen. Ich habe sie mitgenommen, damit sie nicht abhandenkommen. Leider war er heute nicht im Seminar und ich habe seine Adresse und Telefonnummer nicht. Vielleicht könnten Sie …"

„Da müssen Sie sich an meine Hilfskraft wenden", unterbrach Dr. Hörstrup sie unwirsch. „Für derlei Firlefanz habe ich keine Zeit."

„Ja, dann, äh … nichts für ungut. Dann werde ich wohl mal da nachfragen. Danke."

Sarina beeilte sich, zum Aufzug zu kommen, um die Hilfskraft noch im Büro anzutreffen. Vor der Tür zögerte Sarina kurz. Hoffentlich lauerte dahinter kein grantiger Vorzimmer-Drachen, der die Anschrift nicht rausrücken würde.

Sie klopfte an und wurde hereingebeten. Die Hilfskraft stand mit dem Rücken zu ihr auf der anderen Seite des Schreibtischs und sortierte einen Packen Unterlagen in eine Hängeregistratur.

„Einen Augenblick, bitte."

Ihre Stimme klang jung und freundlich. Auch ihre langen Haare, die schlanke Figur und die legere Kleidung ließen vermuten, dass es eine studentische Hilfskraft war. Sarina schöpfte Hoffnung, dass sie bei einer

Kommilitonin mit ihrem Anliegen auf Verständnis stoßen müsste.

„So, fertig." Die Frau schloss den Aktenschrank und drehte sich um. Sarina rutschte das Herz in die Hose. Das konnte doch wohl nicht wahr sein!

„Merle?" Sarina hätte sich am liebsten einfach umgedreht und die Tür hinter sich zugeschlagen.

Merle zog kurz die Stirn kraus. Dann huschte ein Ausdruck des Erkennens über ihr Gesicht. „Sarina, richtig? Ich glaube, wir saßen ein paar Mal zusammen in der Ringvorlesung, stimmt's?"

Sarina nickte. „Was machst du denn hier?"

Im gleichen Moment wurde ihr bewusst, dass die Frage ziemlich dämlich war. Merle lachte. „Na, ich arbeite hier. Ich bin seit drei Semestern Hilfskraft bei Dr. Hörstrup." Sie senkte die Stimme und beugte sich zu Sarina herüber. „Ein ziemlicher Choleriker, aber das Geld kann ich echt gut gebrauchen."

Sarina versuchte sich an einem wissenden Grinsen, war aber immer noch viel zu perplex, um ihre Gesichtszüge vollkommen unter Kontrolle zu haben.

„Was kann ich denn für dich tun?" Merle lächelte freundlich.

„Ich ... ähm ..."

Tja. Was konnte Merle nur für sie tun? Das war eine verdammt gute Frage. Sarina überlegte fieberhaft. Schließlich konnte sie Leos Ex schlecht nach dessen Adresse fragen. Ihr Blick huschte über den Schreibtisch, auf dem sich Hefter, Papiere und braune Umschläge stapelten. Was konnte sie nur wollen? Ihr Blick blieb auf einem Stapel bunter Plastikhefter hängen, vermutlich Seminararbeiten. Daneben lag ein Stoß zusammengehefteter Papiere mit einem farbigen Deckblatt. Zum Glück kam ihr in diesem Moment ein rettender Geistesblitz.

„Es ist mir ein bisschen peinlich", sagte sie schließlich. „Ich muss noch meine Seminararbeit für das Seminar ‚Mediengeschichte und Medienästhetik' schreiben, aber ich kann meinen Reader einfach nicht mehr finden. Zu Hause habe ich schon alles auf den Kopf gestellt. Ich fürchte, ich muss ihn irgendwo in der Cafeteria oder in der Mensa liegen gelassen haben. Habt ihr vielleicht noch ein paar von den Readern für den Kurs?"

Merle blätterte durch den Stapel auf dem Tisch. „Das muss dir doch nicht peinlich sein. Das kann schließlich jedem passieren. Hm, hier liegt keiner mehr. Aber ich meine, ich hätte im Kopierraum noch einen Karton gesehen. Das waren die Reader mit dem blauen Deckblatt, oder?"

Sarina gab ihrem Gesicht einen erfreuten Ausdruck. „Ja! Ganz genau. Wenn ihr da noch einen für mich hättet, das wäre einfach super!"

„Ich gehe schnell runter und schaue nach. Ich bin ziemlich sicher, dass da noch welche waren. Leider muss ich dir dann noch einmal die fünf Euro Kopiergeld abknöpfen. Kannst du solange hier die Stellung halten?"

„Na klar", versprach Sarina. „Das ist unheimlich lieb von dir, Merle."

„Ach, kein Problem. Jeder Gang macht schlank. Ich bin gleich wieder da."

Merle lächelte und verschwand durch die Tür in den Flur. Sarina seufzte erleichtert auf. Wie gut, dass ihr noch rechtzeitig eine plausible Ausrede eingefallen war, weswegen sie hier war. Merle war unglaublich nett. Warum es mit ihr und Leo wohl nicht gepasst hatte? Sarina runzelte die Stirn. Nein, darüber wollte sie lieber gar nicht nachdenken. Wichtig war, dass Leo wieder frei war. Vielleicht hatte es einfach nicht sollen sein und das Schicksal hatte ihn gerade im richtigen Augenblick für sie freigegeben. Sarina verschränkte die Arme vor der Brust und lehnte sich an die Schreibtischkante.

Zu spät merkte sie, wie die obersten Plastikhefter auf dem Stapel ins Rutschen kamen und zu Boden glitten. Mist. Sarina bückte sich, um sie aufzuheben. Dabei fiel ihr Blick auf eine gelbe Haftnotiz, die auf einem der Ordner klebte:

Seminararbeiten MG&MÄ – WS 17/18

Sarinas Herz begann zu pochen. Wintersemester 17/18. Das war ihr Kurs. Ob wohl ...? Hektisch blätterte sie durch den Stapel bunter Kunststoffordner, bis sie schließlich einen blauen aus dem Stapel zog. Leo von Wietersheim. Mit zittrigen Fingern schlug Sarina das Deckblatt auf. Sie hätte am liebsten laut aufgejuchzt. Na also! Perfekter hätte es doch gar nicht laufen können. Sarina musste lächeln. Wer hätte gedacht, dass er zu den Leuten gehörte, die ihre Seminararbeit nicht auf den letzten Drücker anfertigten, sondern sogar noch vor den Semesterferien abgegeben hatten? Streber! Sie grinste und steckte den Hefter hastig wieder zwischen die anderen, als sie Schritte auf dem Gang hörte. Mit Unschuldsmiene ließ sie sich auf einem Stuhl in der Ecke nieder und lächelte zufrieden vor sich hin.

Die fünf Euro für den Reader waren auf jeden Fall sinnvoll investiert.

3

Sarina keuchte, während sie sich durch das muffige Treppenhaus in die achte Etage schleppte. Das Hochhaus hatte seine besten Tage vermutlich irgendwann Anfang der Siebzigerjahre gesehen, und dem altersschwachen Aufzug traute sie nicht über den Weg. Dass jemand mit dem Feuerzeug die Plastikabdeckung des Notrufknopfs angekokelt hatte, stärkte ihr Vertrauen nicht gerade. Als sie endlich im achten Stock angekommen war, blieb sie noch eine Weile stehen, um wieder zu Atem zu kommen und ihre normale Gesichtsfarbe wiederzuerlangen. Dann stieß sie die Drahtglastür zu dem Laubengang auf, der zu den zwei rechten Apartments führte. Ein Blick auf die Klingelschilder verriet ihr, dass Leos WG sich in dem hinteren Apartment befand. Sie fuhr sich noch einmal durch die Haare und zupfte den Ausschnitt ihres Tops zurecht. Dann drückte sie den Klingelknopf. Es dauerte eine Weile, bis von drinnen schlurfende Schritte zu vernehmen waren. Die Tür öffnete sich einen Spalt breit und ein Gesicht erschien. Eine schräge Kreuzung aus Ken und Reinhold Messner blickte ihr entgegen. Der junge Typ hatte seine kurzen Haare zu einem akkuraten Seitenscheitel frisiert. Dazu trug er einen üppigen, ordentlich in Form geschnittenen Kinnbart, der auch einem Rabbi gut zu Gesicht gestanden hätte. Die braunen Augen hinter den dicken, schwarzgerahmten Brillengläsern erschienen stark vergrößert. Bei näherem Hinsehen kamen sie Sarina gerötet vor. Nach einem prüfenden

Blick auf Sarina öffnete der Mann die Tür vollständig. Sein tiefer V-Ausschnitt gab den Blick auf spärliche, schwarze Brustbehaarung und einen tätowierten Schriftzug frei. Sarina hätte zu gern gewusst, was dort stand, aber sie wollte nicht zu lange darauf starren.

„Hi!", grüßte er knapp. „Komm rein."

Dann verschwand er im Flur und ließ Sarina allein vor der geöffneten Tür stehen. Sarina trat ein und verharrte im Flur.

„Äh, hallo?", rief sie.

„Komm einfach rein", hörte sie eine Stimme aus dem Raum am Ende des Flurs. Verdächtige Nebelschwaden waberten durch die Tür in den Flur. Sarina blieb im Türrahmen stehen und schnupperte. Puh! Wenn sie länger hierblieb als unbedingt nötig, wäre sie allein vom Einatmen high.

Der Bärtige saß am Küchentisch über einer Tasse Espresso. Daneben auf dem Tisch lagen ein Päckchen Tabak und eine Packung Blättchen, von deren Deckel schon ein auffällig großes Stück Pappe abgerissen war.

„Setz dich. Ich bin übrigens Franco. Willst du einen Kaffee?"

Erst jetzt fiel Sarina der leichte Akzent und das gerollte r auf.

„Nein, danke. Ich bin Sarina und ... na ja, eigentlich wollte ich zu Leo. Ist der da?"

Franco hob langsam den Blick von seinem Kaffee und sah Sarina lange an. Dabei kratzte er sich den Bart, als ob er schwer nachdenken müsste.

„Leo ...", murmelte er, zupfte drei Blättchen aus der Packung und begann, sie in aller Seelenruhe zusammenzukleben.

„Ja. Leo von Wietersheim. Dein Mitbewohner? Also, zumindest stand das an der Klingel", versuchte es Sarina.

Franco rupfte eine Portion Tabak aus dem Päckchen, fischte nach einem braunen Klumpen, den er mit dem Feuerzeug anflämmte und zwischen Daumen und Zeigefinger zerbröselte.

„Ach Leo!" Er nickte, während er die Krümel auf dem Tabak verteilte und das Ganze mit erstaunlichem Geschick zu einem trichterförmigen Gebilde aufrollte. „Der Typ, der hier wohnt."

„Ja. Genau der." Sarina fühlte ihre Geduld auf die Probe gestellt. „Ist er nun hier oder nicht?"

„Hey, chill mal, ja?" Franco stopfte mit dem kleinen Finger einige lose Tabakkrümel in die Tüte und zwirbelte das Papier oben zusammen. „Immer schnell, schnell, schnell. Und noch schneller. Höher. Weiter. Die Leute sind besessen von diesem elenden Leistungsdruck. Und das macht aggressiv. Wir hätten bestimmt nicht so viele Kriege, wenn die Leute mal chillen würden und einen Gang zurückschalten."

„Ja. Äh. Das ist ja schön. Vielleicht hast du recht. Trotzdem wüsste ich echt gerne, wo Leo steckt." Es erforderte Sarinas gesamte Willenskraft, Franco nicht zu drängen. Doch sie wusste, dass Druck eher das Gegenteil bewirken würde.

Franco zündete den Joint an und nahm einen tiefen Zug. Er kniff die Augen zusammen, klopfte sich mit dem Daumen gegen die Brust, dann ließ er den Rauch langsam aus dem Mund strömen. Er hielt ihn Sarina hin.

„Nein, danke. Ich rauche nicht."

Franco zuckte mit den Schultern und nahm noch einen langen Zug. „Musst du ja wissen."

„Leo?", erinnerte ihn Sarina.

„Der wohnt hier nicht", erklärte Franco trocken.

„Wie bitte?" Sarina war verwirrt. „Aber der Name steht doch an der Klingel."

Franco nickte, während er den Rauch in der Lunge behielt und schließlich unter Husten ausstieß.

„Ja. Der hat hier gewohnt. Ich kann so lange in seinem Zimmer pennen."

„Aha. Was heißt das, der hat hier gewohnt? Wo wohnt er denn jetzt?"

Franco kratzte sich wieder den Bart und starrte Löcher in die Luft, während er angestrengt nachzudenken schien.

„Marcel hat irgendwas gesagt. Ich weiß nicht mehr genau."

„Marcel?" Wer war denn das nun wieder? Sarina war kurz davor, die Geduld zu verlieren.

Franco nickte und betupfte die Spitze des Joints mit einem angefeuchteten Finger. „Der wohnt hier."

„Das hatte ich mir fast gedacht." Sarina atmete hörbar ein und wieder aus. „Und was hat dieser Marcel nun gesagt? Wo steckt Leo?"

Franco hielt Sarina abermals den Joint unter die Nase. „Hier. Du musst dringend gechillter werden."

Sarina schüttelte den Kopf. „Danke. Ich bin gechillt genug."

Franco zog eine Augenbraue in die Höhe.

„Seh ich anders."

„Was ist nun mit Leo?" Am liebsten hätte sie Franco bei den Schultern gepackt und geschüttelt.

„Leo", sagte Franco. „Leo … ist irgendwie ein geiler Name, findest du nicht?"

„Ja. Sehr geil. Und wo wohnt er jetzt?"

Sarina tappte mit dem Fuß auf den Boden.

„Ehrlich. Du musst unbedingt ruhiger werden." Franco massierte sich die Schläfen. „So hektisch. Das ist nicht gesund."

Sarina schnaubte wortlos. Vermutlich hatte es keinen Zweck, Francos zugekifften Gehirnwindungen irgendetwas halbwegs Sinnvolles entlocken zu wollen. Dann würde sie eben ein anderes Mal wiederkommen, wenn hoffentlich dieser Marcel zu Hause war. Sie hob die Hand und wandte sich zum Gehen.

„London", sagte Franco unvermittelt.

„Was?" Sarina fuhr herum.

„Er wollte nach London. Irgendwas mit einem Praktikum oder so."

„Wer? Leo?"

Franco nickte.

Leo war in London? Warum hatte er ihr von seinen Plänen nichts erzählt?

„Hast du zufällig seine Handynummer? Irgendwas, wo ich ihn erreichen kann?"

Franco drückte den Rest seines Joints mit umständlichen Drehbewegungen im Aschenbecher aus. „Warum willst du den Typ denn eigentlich so dringend sprechen? Bist du schwanger von ihm oder sowas?"

Sarina spürte, wie das Blut in ihre Wangen schoss. Was ging es diesen zugedröhnten Almöhi an, was sie mit Leo zu besprechen hatte?

„Es ist wegen der Uni", knurrte sie. „Also, wo kann ich ihn erreichen?"

„Keine Ahnung, Mann. Ich sag doch, ich kenn den Typ nicht. Ich wohne nur hier." Franco verschränkte die Arme hinter dem Kopf und streckte die Beine unter dem Tisch aus.

„Okay. Kannst du mir dann wenigstens sagen, wie ich diesen Marcel erreichen kann?"

„Mann, Lady, du killst ernsthaft meinen Buzz." Franco setzte sich wieder auf und fischte in der Seitentasche seiner Cargohose nach einem Smartphone. „Ich geb dir seine Nummer, wenn du dann Ruhe gibst und dich verziehst. Diese Hektik. Das ist echt toxisch, weißt du das?"

„Ja, ja, weiß ich. Mit toxisch kennst du dich ja aus", knurrte Sarina und zückte ebenfalls ihr Handy, um die Nummer zu speichern.

4

„Du willst *was?*“ Kathi sah Sarina fragend an. „Und alles wegen dem Typen? Findest du das nicht ein bisschen übertrieben?“

„Ja. Mag sein, dass es übertrieben ist. Wahrscheinlich hat es ihm überhaupt nichts bedeutet und ich mache vollkommen umsonst so einen Aufriss. Aber ich muss es wenigstens versuchen, verstehst du? Ich muss es ihm wenigstens sagen“, beharrte Sarina.

„Kannst du ihn denn nicht einfach anrufen wie normale Leute?“ Kathi runzelte die Stirn und rührte in ihrem Kaffee.

„Das ist es ja eben. Die Aktion war wohl super spontan. Die Zusage für die Praktikumsstelle kam ganz plötzlich und Leo ist ziemlich überstürzt abgereist. Sein deutsches Handy hat er abgemeldet und Marcel hatte leider keine Kontaktadresse oder Telefonnummer, weil Leo selbst noch nicht wusste, wo er unterkommen wird“, erklärte Sarina.

„Dann warte doch einfach, bis er zurückkommt“, schlug Kathi vor. „Einem Typen hinterher zu reisen, den man kaum kennt, finde ich jetzt ehrlich gesagt ein bisschen melodramatisch.“

„Ich bin melodramatisch.“ Sarina verschränkte trotzig die Arme vor der Brust. „Vielleicht habe ich zu viele kitschige Romane gelesen und zu viele Hollywood-Liebesschnulzen geguckt. Sehr wahrscheinlich bin ich abergläubisch und spinnert, aber mit dreizehn habe ich mir beim Universum einen Mann bestellt. Und Leo, da bin ich mir ganz sicher, ist dieser Mann. Es kann einfach kein Zufall sein, dass er so gut wie alle Kriterien auf meiner Liste erfüllt. Ich kann nicht so einfach aufgeben, auch wenn wir einen denkbar schlechten Start hatten. Möglicherweise will das Universum mich testen?"

„Hm", machte Kathi. „Schön und gut. Nehmen wir an, er ist tatsächlich der Traumprinz, den das Universum dir geschickt hat. Aber wie willst du ihn ohne eine Kontaktadresse finden? London ist eine Millionenstadt."

„Wenn es stimmt, dass er der Richtige ist, wird uns das Universum zusammenführen, oder nicht? Und einen kleinen Anhaltspunkt habe ich. Marcel wusste, dass Leo eine Praktikumsstelle bei einem Radiosender angenommen hat. So viele wird es davon nun auch wieder nicht geben – nicht mal in London."

Sarina leckte sich etwas Milchschaum vom Finger.

„Soweit die Theorie ...", murmelte Kathi. „Aber weißt du, bevor du dich gleich in den Flieger setzt – es gibt da so eine Erfindung, die ist ungemein praktisch. Nennt sich Telefon ..."

„Sehr witzig, Kathi", unterbrach Sarina ihre Freundin. „Natürlich habe ich schon versucht, bei diversen Radiosendern anzurufen. Das Problem ist, dass ich auf den Webseiten immer nur die allgemeine Kontaktnummer finde. Die, unter der jeder Depp anruft, wenn er irgendetwas will. Ich habe das Gefühl, die wimmeln einen nur schnell ab und haben gar keine Lust, sich weiter damit zu befassen. Vielleicht denken sie auch, ich spinne."

„Was man ihnen genaugenommen noch nicht einmal verdenken könnte", feixte Kathi. Sarina lachte.

„Stimmt. Na ja, jedenfalls habe ich das Gefühl, sie schauen gar nicht nach. Wenn ich frage, ob bei ihnen vielleicht ein Praktikant namens Leo von Wietersheim angefangen hat, kommt das ‚Nein‘ wie aus der Pistole geschossen.“

„Hm, verstehe“, nickte Kathi. „Vermutlich ist das auch ein Problem des Datenschutzes. Wahrscheinlich rücken sie nicht so einfach am Telefon mit Informationen über ihre Angestellten heraus.“

„Exakt. Ich hoffe einfach, dass ich vor Ort mehr erreiche. Wenn ich ihnen meine Situation erkläre und ganz lieb mit den Wimpern klimpere ...“ Sarina ließ ihre Augenlider flattern.

Kathi lachte.

„Und wie lange gedenkst du, da zu bleiben?“

„Erst einmal nur über die Semesterferien.“

Kathi runzelte die Stirn. „Nur? Das sind drei Monate. Kannst du dir drei Monate London leisten? Du weißt schon, dass das eine der teuersten Städte der Welt ist, oder?“

„Darüber mache ich mir Gedanken, wenn ich da bin. Das Ersparte, das ich zusammengekratzt habe, dürfte für den Flug und etwa zwei Wochen Aufenthalt reichen. Ich werde mir halt irgendeinen Job suchen.“

Mit dem Zeigefinger stippte Sarina ein paar Croissantkrümel von ihrem Teller.

Kathi schüttelte den Kopf und lachte. „Du bist echt ’ne Marke, Sarina! All das für einen Typen? Ich seh dich schon irgendwo unter einer Themsebrücke im Pappkarton. Als deine beste Freundin muss ich dir sagen, dass ich selten einen so bescheuerten Plan gehört habe. Wenn er allerdings aufgeht ...“

Sarina sah von ihrem Teller auf. „Ja?“

„Wenn du deinen Leo findest und aus euch wirklich ein Paar wird, dann kaufe ich dir hiermit jetzt schon mal die Filmrechte ab. Dann wird das die geilste Liebesgeschichte aller Zeiten.“ Kathi lachte. „Aber mein Geld würde ich ehrlich gesagt nicht darauf setzen.“

„Kathi?“ Sarina reichte über den Tisch und ergriff die Hände ihrer Freundin. „Glaubst du wirklich, dass das Ganze vollkommen unsinnig ist?“

Kathis Ausdruck wurde ernster.

„Es ist vollkommen bescheuert und unlogisch. Aber ich glaube, dass die ganz großen Gefühle meistens total bescheuert und unlogisch sind. Nimm Romeo und Julia – für die meisten Menschen unbestritten die größte Liebesgeschichte aller Zeiten. Zwei Vierzehnjährige, die heimlich heiraten. Er trinkt Gift, sie erdolcht sich – alles aus Liebe. Ziemlich bescheuert und ganz schön unlogisch, wenn du mich fragst. Und doch nach über 450 Jahren immer noch das Sinnbild für die ganz große Liebe.“

Sarina lachte. „Hm. Vergiften und erdolchen wollte ich aber nun wirklich niemanden.“

Kathi grinste verschmitzt. „Siehst du? Bescheuert und unlogisch ist relativ. Es gibt da durchaus Abstufungen. Also los, hau dein Erspartes auf den Kopf, wenn du meinst. Reise ihm nach und hol deinen Traumprinzen heim. Meinen Segen hast du – nicht, dass du ihn bräuchtest. Und wenn irgendetwas ist – bevor du unter der Brücke landest, meldest du dich bei mir. Du weißt, dass ich immer für dich da bin. Versprochen?“

„Versprochen.“

5

Was für ein Gewusel! Sarina schlängelte sich durch die Menge der Passagiere in der Victoria Station und war krampfhaft bemüht, dabei niemanden mit ihrem Trolley umzukegeln. Gerade noch rechtzeitig, bevor sich die Türen schlossen, quetschte sie sich in einen Waggon der Victoria Line. Es war warm und stickig, und sie fühlte sich schon nach wenigen Minuten unangenehm klebrig. Sie schielte auf den Aufkleber, auf dem die Haltestellen abgebildet waren. Zum Glück waren es nur drei Stationen. Vielleicht sollte man nicht ausgerechnet zur Rush Hour ankommen. Als sie die Zielhaltestelle erreicht hatte, schob sich Sarina mit ihrem Koffer Richtung Ausgang und tauchte in den Straßenlärm auf der Clapham Road ein. Der Wegbeschreibung folgend, holperte sie zwischen schäbigen Mietskasernen aus rotem Backstein hindurch. Schließlich stand sie vor einem reichlich heruntergekommenen Hochhaus. Sarina runzelte die Stirn und verglich die Hausnummer mit der Adresse auf ihrem Zettel. Tja, das war wohl tatsächlich das Hostel, das sie gebucht hatte. Sie zuckte mit den Schultern. Wenn man während der Hauptsaison in einer der teuersten Städte der Welt einigermaßen günstig unterkommen wollte, durfte man wohl nicht wählerisch sein. Sie hievte ihren Koffer die Treppenstufen zum Eingang hoch und betrat die Rezeption. Hinter dem Tresen stand ein junger Typ in kurzen Cargohosen und T-Shirt, die dunklen Haare zu einem

Pferdeschwanz gebunden. Er begrüßte sie mit einem lässigen Grinsen.

„Hi! Willkommen in der Backpackers' Lodge. Ich bin Leigh. Was kann ich für dich tun?"

Sarina kramte umständlich in ihrem Rucksack und förderte schließlich den zerknitterten Computerausdruck mit der Buchungsbestätigung zutage.

„Ich hatte ein Zimmer gebucht."

Leigh nahm den Zettel und beugte sich über das Auftragsbuch. Er fuhr mit dem Zeigefinger die Seite hinunter – und schließlich wieder herauf. Kritisch runzelte er die Stirn und flog noch einmal mit dem Finger über die Liste.

„Einen Augenblick", entschuldigte er sich und verschwand mit ihrer Buchungsbestätigung durch eine Tür hinter dem Tresen.

Als die Tür ihn kurz darauf wieder ausspuckte, hob er entschuldigend die Schultern.

„Da muss wohl irgendetwas mit der Buchung schiefgelaufen sein. Es tut mir schrecklich leid. Könntest du dich einen Augenblick hier in die Lobby setzen? Ich versuche das so schnell wie möglich zu klären. Wir sind nämlich ziemlich ausgebucht."

„Okay. Alles klar. Kein Problem."

Na prima. Das fing ja toll an. War das etwa ein Wink des Schicksals? Bedeutete es, dass ihre Beziehung zu Leo unter einem schlechten Stern stand – oder war es möglicherweise nur eine erneute Prüfung des Universums? Seufzend ließ sie sich auf das ausgesessene rote Cordsofa im Foyer plumpsen und fischte eine abgegriffene Zeitschrift vom Stapel auf dem Beistelltischchen in der Ecke.

Nach einer gefühlten Ewigkeit tauchte Leigh wieder auf.

„Es tut uns wirklich sehr leid. Da ist etwas falsch gebucht worden und in der günstigen Zimmerkategorie ist nichts mehr frei. Wir hätten allerdings noch ein Bett in einem Doppelzimmer. Du zahlst natürlich den Preis, den du für das Sechserzimmer bezahlt hättest. Wäre das in Ordnung für dich?“

„Das ist so etwas wie ein Upgrade, oder?“

„Ja. Sozusagen.“ Leigh grinste.

„Da werde ich wohl kaum *nein* sagen.“ Sarina sprang auf. Offenbar meinte es das Schicksal doch gut mit ihr. Sie hatte die günstigste Zimmerkategorie gebucht, auch wenn ihr davor graute, mit fünf fremden Menschen in einem Zimmer zu nächtigen. Allerdings erlaubte ihr Budget keinen Luxus. Je bescheidener ihre Ansprüche an Unterkunft und Verpflegung, desto länger würde ihr Erspartes reichen. Schließlich konnte es einige Zeit in Anspruch nehmen, Leo zu finden.

Zu ihrem Entsetzen hatten ihre Recherchen ergeben, dass es rund 78 lokale Radiosender gab – zuzüglich der Regionalstudios der großen Sender. Einige wie „Premier Christian Radio“, „Voice of Russia“ oder „Gaydio“ hielt sie für eher unwahrscheinlich und hatte sie erst einmal nur in Klammern auf die Liste gesetzt. „KISS“ hingegen klang doch fast schon wie eine Aufforderung. Ihr blieb wohl nichts anderes übrig als nach und nach alle Sender abzuklappern. Irgendwo würde sie schon fündig werden. Etwas Besseres war ihr nicht eingefallen.

Sarina folgte Leigh zum Tresen, wo er ihr die Schlüsselkarte aushändigte und sie in den zwölften Stock schickte. Auch wenn sie dem Aufzug in diesem Gebäude nicht viel mehr vertraute als dem in Leos Wohnblock, klangen zwölf Stockwerke in ihren Ohren abschreckend genug, um sich hineinzuwagen. Auf dem Weg zu ihrem Zimmer inspizierte Sarina die Gemeinschaftsduschen und Toiletten, die immerhin leidlich sauber aussahen, und lief dann mit ihrem Trolley über den Flur bis zu dem Zimmer mit der Nummer 1207.

Das Zimmer war spartanisch, aber zweckgemäß eingerichtet. Zwei einzelne Betten, ein kleines Waschbecken mit Spiegel und ein Tisch mit zwei Plastikstühlen. Auf dem Tisch stand ein Wasserkocher mit Teebeuteln und zwei Tassen bereit, so dass man sich einen Tee kochen konnte. Das rechte Bett sah benutzt aus. Am Fußende lehnte ein ausgebeulter Trekking-Rucksack, aus dem einige Kleidungsstücke heraushingen. Daneben standen ein Paar klobige, petrolfarbene Schnürstiefel aus Wildleder, und auf dem Nachttisch entdeckte Sarina ein zerfleddertes Taschenbuch. Sie hob es vorsichtig an, um den Titel zu lesen. Leider war es in einer fremden Sprache. Irgendetwas mit schrecklich langen Wörtern, einer Menge Umlaute und aneinandergereihten Konsonanten. Türkisch? Ungarisch? Sarina zuckte mit den Schultern. Sie würde es schon noch erfahren. Hoffentlich war ihre Zimmergenossin nett.

Sarina stellte ihren Koffer ab und trat ans Fenster. Auch wenn das Gebäude selbst potthässlich war, eins musste man ihrer Unterkunft lassen: man hatte einen phantastischen Blick über den Osten Londons. Sie entdeckte die Spitze von „The Shard", der Scherbe, wie die Londoner den über 300 Meter hohen Wolkenkratzer wegen seiner spitzen Pyramidenform getauft hatten. In der Ferne konnte sie gerade noch die Spitze des Canary Wharf Towers ausmachen. Sie lächelte. Irgendwo da draußen war Leo, und sie würde ihn finden. Das Schicksal meinte es gut mit ihr.

Sie streifte die Schuhe von den Füßen, schlug die Decke zurück und ließ sich rücklings aufs Bett fallen. Die Matratze war weich und ziemlich ausgelegen. Sarina sank tief in die knarzende Federung. Rückenfreundlich war anders, aber das war Leo ihr allemal wert. Aus ihrem Handgepäck kramte sie die Liste mit den Radiosendern und den Reiseführer. Heute Nachmittag würde sie erst einmal richtig ankommen, sich einrichten und Pläne machen, um morgen früh gleich durchzustarten.

KISS FM war in der Tat ein vielversprechender Sender, fand Sarina. Das Studio lag laut Stadtplan nicht weit vom Oxford Circus in einer Seitenstraße der Oxford Street. Die stand ohnehin auf ihrer Liste. Schließlich wollte sie auch etwas von der Stadt sehen, wenn sie schon einmal hier war. Sie war ziemlich k.o. – nur für einen kleinen Moment die Augen schließen ...

Sarina musste eingedöst sein. Sie schreckte hoch, als sich quietschend die Tür öffnete und jemand mit schlappenden Flipflops ins Zimmer kam. Ihre Zimmergenossin trat, in eine Wolke vanilligen Wohlgeruchs und ein enormes, quietschgrünes Handtuch gehüllt, neben das leere Bett. Sie rubbelte ihre Haare trocken und schleuderte das Handtuch über einen der Stühle. Nun ließ sie auch das Duschtuch zu Boden gleiten, wühlte in ihrem Rucksack und schien nicht zu bemerken, dass sie nicht mehr allein war. Sarina setzte sich auf und hüstelte leise. Sie wollte das Mädchen nicht unnötig erschrecken.

Ihre Bettnachbarin drehte sich um, entdeckte Sarina und streckte ihr lächelnd eine schmale, weiße Hand entgegen.

„*Hei*! Ich bin Päivi. Scheint so, als teilen wir uns ein Zimmer, was?", grüßte sie mit einem schwer definierbaren Akzent.

Mit Nacktheit hatte Päivi offenbar schon mal keine Probleme. Sarina schüttelte die ihr angebotene Hand und versuchte, dabei weder auf die gepiercte Brustwarze noch auf den quer über das Brustbein laufenden tätowierten Schriftzug und schon gar nicht auf das zu einem schmalen Streifen gestutzte, knallpink gefärbte Schamhaar zu starren.

„Äh ... Scheint so. Ja. Ich bin Sarina."

Päivi zeigte eine Reihe perlweißer, schnurgerader Zähne.

„Cool."

Dann fischte Päivi eine Bürste aus dem Rucksack, hockte sich aufs Bett und begann in aller Seelenruhe, ihre langen, pink gefärbten und von einigen pechschwarzen Strähnen durchzogenen Haare zu bearbeiten.

„Machst du Urlaub hier?" Das Mädchen deutete mit dem Kinn auf Sarinas Reiseführer.

„Ja. Nein. Also, eigentlich suche ich jemanden."

Sarina wusste nicht, warum sie Päivi das erzählte, aber irgendwie ließ ihre direkte, unverblümte Art sie vertrauenswürdig erscheinen.

Päivi hielt für einen Moment mit dem Bürsten inne.

„*Kismet*!" Sie grinste.

Sarina runzelte die Stirn. „Wie bitte?"

„*Kismet*. Das ist Arabisch und bedeutet ‚Schicksal'."

„Dann bist du … äh … Araberin?", fragte Sarina.

Päivi kicherte und warf sich rücklings aufs Bett. Dann tauchte sie heftig kopfschüttelnd wieder auf. „Nein. Ich komme aus Finnland. Aber ich glaube an das Schicksal. Du nicht?"

„Doch. Klar. Und wie." Sarina nickte heftig.

„Siehst du? Ich suche nämlich auch jemanden."

Päivi warf die Bürste in den Rucksack und kramte ihre Unterwäsche hervor, die sie zu Sarinas Erleichterung nun anzog, auch wenn die schwarzweiße Leopardenwäsche mit den pinkfarbenen Schleifchen mehr entblößte als enthüllte. Nicht, dass Sarina prüde gewesen wäre, aber angezogen mit einer nackten Fremden über das Schicksal zu plaudern, war ihr dann doch eine Spur zu seltsam.

Päivi wühlte aus ihrem Rucksack einen winzigen Fön heraus. Entgegen seiner Größe machte das Ding allerdings einen Höllenlärm, während Päivi sich vor dem Spiegel über dem Waschbecken die Haare trocknete und den akkurat geschnittenen Bettie-Page-Pony sorgsam nach innen rollte.

Sarina drehte sich bäuchlings auf ihr Bett und sah Päivi dabei zu. „Wen suchst du denn?"

„Meinen Vater", brüllte Päivi über den Krach, den ihr Winz-Fön verbreitete.

Das Höllengerät erinnerte Sarina an die „Grille", die winzige Laser-Kanone aus *Men in Black*.

„Und du?"

Päivi war offenbar zufrieden mit ihrer Frisur und stellte den Fön ab.

„Einen Mann", gab Sarina knapp zurück. Sie wusste nicht, was sie sonst hätte antworten sollen, ohne die

Details ihres Liebeslebens vor einer Wildfremden auszubreiten.

Päivi grinste.

„Na, das dürfte ja nicht so schwer sein. Du bist schließlich alles andere als hässlich. Ich nehme an, der Haken an der Sache ist, dass du nicht irgendeinen Mann suchst, sondern einen ganz bestimmten?"

Sie wühlte in ihrem Rucksack, warf dabei einen Haufen Klamotten auf ihr Bett und hockte sich dann auf die Bettkante. Mit schiefgelegtem Kopf schaute sie Sarina an. „Oder ist dir das jetzt zu persönlich?"

„Nein. Es ist nur ein bisschen kompliziert."

Päivi hatte etwas an sich, das eine Vertrautheit entstehen ließ, als hätten sie einander nicht gerade vor fünf Minuten kennengelernt.

Während Sarina die Situation erklärte, zerrte das Mädchen ein paar Anziehsachen aus dem Klamottenhaufen und stopfte den Rest wieder in seinen Rucksack. Schließlich schlüpfte die Finnin in einen weit schwingenden schwarzen Rock, der mit weißen Margeriten bedruckt war, und ein kastiges, schwarzes T-Shirt. Sie ließ sich auf die Bettkante fallen und hörte aufmerksam zu.

Dann nickte sie. „Verstehe ich. Absolut."

„Echt jetzt?" Sarina war sichtlich erstaunt.

„Klar", meinte Päivi. „Du bist überzeugt, der Typ ist der Eine für dich. Du könntest die Sache abhaken, aber dann wirst du möglicherweise noch im Altenheim darüber nachgrübeln, ob du nicht vielleicht die Chance deines Lebens verpasst hast. Also willst du jetzt Klarheit. Macht absolut Sinn."

Ein warmes Gefühl breitete sich in Sarinas Bauch aus. Päivi war ihr einfach auf Anhieb verdammt sympathisch. Vielleicht hatte sie recht. Vielleicht war es *Kismet* – Schicksal –, dass sie einander begegnet waren.

„Du bist die Erste, die mich nicht für komplett verrückt hält."

„Was wir im Leben tun, erscheint anderen Leuten häufig vollkommen verrückt. Aber die Anderen müssen ihre Leben leben und du deines. Am Ende deines Lebens bist du nur dir selbst Rechenschaft schuldig – okay … und vielleicht noch Gott, wenn du an ihn glaubst. Jede Entscheidung hat ihren Preis, weißt du?" Päivi machte sich daran, ihre Stiefel anzuziehen. „In der Wirtschaft nennt man das Opportunitätskosten. Dir steht nur eine begrenzte Menge von Ressourcen zur Verfügung: Zeit, Geld, günstige Gelegenheiten … Du kannst sie auf eine Weise nutzen oder auf eine andere. Jede Entscheidung triffst du auf Kosten der entgangenen Alternativen. Am Ende ist doch nur wichtig, ob du findest, dass die Bilanz stimmt. Bevor ich angefangen habe zu studieren, hätte ich nicht gedacht, dass Wirtschaftslehre so faszinierend sein kann. Lässt sich oft total aufs Leben übertragen."

„Du studierst Wirtschaft?" Erstaunter hätte Sarina kaum sein können.

„Management und International Business, Master an der Aalto University in Helsinki. Sieht man doch, oder?" Päivi grinste breit, streckte kurz ihre Zunge heraus und ließ ein Piercing aufblitzen.

Sarina lachte.

„Na ja. Nadelstreifen stehen dir bestimmt auch. Und du suchst deinen Vater? Hat er euch verlassen oder so?"

„Keine Ahnung, ehrlich gesagt." Päivi zuckte mit den Schultern. „Bis vor Kurzem wusste ich nicht einmal, dass ich einen Vater habe. Also, dass ich nicht aus dem Ei geschlüpft bin, weiß ich natürlich. Meine Mutter hat mich bloß immer in dem Glauben gelassen, dass sie nicht weiß, wer mein Vater ist und wo er lebt. Als Kind habe ich mir immer vorgestellt, er ist vielleicht Geheimagent und in verdeckter Mission unterwegs. Und irgendwann kommt er zu uns zurück. Oder er ist Millionär, Rockstar oder Schauspieler – sowas eben. Vielleicht ist er das ja auch. Wer weiß." Sie machte eine Pause und knabberte einen losen Hautfetzen von ihrem Fingernagel. „Vor Kurzem habe ich allerdings in den Sachen meiner Mutter einen Umschlag gefunden. Darauf standen nur mein Name – und ein Fragezeichen."

Sarina machte große Augen. „Und was war drin?"

„Bloß ein Flyer vom Ministry of Sound in London, auf der Rückseite ein Name und eine Adresse in Nordlondon."

„Und du glaubst, dass das der Name und die Adresse von deinem Vater sind?"

Päivi zuckte mit den Schultern. „Was sollte es sonst damit auf sich haben? Meine Mum war in den Neunzigerjahren eine bekannte DJane. Sie hat in Clubs in ganz Europa aufgelegt – war, glaub ich, eine ziemlich wilde Zeit. Na ja ... Der Flyer war vom Dezember 1992. Da war der Club noch ziemlich neu. Ich bin im Oktober 1993 geboren ..."

Sarina nickte. „Ziemlich genau zehn Monate später. Warum fragst du deine Mum nicht einfach, was es damit auf sich hat?"

Päivi strich sich eine pinke Haarsträhne hinters Ohr. „Das geht leider nicht. Sie ist letztes Jahr gestorben.“

„Oh. Das tut mir leid.“ Sarina wich Päivis Blick aus und strich mit den Händen ihr Kopfkissen glatt. Puh! Das war nun wirklich alles sehr persönlich. „Ich nehme an, der Name steht nicht im Telefonbuch? Sonst hättest du ihn vermutlich mal angerufen.“

Päivi lachte kurz auf. „Der verfluchte Typ heißt Ben Jones. Mit dem Namen gibt es allein in Greater London 76, keiner davon unter der Adresse auf dem Flyer. Vielleicht wohnt er ja auch nicht einmal mehr in London.“

„Kismet!“ Sarina lachte. „76 Ben Joneses und 78 blöde Radiosender in London.“

„Siehst du? Zufälle gibt es nicht. Vielleicht sind wir einander begegnet, um uns gegenseitig beim Suchen zu helfen.“ Päivi hielt die Handfläche hoch und Sarina schlug ein. „Auf unsere Suche! Das sollten wir noch unten in der Bar feiern gehen.“

6

Als Sarina und Päivi am nächsten Morgen müde aus den Betten krabbelten, war es bereits neun Uhr. Sie wollten gleich aufbrechen. In einem kleinen portugiesischen Café an der Clapham Road frühstückten sie ausgiebig mit Tee, Toast, Eiern, Speck und Bohnen und machten Pläne für den Tag. Zunächst brachen sie Richtung Oxford Street auf, um KISS einen Besuch abzustatten. Schon bald drängelten sie sich zwischen Massen von bummelnden Touristen von der U-Bahn-Station Oxford Circus, vorbei an Souvenirläden und Boutiquen, Richtung Tottenham Court Road. Nicht allzu weit vom Oxford Circus entfernt, bogen sie in eine unscheinbare Seitenstraße und blieben vor der Glastür des Mappin House stehen.

Sarina räusperte sich kurz, dann betraten sie das Foyer, in dem eine dunkelhäutige Dame in marineblauer Sicherheitsuniform mit Goldknöpfen am Empfangstresen saß. Offenbar wurde hier gerade renoviert. Die Böden waren mit Kartonplatten ausgelegt und von oben dröhnte eine Bohrmaschine.

„Entschuldigen Sie, das hier ist doch das Studio von KISS FM?", fragte Sarina verunsichert.

Die Dame am Empfang lächelte freundlich. „Das tut mir leid, Miss. Da sind Sie falsch. Der Sender ist schon vor zwei Jahren in ein neues Gebäude umgezogen."

„Oh!", machte Sarina und fühlte einen Stein in ihren Magen plumpsen. Das fing ja schon gut an.

„Können Sie uns denn vielleicht sagen, wohin der Sender umgezogen ist?", hakte Päivi nach.

„Natürlich, gerne. Das war ..." Die Dame, deren Namensschild sie als „Deliah" auswies, machte eine Pause und schien angestrengt nachzudenken. „Verflixt, jetzt habe ich die Straße vergessen. Ich bin nur Aushilfe hier", sagte sie mit einem entschuldigenden Lächeln und griff zum Telefonhörer. „Einen Moment, bitte."

Nachdem Deliah einen Kollegen nach der neuen Anschrift des Senders gefragt hatte, bedankten sich Sarina und Päivi, wünschten noch einen schönen Tag und traten wieder hinaus in den Lärm der Straße.

„Golden Square. Das klingt doch vielversprechend", versuchte Päivi, Sarina aufzumuntern, während diese die Adresse in ihr Smartphone tippte.

„Ist zum Glück nicht so weit. Etwa zehn Minuten zu Fuß."

Sie huschten zwischen Bussen, Taxis und rasenden Fahrradkurieren über die Straße und liefen Richtung Carnaby Street.

„So sehen wir doch wenigstens noch etwas von der Stadt."

Sarina warf neugierige Blicke auf die Schaufenster der vielen kleinen Läden und Boutiquen.

„Ich sag dir. Wenn ich mal zu Geld komme, fliege ich mit einem leeren Koffer her! Ich könnte hier einfach alles kaufen!" Päivi war vor dem Schaufenster von *Irregular Choice* stehengeblieben und bestaunte die Auslage quietschbunter Schuhe. „Guck dir die an! Die würden so perfekt zu meinem Rock passen!"

Sie deutete auf ein Paar geschlossene Vintage-Heels mit schwarzer Satinschleife, Polkadot-Muster, weißen

Margeriten und einem schwindelerregend hohen Absatz.

„Na, du wirst doch mal Wirtschaftstussi", grinste Sarina. „Wenn du dann deine erste Million damit gemacht hast, Unternehmen in den Ruin zu beraten, nimmst du mich mit zum Shoppen. Oh! Oh! Oh! Guck doch mal die!"

Wie zwei kleine Kinder vor einem Spielzeugladen drückten sie noch eine Weile die Nasen am Schaufenster platt, bis Sarina ihre neue Freundin schließlich sanft am Ärmel vom Schuhparadies wegzog.

„Wir haben noch eine Mission zu erfüllen", sagte sie mit gespielter Strenge.

Nicht lange später standen sie schließlich vor dem Gebäude, das KISS FM und einige seiner Schwestersender beherbergte. Neben dem Eingang stand eine junge Frau und rauchte. Sie hatte leuchtend rote Haare, trug rostfarbene Socken zu quietschblauen Doc Martens und eine Jeans, die aussah, als sei sie in der Wäsche eingelaufen. Aus dem gewagten Outfit folgerte Sarina, dass es sich um eine Mitarbeiterin des Senders handeln könnte.

„Entschuldigung, arbeitest du hier?" Sarina deutete mit dem Kinn über die Schulter auf das Gebäude hinter sich.

„Wie man es nimmt", meinte das Mädchen. „Ich bin bloß Praktikantin. Wieso?"

Praktikantin! Perfekt. Wenn jemand die Praktikanten mit Namen kannte, dann doch am ehesten die anderen armen Würstchen, die den Tag mit Kopieren und Kaffeekochen herumbrachten.

„Arbeitet hier zufällig jemand, der Leo heißt? Er ist auch Praktikant und kommt aus Deutschland.“

Das rothaarige Mädchen runzelte die Stirn, nahm einen Zug von seiner Zigarette und ließ den Qualm langsam aus dem Mundwinkel strömen. Schließlich schüttelte sie den Kopf. „Nein. Einen Leo kenne ich nicht. Der soll hier ein Praktikant sein?“

„Na ja“, sagte Sarina und zuckte mit den Schultern, „nicht unbedingt hier. Ich weiß nur, dass er bei einem Radiosender arbeitet.“

„Oh“, machte das Mädchen. „Nein, tut mir leid. Hier arbeitet er nicht. Ich bin schon ein paar Monate hier und kenne mittlerweile alle anderen Praktikanten. Wir sind öfter mal was trinken gegangen. Also, bei KISS, Magic, Kerrang und Heat kenne ich jedenfalls keinen Leo. Nur einen Leonard, aber der ist aus Dorset, kein Deutscher.“

Sarina war enttäuscht. Wie lange würde es wohl dauern, bis sie Leo gefunden hatte? Dies war doch erst der erste Haken auf ihrer Liste. Päivi schenkte ihr ein aufmunterndes Lächeln. Wie mochte es ihr erst gehen? Nach dem Tod ihrer Mutter stand sie ganz ohne Familie da. Es war nicht schwer, sich vorzustellen, wie viel es ihr bedeuten musste, ihren Vater zu finden. Doch die Finnin wirkte gelassen. Sarina beschloss, sich ein Beispiel an ihr zu nehmen. Sie lächelte zurück. So früh schon die Mutter zu verlieren, war sicher hart. Mit ihrer Mum lag sie sich ständig wegen irgendwelcher Kleinigkeiten in den Haaren. Das meiste davon war echt überflüssig. Möglicherweise sollte sie dankbarer sein, dass sie überhaupt Eltern hatte. Auf Papa war ohnehin Verlass. Nachts um drei aus Versehen aus der

Wohnung ausgesperrt? Kein Problem. Dad anrufen und er würde sich ohne zu murren ins Auto setzen. Sie sollte ihre Eltern heute Abend definitiv einmal anrufen.

7

Die Adresse auf Päivis Flyer befand sich in Friern Barnet, im Norden Londons, unweit der U-Bahn-Haltestelle Arnos Grove. Während die beiden Mädchen in der Piccadilly Line nordwärts ratterten, blieb Päivi ungewohnt still.

„Bist du nervös?" Sarina legte der Finnin die Hand auf den Arm.

„Und wie! Vielleicht sehe ich gleich zum ersten Mal meinen Dad. Möglich, dass er eine andere Familie hat. Ob ich Geschwister habe?" Päivi griff nach Sarinas Hand. Ihre Handfläche fühlte sich kalt und feucht an. „Oder er wohnt längst nicht mehr dort. Er könnte auch tot sein. Wer weiß? Ein blödes Gefühl, dass ich auf alles gefasst sein muss. Der Besuch könnte mein Leben umkrempeln. Oder es passiert einfach gar nichts." Sie kaute an der Ecke ihres Daumennagels. „*Voi paska!*"

Sarina nickte und grinste. „Möchte ich wissen, was das heißt?"

„Na ja. So schlimm war es auch wieder nicht. Da hab ich schlimmere Flüche drauf. Ich bring sie dir bei, wenn du willst."

„Abgemacht." Sarina drückte aufmunternd Päivis Hand. „Dann bring ich dir bei, wie man auf Deutsch flucht."

„Weißt du, ich bin echt froh, dass ich nicht alleine bin. Danke."

Päivi strich sich eine lose Haarsträhne aus der Stirn.

„Hey! Na klar! Du hilfst mir schließlich auch."

„Leider bisher erfolglos." Päivi zuckte abschätzig mit dem Mundwinkel. „Aber wir finden ihn schon, deinen Leo. Hast du eigentlich was zu trinken im Rucksack? Mein Mund ist total trocken."

Dankbar nahm die Finnin einen großen Schluck aus Sarinas Flasche. Sie grinste. „Danke. Das tat gut. Aber eigentlich könnte ich jetzt einen *Koskenkorva* gebrauchen. Meine Nerven!"

Sie brauchten eine Weile, um sich zu orientieren, als sie aus dem kreisrunden Stationsgebäude ins Freie traten Nach einem Blick auf den Umgebungsplan folgten sie der Bowes Road, vorbei an Geschäften und den typischen kleinen Reihen- und Doppelhäusern aus rotem Backstein, die noch unter Königin Viktoria oder Edward VII gebaut worden waren. Sie wechselten sich ab mit hell geklinkerten modernen Mietshäusern, weitläufigen, umzäunten Rasenflächen, hübschen Vorgärten und dicht belaubten Bäume. Es war ein recht hübsches Wohnviertel und sicherlich nicht ganz billig – besonders für Londoner Verhältnisse.

Das gesuchte Haus befand sich allerdings direkt neben einer Tankstelle. Es war ein unscheinbares, zweigeschossiges Mietshaus, einer der typischen Sozialbauten aus der Nachkriegszeit. Im Obergeschoss hatte jemand Bettwäsche zum Lüften ans Fenster gelegt, der Rasen im Vorgarten war akkurat geschnitten. Solche Häuser gab es in London wie Sand am Meer. So unspektakulär das Gebäude auch war, es konnte möglicherweise einen der wichtigsten Menschen in Päivis Leben beherbergen. Einzig die Eingangstür war in leuchtendem Rot gestrichen und schon von der Straße her deutlich sichtbar. Die Mädchen überflogen die Namen auf den Klingelschildern.

„*Vittulan Väki*! Verfluchter Mist! Kein Jones." Päivi blies die Luft aus. „Und jetzt?"

Sarina nahm Päivi den Flyer aus der Hand.

„Hier steht ‚Wohnung 5'. Warum klingeln wir nicht einfach? Selbst wenn Ben Jones dort nicht mehr wohnt, könnte der neue Bewohner doch wissen, wo er steckt."

„Möglich." Päivi zuckte mit den Schultern. Die Enttäuschung war ihr deutlich anzumerken. Einen Augenblick lang schwebte ihr Zeigefinger zögernd über dem Klingelknopf mit dem Namen Torres. Dann drückte sie ihn. Aus dem Innern war ein schrillender Ton zu hören.

Eine Weile später öffnete eine Dame mittleren Alters die Haustür. Sie warf einen kritischen Blick auf Päivis pinkfarbene Haarpracht und ihre gepiercte Augenbraue und runzelte die Stirn.

„Ja bitte? Was wollen Sie?"

„Bitte entschuldigen Sie die Störung, Madam. Ich bin auf der Suche nach jemandem. Aber mein einziger Anhaltspunkt ist ein alter Flyer mit dieser Adresse darauf. Ich dachte, vielleicht könnten Sie mir weiterhelfen."

Sie reichte der Dame das Papier.

8

„Ben Jones?“ Die Frau betrachtete mit zusammengezogenen Augenbrauen den Flyer. „Das muss schon lange her sein. Meine Vormieter hatten einen anderen Namen, und die haben, wenn ich mich richtig erinnere, einige Jahre hier gewohnt.“

Im Erdgeschoss des Anbaus öffnete sich ein Fenster, und eine alte Frau in blau geblümter Kittelschürze lehnte sich neugierig hinaus.

„Kommen Sie doch einen Augenblick herein, da ist man ungestört.“ Ms Torres hatte dies etwas lauter gesagt, als eigentlich nötig gewesen wäre. Sie bedeutete Päivi und Sarina, ihr in den Flur zu folgen und schloss die Eingangstür hinter ihnen.

„Die Alte von nebenan ist eine echte Pest! Hat ihre Augen und Ohren überall, das neugierige Weibsstück!“ Ms Torres warf einen ärgerlichen Blick Richtung Haustür.

„Darf ich fragen, warum Sie diesen Mr Jones suchen? Oder ist es etwas Persönliches? Ich möchte nicht neugierig erscheinen, aber vielleicht kann ich irgendwie helfen.“

Päivi zog eine Schulter hoch und machte ein schnalzendes Geräusch mit der Zunge.

„Ja, es ist persönlich. Wissen Sie, höchstwahrscheinlich handelt es sich bei Ben Jones um meinen leiblichen Vater.“

„Oh, verstehe.“ Ms Torres schien einen Augenblick zu überlegen. „Es tut mir wirklich leid, dass ich nichts darüber weiß, wer vor meinen unmittelbaren Vormietern in dieser Wohnung gewohnt hat. Wissen Sie was? Ich höre bei der Hausverwaltung nach. Gut möglich, dass die uns weiterhelfen können. Möchten Sie mir Ihre Nummer dalassen?“

Ms Torres kramte einen Kugelschreiber und einen Notizblock aus einer Schublade.

„Das ist wirklich nett von Ihnen.“

Päivi kritzelte ihre Handynummer auf den Zettel.

„Gerne doch. Hoffentlich finde ich etwas heraus, das Ihnen weiterhilft.“

Als Sarina und Päivi die Haustür hinter sich schlossen, lehnte die neugierige Nachbarin noch immer am Fenster und verfolgte ihren Weg zurück zur Straße mit aufmerksamen Blicken.

„Tja, das war ja wohl kein besonders erfolgreicher erster Tag“, seufzte Päivi.

„Nein, das kann man nicht gerade sagen.“ Sarina kickte mit dem Fuß ein Steinchen zur Seite. „Aber es war bloß unser erster Versuch. Wir sollten nicht gleich aufgeben.“

„Das habe ich auch nicht vor!“, sagte Päivi bestimmt. „Aber jetzt brauche ich trotzdem eine Portion Eiscreme. Bevor wir in die U-Bahn gestiegen sind, habe ich ein Baskin Robbins gesehen. Es gibt kaum etwas, das eine Kugel Mississippi Mud nicht besser machen würde.“

Sarina lachte. „Das würde ich jederzeit unterschreiben. Wenn das Zeug bloß nicht gleich auf die Hüfte ginge.“

Etwas später saßen sie mit einem Eis in der Hand auf dem Rand des Brunnens am Trafalgar Square und ließen die Beine baumeln, während sie die umherwuselnden Touristenscharen beobachteten.

„Ist schon eine tolle Stadt", meinte Sarina. „An jeder Ecke steht irgendein geschichtsträchtiges Gebäude oder etwas, das du aus irgendwelchen Filmen oder aus den Nachrichten kennst. Wenn es nicht so laut und die Luft nicht so verpestet wäre, könnte ich mir gut vorstellen, hier zu leben."

„Ich auch", stimmte Päivi zu. „Allerdings schwindet das Geld in meinem Portemonnaie in einer alarmierenden Geschwindigkeit."

„Wir sollten weniger Eis essen." Sarina grinste. „Aber im Ernst. Selbst wenn man versucht, sparsam zu leben. Das Geld rinnt einem nur so durch die Finger. Ist eben leider ein teures Pflaster. Ich hatte mir überlegt, dass ich mir irgendeinen Job suche. Schließlich könnte es eine Weile dauern, bis ich Leo gefunden habe. Und wenn ich ihn dann endlich gefunden habe, möchte ich schließlich auch etwas Zeit mit ihm verbringen und nicht direkt wieder abreisen."

„Dito." Päivi nickte. „Genau das ist auch mein Problem. Ein Job wäre nicht verkehrt. Im Hostel lagen eine Menge Magazine und Tageszeitungen aus. Wir sollten einfach mal die Jobanzeigen durchstöbern. Vielleicht finden wir ja was Passendes", schlug Päivi vor.

9

Nachdem sie unterwegs in einem Supermarkt Getränke, Snacks und etwas Obst erstanden hatten, brüteten Päivi und Sarina über den aufgeschlagenen Stellenanzeigen. Sarina stieß Päivi an und deutete auf die Zeitungsseite.

„Hier. Das klingt ganz gut. Die suchen Leute, die in der Tube Werbeflyer verteilen. Man muss nichts Besonderes können und auch keinen Führerschein haben oder so. Das kann man bestimmt auch stundenweise machen. Wir brauchen schließlich noch Zeit für unsere Suche."

„Okay. Die schreib ich schon mal auf unsere Liste." Päivi beugte sich über die Zeitung und kritzelte die Telefonnummer auf einen Zettel.

Nach einer Weile hatten sie eine beachtliche Liste in Frage kommender Jobs zusammengestellt, die sie sich am kommenden Tag vorknöpfen wollten. Doch zunächst stand ein ausgiebiges Beauty-Programm an. Denn wenn sie nun schon einmal hier waren, wollten sie auch wenigstens das Londoner Nachtleben unsicher machen.

„Vielleicht sollten wir mal ins Ministry of Sound gehen. Ist ja schließlich so etwas wie deine Produktionsstätte." Sarina grinste.

„*Hyppää kaivoon!*" Päivi streckte Sarina die Zunge heraus und boxte sie in die Seite.

„Hey!", rief Sarina. „Was hast du gesagt?!"

„Ach nichts", Päivi schüttelte lachend den Kopf.

„Na warte! Komm her, du kannst noch etwas Farbe gebrauchen.“

Sarina drehte ihren Lippenstift aus der Hülle und lief damit hinter der abwechselnd lachenden und kreischenden Päivi her.

Ein Besuch des Ministry of Sound hätte wohl ihre Reisekasse gesprengt. Daher begnügten sich die beiden damit, für eine kleine Kneipentour nach Camden zu fahren.

Ihre erste Station war die *Lockside Lounge*, wo sie sich Bier und Hotdogs vom Grill genehmigten. Sie drängelten sich durch die Kneipengäste und ergatterten noch zwei freie Plätze an einem der Tische auf dem Balkon. Von dort konnte man auf den Kanal und die alte Schleuse blicken. Am anderen Ende des Tisches saß bereits eine Gruppe junger Männer.

Päivi nahm einen kräftigen Schluck von ihrem Bier.

„Wir müssen uns was einfallen lassen. Wenn wir jeden Tag draußen essen oder unterwegs etwas zu essen kaufen, wird es finanziell verdammt schnell knapp. Selbst wenn wir einen Job finden.“

„Ja. Schon allein das Hostel ist teuer genug. Es wäre günstiger, wenn wir selber kochen könnten und einen Kühlschrank hätten.“ Sarina zupfte eine Gurkenscheibe aus ihrem Hotdog und knabberte nachdenklich daran herum. „Dann könnten wir im Supermarkt einkaufen. Wenn man preiswert einkauft und alles durch zwei teilt, kommt man da auf jeden Fall deutlich günstiger weg.“

Päivi nickte.

„Das ist wahr. Du, es gibt doch Hostels mit Self-Catering. Da gibt es eine Gemeinschaftsküche, die man benutzen kann. Vielleicht sollten wir uns so etwas suchen.“

„Super Idee!“, rief Sarina begeistert und zückte ihr Handy. „Ich guck gleich mal nach. Ein Hoch auf kostenloses WLAN!“

Während sie noch auf dem Display herumtippte, beugte sich Päivis Sitznachbar, ein blasser Typ mit orangeroten Locken, Sommersprossen und einer eckigen Brille, plötzlich zu ihnen herüber.

„Tut mir leid, ihr zwei, dass ich euch so blöd von der Seite anquatsche. Ich wollte euch auch nicht belauschen, aber ich habe gerade rausgehört, dass ihr nach einer günstigen Unterkunft sucht. Wäre eventuell ein WG-Zimmer eine Lösung?“

Päivi und Sarina sahen sich fragend an. Was antwortete man üblicherweise, wenn einen ein Wildfremder in der Kneipe so etwas fragte?

„Äh. Na ja, das kommt darauf an.“

Sarina legte ihren Hotdog auf dem Teller ab und runzelte die Stirn.

„Also, es ist nämlich so: Ein paar Freunde von mir und ich haben eine WG in Bermondsey. Bei uns stehen zurzeit zwei Zimmer leer, für die wir Untermieter brauchen.“

Er schien Sarinas kritischen Gesichtsausdruck zu bemerken, stellte sein Pintglas ab und rutschte ein Stück näher.

„Ich weiß, das muss euch jetzt suspekt vorkommen. Aber es ist wirklich ein glücklicher Zufall. Wir sind eine gemischte WG und eigentlich zu sechst. Zwei unserer Mitbewohner, Michael und Ruby, sind allerdings gerade in Australien. Dadurch sind wir nun drei Jungs und Emma ist das einzige Mädchen. Ich kann mir vorstellen, sie wäre ganz froh, wenn sie Verstärkung bekäme. Eigentlich wollten Michael und Ruby nur Urlaub machen, aber dann hat sich da ein Job für sie ergeben. Jetzt bleiben sie drei Monate, und wir müssen ihre Zimmer untervermieten.“

„Wir könnten uns die Zimmer ja einfach mal ansehen. Was meinst du?“

Sarina schaute Päivi abwartend an.

„Klar. Wieso nicht? Außerdem haben deine Mitbewohner ja sicher auch noch ein Wörtchen mitzureden, oder? Ich meine, kann ja sein, dass sie uns total blöd finden.“

Der Typ lachte. „Das kann man nie wissen. Aber ich glaube, ihr könntet gut in unsere Gruppe reinpassen. Ich bin übrigens Keith. Und wie heißt ihr?“

Die WG befand sich in einem Reihenhaus im südlichen Bermondsey, nicht allzu weit entfernt vom Southwark Park und dem Surrey Quays Einkaufszentrum und verfügte, zu Sarinas großer Freude, sogar über einen kleinen Garten. Die Gegend war sicherlich nicht die hübscheste, die London zu bieten hatte. In regelmäßigen Abständen ratterten Züge über die nahe Bahnbrücke. Doch ein eigener kleiner Garten mitten im Großstadtgewühl, von der WG gemütlich hergerichtet, das hatte schon etwas. Direkt gegenüber fuhr die Buslinie 1 und brachte einen in zehn Minuten ins touristische Herz der Stadt. Die Miete war fast zu günstig, um wahr zu sein. Allerdings hatten die Zimmer auf Keith’ Handyfotos auch winzig ausgesehen. Wenn sie hier einziehen könnten, käme es sie wesentlich günstiger als dauerhaft in einem Hostel oder Bed and Breakfast zu bleiben. Ein wenig nervös war Sarina allerdings doch, als sie durch das hölzerne Gartentörchen traten und sich der Haustür näherten. Wie mochten die übrigen WG-Mitglieder sein? Und was, wenn sie mit Sarina und Päivi nicht einverstanden wären?

Die WG hatte sich bereits bei Tee und Keksen in der Küche versammelt. Sarina gefielen die zusammengewürfelten Möbel und die Deko. Alles sah aus, als hätte die Bewohner es liebevoll auf Flohmärkten zusammengesammelt.

Sarina und Päivi stellten sich vor und Sarina kam sich ein kleines bisschen vor wie bei einer mündlichen Prüfung, während sie dem – zugegeben nicht besonders streng wirkenden – WG-Tribunal gegenübersaßen.

„Es war ein glücklicher Zufall, dass ich euer Gespräch im Pub gehört habe, einfach perfektes Timing. Denn wir wollten gerade online eine Anzeige aufgeben", erklärte Keith, nachdem er seine Mitbewohner vorgestellt hatte.

Neben Keith waren da Emma, Daniel und Nathan. Emma war eine fröhliche Blondine mit einem Püppchengesicht und Stupsnase. Ihr war anzusehen, dass die Aussicht, gleich doppelt weibliche Verstärkung zu bekommen, sie freute. Munter plauderte sie darauf los. Daniel sah aus, als hätte er asiatische Wurzeln. Er wirkte freundlich und offen, musterte die beiden Mädchen aber unter seinen Ponyfransen hindurch allerdings mit aufmerksamen und kritischen Blicken. Sarina vermutete, dass er morgens im Bad viel Zeit für sein gekonnt unfrisiert wirkendes Haarkunstwerk brauchen würde. Das blauschwarze Haar war kunstvoll zerzaust und sollte wohl den Eindruck machen, als sei er gerade erst aufgestanden. Nathan hingegen schien unbeteiligt. Es wirkte, als sei ihm egal, wer in die leerstehenden Zimmer einziehen würde. Hin und wieder nippte er an seinem Tee, trug aber herzlich wenig zur Unterhaltung bei. Im Gegensatz zu Daniel schien er nicht viel von aufwändigem Styling zu halten. Seine halblangen blonden Haare machten mehr den Eindruck, als sei er tatsächlich morgens so aus dem Bett gestiegen. Ein struppiger Fünftagebart unterstrich den leicht abgerissenen Eindruck. Sicher eine Künstlertype, fand Sarina. Warum allerdings ein gepflegtes Äußeres und künstlerische Ambitionen im Widerspruch zueinander stehen sollten, war ihr stets ein Rätsel geblieben.

„Für so kurze Zeit ist es auch schwer, jemanden zu finden. Viele wird es abschrecken, dass sie nur für drei Monate hier einziehen können. Möglicherweise könnte es etwas für Gaststudenten sein, aber auch die bleiben meistens etwas länger. Insofern bin ich froh, dass Keith euch gefunden hat." Emma lächelte und schob Päivi und Sarina den Teller mit Keksen zu. „Was treibt ihr denn hier in London? Macht ihr Urlaub?"

„Ich ... äh ... bin auf der Suche nach meinem Vater", gab Päivi zu. „Es ist eine etwas komplizierte Geschichte. Das Einzige, was ich über ihn weiß, ist, dass er hier in London gelebt hat, und nun versuche ich, Spuren zu finden."

„Ist ja spannend!" Emma war offenbar sofort Feuer und Flamme „Bestimmt können wir dir helfen!"

„Das wäre toll. Bisher hatten wir noch nicht allzu viel Glück" Päivi lächelte.

„Und du?" Daniels prüfender Blick wandte sich Sarina zu.

„Also ... äh ..." Sarina errötete. Kurz spielte sie mit dem Gedanken, eine Ausrede zu erfinden, zu sagen, dass sie nur hier war, um ihr Englisch aufzupolieren. Denn der wahre Grund dafür klang einfach zu bescheuert. Das musste sie ja zugeben. Schon als sie es Päivi erklärt hatte, war sie sich blöd vorgekommen. Allerdings fand sie, dass es nicht gerade ein gutes Omen war, wenn sie sich ihrer Mission schämte. Also beschloss sie, dazu zu stehen und der WG die Wahrheit zu erzählen. „Ich suche auch jemanden. Einen Mann. Jemanden, den ich flüchtig aus der Uni kenne. Also, ich bin mir ziemlich sicher, dass wir perfekt füreinander wären, aber ... Also, er ist nach London gegangen, bevor ich die Chance hatte, ihm zu sagen, was ich für ihn empfinde."

„Wie romantisch!" Emma seufzte.

Nathan, der bis dahin in seiner Ecke gehockt und geschwiegen hatte, prustete geräuschvoll in seinen Tee.

„Sorry." Er grinste und entblößte dabei eine kleine Lücke zwischen seinen oberen Schneidezähnen. „Du kennst ihn nur flüchtig und trotzdem weißt du ganz genau, dass du ihn liebst und er dein Ritter auf dem weißen Pferd ist?"

„Ich sage doch, es ist kompliziert", knurrte Sarina. „Das war jetzt nur die Kurzversion."

Nathan lächelte schief.

„Dann kann ich kaum abwarten, die ausführliche Version zu hören. Ich sage, wir nehmen die Mädels auf", rief er mit einem amüsierten Unterton, der Sarina innerlich zum Kochen brachte. Was für ein Blödmann!

Aber die anderen waren super nett – und die Wohnung ein Traum.

„Ach, Nathe, du alter Stinkstiefel!" Emma tat, als schlüge sie ihm auf den Hinterkopf. Dabei lachte sie. „Halt du dich da raus. Was verstehst du schon von Liebe und Romantik?"

„Stör dich nicht an Nathe. Der ist ohnehin selten zu Hause", erklärte Keith und grinste. „Er ist Musiker und ständig mit irgendwelchen Bands unterwegs."

Ha! Hatte sie es doch gewusst. Ein Künstler. *Ts! Wenn man ständig in anderen Sphären unterwegs ist, muss man sich wohl um Höflichkeit und Takt nicht bemühen wie Normalsterbliche.*

„Am besten zeige ich euch jetzt mal das Haus, nicht wahr? Sicher seid ihr gespannt auf eure Zimmer", schlug Keith vor und brach damit die leichte Anspannung, die nach Nathans Bemerkung in der Luft gelegen hatte.

Sie begannen im unteren Stockwerk. Dort gab es außer der Küche noch ein großes, gemütliches Gemeinschaftszimmer. Sarina registrierte mit Begeisterung den offenen Kamin und die kuschelige Leseecke. Ein quietschbunter Sitzsack lag in dem typischen vorgebauten Erker, durch dessen Fenster man auf den kleinen Garten hinter dem Haus hinausblickte. Es gab sogar eine Gästetoilette, wenn auch ähnlich geräumig wie das Klo in einem Flugzeug. Eine Tür unter der Treppe führte zu einem kleinen Abstellraum, was Sarina direkt an Harry Potters Schlafstatt im Haus der Familie Dursley erinnerte. Eine steile, knarzende Treppe führte ins Obergeschoss. Dort befanden sich die Schlafzimmer und das große Gemeinschaftsbadezimmer befanden. Der lange Flur diente der WG als Bibliothek. Bis unter die Decke zogen sich lange Regalreihen, die mit Büchern aller Art vollgestopft waren. Das machte die Mitbewohner doch gleich noch sympathischer – von Nathan abgesehen. Bestimmt las der nicht. Oder höchstens Musikerbiografien oder irgendwelche abgedrehten Punkschriftsteller, bei denen es nur um Drogen und Sex ging.

Die Zimmer waren in der Tat winzig. Sie boten gerade genug Platz für ein Bett, einen Kleiderschrank und einen kleinen Schreibtisch. Doch jeder Bewohner – und jede Bewohnerin – hatte seiner Schlafstatt einen ganz persönlichen Stempel aufgedrückt.

Emmas mit zahlreichen bunten Kissen bestreutes Bett nahm fast die gesamte Breite des Zimmers ein. Sie hatte sich aus weißem Chiffon eine Art Betthimmel gebastelt. So wirkte ihre kuschelige Schlafstätte wie ein Beduinenzelt. Ihre Kleider hingen, nach Farben sortiert, an Kleiderstangen, die sie mit einem Flaschenzug unter die Decke ziehen konnte. Als Schreibtisch diente ihr ein etwas breiteres Regalbrett, das mit Scharnieren an der Wand angebracht war und hochgeklappt werden konnte, wenn der Tisch nicht gebraucht wurde.

Keith' Zimmer wirkte nüchtern und aufgeräumt. Er schien eher pragmatisch veranlagt und hielt offenbar nicht viel von unnötigen Staubfängern. Außer einem Fotorahmen, in dem sich ein Familienporträt befand, gab es keine Dekorationsstücke. Alles schien einen festen Platz zu haben und bestimmt fand Keith immer auf Anhieb alles, was er suchte.

Als nächstes besichtigten sie Nathans Zimmer.
„Sind das etwa alles Backstage-Pässe?"

Päivi staunte und fuhr mit dem Finger durch die Plastikkärtchen, die an bunten Schlüsselbändern von der Kleiderstange hingen. Hier gab es keinen Schreibtisch. *Aha!* Dafür hatte Nathan ein E-Piano in sein Zimmer gequetscht. Veranstaltungs- und Bandposter pflasterten die Wände. *Wie bei einem Teenager.* Bloß dass es keine Boybands waren, die hier an der Wand hingen, sondern irgendwelche Rockgruppen, von denen Sarina bestenfalls die Namen kannte.

„Ja, genau. Das sind Backstage-Pässe. Nathan ist ständig auf irgendwelchen Festivals und Konzerten", erklärte Keith. „Soweit ich weiß, studiert er an der London School of Sound – irgendwas mit Tontechnik und so. Aber so genau weiß ich das nicht. Ich hab nicht so einen Draht zu ihm. Michael und Ruby – also, die beiden, die jetzt in Australien sind – sind enger mit ihm befreundet. Die drei haben damals das Haus hier aufgetrieben und zusammen mit Daniel die WG gegründet. Das Haus gehört angeblich irgendeinem Verwandten von Nathe. Emma und ich sind erst später dazugekommen."

„Wow! *Helvetin Hyvä!*", rief Päivi, die immer noch mit glänzenden Augen die Backstage-Ausweise ansah. „Glitterilla Warriors! Sag bloß, die hat er persönlich getroffen!? Mann, die find ich richtig geil."

„Wen?" Sarina runzelte die Stirn.

„*Mita vittua!*? Du kennst Glitterilla Warriors nicht?" Päivi schaute Sarina mit einem Blick an, als hätte die sich eben als Kannibalin geoutet.

„Doch! Die kennst du. Ganz bestimmt. Das ist diese Glamrock-Band, die immer in total übertriebenen Frauenkostümen auftreten. Nathan war wohl schon öfter mit denen auf Tour. Ist auch nicht unbedingt mein Fall." Keith winkte ab.

„Ach, die aus diesem Kreditkarten-Werbespot, richtig?"

Päivi verdrehte die Augen und schüttelte ungläubig den Kopf.

„Ja. Die aus dem Werbespot. Aber dafür sind sie wohl kaum berühmt geworden. Sarina! Ich werd dich zum Zwangshören verdonnern. Die machen verdammt gute Musik. Man fasst es doch nicht! Wie kann man GW nicht kennen? Du brauchst ehrlich Nachhilfe. Erinnere mich daran, dass ich dich mit ein paar finnischen Radiosendern bekannt mache. Ein Hoch auf das Streaming."

Päivi grinste, reckte die zur „Pommesgabel" geformte Hand in die Höhe und schüttelte die Haare.

Keith hob skeptisch eine Augenbraue.

„Hey! Aber hier wird nicht mitten in der Nacht die Musik aufgedreht. Dass das klar ist!"

„Zwei Wörter", konterte Päivi und reckte zwei Finger in die Luft. „Bluetooth. Kopfhörer."

„Okay, dann will ich mal nichts gesagt haben." Keith lachte. „Kommt, ich zeige euch jetzt eure Zimmer."

Die Mädchen folgten ihm zum Ende des Flurs, wo ihre Zimmer lagen. Im Gegensatz zu Keith' Zimmer waren die Regale und der Schreibtisch in Michaels Reich mit allerhand Reiseandenken und Nippes vollgestellt und die Wände zierten Poster und Fotos. Eine ausziehbare Schlafcouch ersetzte das Bett. Rubys Zimmer hatte etwas von Barbies Traumhaus und war ganz in Rosa und Weiß gehalten. Päivi hatte schon bei den Handyfotos wenig Begeisterung signalisiert. Also hatte sich Sarina ganz selbstlos geopfert, in diesem Prinzessinnenzimmer zu wohnen. Sie verschwieg lieber, dass sie sich so ein Zimmer immer gewünscht hatte.

„Wie gesagt, es war eigentlich nicht geplant, dass Michael und Ruby länger in Australien bleiben. Die Kleiderschränke haben wir schon leergeräumt. Wenn euch der übrige Kram stört, könnt ihr ihn in Kisten packen. Die stellen wir dann so lange unten in die Abstellkammer."

„Nicht nötig. Ich finde, das macht den Raum etwas wohnlicher", fand Päivi. „Wenn Michael nichts dagegen hat, würde ich seine Sachen einfach stehen lassen."

„Ich denke nicht, dass sie etwas dagegen haben werden. Falls ihr bei uns einzieht, gebe ich euch die E-Mail-Adressen von den beiden, dann könnt ihr es am besten selbst klären."

„Falls wir einziehen?" Päivi zog die Augenbrauen hoch. „Liegt die Entscheidung denn überhaupt bei uns? Das müsst ihr als WG doch entscheiden."

Keith nickte.

„Klar. Natürlich müsst ihr vorher unseren dreistündigen schriftlichen WG-Einbürgerungstest und die praktische Prüfung im Badezimmerputzen und Kochen bestehen."

Für einen kurzen Moment sahen Sarina und Päivi ihn schockiert an, so ernst hatte er dabei geklungen.

Keith lachte. „Quark! Keine Panik. Wenn es euch bei uns gefällt, würde ich euch einfach bitten, kurz hier oben zu warten, dann halten wir in der Küche ein kleines WG-Palaver und stimmen ab. Ich gebe euch dann sofort Bescheid. Einverstanden?"

Es dauerte keine fünf Minuten, bis Keith wieder auftauchte und Sarina und Päivi in die Küche bat, wo sie feierlich als neue Mitbewohner begrüßt wurden.

„Wenn ihr Hilfe beim Transport eurer Sachen braucht, sagt Bescheid. Nathan hat einen Bulli für seinen Tontechnik-Kram", bot Emma an und war sichtlich begeistert, dass die beiden bald einziehen würden.

„Nein danke, nicht nötig. Wir haben ja nicht viel Zeug. Das schaffen wir auch so." Sarina war erleichtert, dass das befürchtete Kreuzverhör ausgeblieben war und sich das Kennenlernen der WG als so unkompliziert herausgestellt hatte.

„Morgen müssen wir erst einmal zu dieser Promo-Firma wegen eines Jobs. Dann holen wir abends die Sachen aus dem Hostel."

10

Das unscheinbare Büro der Promotionagentur lag über einem Buchladen an der Charing Cross Road. Die Dame am Telefon hatte kaum etwas über Sarina und Päivi wissen wollen, sich aber gefreut, dass Sarina Deutsch sprechen konnte. Wegen der deutschen Touristen sei das sehr hilfreich. Nachdem Sarina und Päivi sich angemeldet hatten, bekamen sie jeweils einen Umhängebeutel voller Rabattgutscheine für den Eintritt ins *London Dungeon*. Die sollten sie in den U-Bahn-Stationen rund um die touristischen Hotspots verteilen.

„Ich gebe Ihnen dann auch gleich Ihre Arbeitskleidung. Die müssten Sie vor Büroschluss um vier Uhr wieder hier abliefern. Flyer-Nachschub bekommen Sie auch hier. Aber mit dem Material in den Taschen müssten Sie erst einmal eine Weile auskommen."

Das glaubte Sarina gerne, denn die Umhängetaschen waren höllisch schwer. Was für ein Outfit sie wohl bekommen würden? Sarina hatte schon öfter als Messe-Hostess gearbeitet und rechnete mit etwas Figurbetontem.

„Das ist jetzt nicht Ihr Ernst!"

Entsetzt starrte sie auf die Kostüme, die sie tragen sollten: Jeweils ein langer schwarzer Umhang, braune Lederhandschuhe und eine ebenfalls braune Maske aus Leder mit einem riesigen Schnabel.

„Selbstverständlich ist es das, meine Liebe! Das *London Dungeon* hat aktuell wieder eine Ausstellung über die große Pest von 1665. Das haben wir schon mal gemacht – die Pestärzte kamen wahnsinnig gut an", zwitscherte die Frau begeistert. „So etwas erregt Aufmerksamkeit."

„Das kann ich mir denken", flüsterte Päivi. „Wenigstens erkennt uns auf die Weise keiner." Sie grinste und begann, sich den Umhang überzustreifen.

Gnadenlos brannte die Juli-Sonne vom Himmel, während Päivi und Sarina die U-Bahn-Station Leicester Square ansteuerten. Nur durch die kleinen runden Gucklöcher ihrer Masken sahen sie die Touristengrüppchen, die hier und dort stehenblieben und johlend auf sie zeigten. Langsam kämpften sie sich in der Mittagshitze voran und wurden immer wieder von Touristen aufgehalten, die einen Erinnerungsschnappschuss mit den Pestärzten machen wollten. Die echten Londoner erkannte man daran, dass sie vorbeieilten, ohne besondere Notiz von den schwarzgewandeten Gestalten mit ihren Schnabelmasken zu nehmen.

„Perkele!", fluchte Päivi. „Das ist ja wie in der Sauna unter diesem Ding."

„Das müsstest du doch gewohnt sein", flachste Sarina.

„Von wegen!" Päivi stöhnte. „In der Sauna bleibst du immer nur fünfzehn Minuten und zwischendurch springt man zum Abkühlen in den See, isst gegrillte *Makkara* und trinkt etwas. Apropos ... Wir sollten uns noch ein Fläschchen Wasser besorgen."

In dem engen kleinen Kiosk mussten die beiden sich alle Mühe geben, nicht mit ihren Umhängen die Regale abzuräumen. Dafür amüsierte sich der Ladeninhaber so prächtig über ihren seltsamen Anblick, dass er ihnen die Wasserflaschen schenkte.

„Endlich Schatten!", stöhnte Sarina, als sie schließlich die U-Bahn-Station erreicht hatten. „Wenigstens ist es hier nicht so heiß."

Diese Aussage entpuppte sich nach relativ kurzer Zeit bereits als pures Wunschdenken. Die Luft in den unterirdischen Gängen war warm, stickig und feucht, und die U-Bahn-Züge voll und eng. Nachdem sie nur einige wenige Stationen abgeklappert und dort ihre Flyer verteilt hatten, klebte Sarina das Top am Rücken und Schweiß rann aus ihrem Haaransatz in die Augen. Sie kam sich vor wie in einem Dampfgarer, in dem sie ganz langsam in ihrem eigenen Saft geschmort wurde.

Schließlich hielt sie es nicht mehr aus. Etwas abseits von den Touristenströmen hielt sie an, zog sich die schwarze Kapuze vom Kopf und schob die Schnabelmaske in den Nacken.

„Ich kann nicht mehr!", stöhnte sie und stürzte den Inhalt ihrer Wasserflasche in einem Zug hinunter.

„*Vittu tätä paskaa*!", schimpfte Päivi neben ihr. „Was für ein Scheißjob! Mann, ich dachte, wir laufen ein bisschen nett lächelnd herum und verteilen Flyer."

Sarina schaute in ihren Beutel. „Schätzungsweise war das jetzt knapp die Hälfte. Am liebsten würde ich den Rest der Flyer einfach in den Müll schmeißen. Meinst du, das würde auffallen?"

Päivi lachte.

„Wenn zwei Maskierte in schwarzen Umhängen den Inhalt ominöser Taschen im Müll deponieren, dürfte das sofort einen Bombenalarm auslösen. Mal abgesehen davon, dass es hier so gut wie gar keine Mülleimer gibt, falls es dir noch nicht aufgefallen ist. Ich fürchte, wir müssen den Rest noch brav irgendwelchen Touristen andrehen.“

Sarina seufzte und schob ihre Maske wieder übers Gesicht.

„Da dürftest du leider recht haben. Bei meinem Glück würde ich sowieso sofort erwischt. Ich könnte ja nicht mal ein Kaugummi durch den Zoll schmuggeln. Also, auf in den Kampf!"

Um der muffigen Schwüle unter der Erde wenigstens für eine Weile zu entkommen, beschlossen die beiden, zur Victoria Station zu fahren und die Flyer ankommenden Zugreisenden in die Hand zu drücken. Sie trennten sich, um an entgegengesetzten Ecken der großen Halle den Passagieren aufzulauern, die von den Bahnsteigen Richtung U-Bahn-Station oder zum Busbahnhof hetzten. Mechanisch griff Sarina immer wieder in ihren Beutel, sprang den vom Bahnsteig eilenden Zugreisenden in den Weg, die meistens – erschrocken vom Anblick der schwarzgewandeten, maskierten Gestalt – widerstandslos die Gutscheinkarte annahmen und kopfschüttelnd weiterhetzten. Zufrieden stellte sie fest, dass sich ihr Beutel zügig leerte. Sie konnte es kaum erwarten, endlich das Kostüm loszuwerden und sich die vollkommen verschwitzten Klamotten vom Leib zu streifen. Sie träumte von einer schönen, lauwarmen Dusche mit duftendem Schaum. Der Kreislauf machte ihr zu schaffen. Mittlerweile fühlte sich ihr Kopf an, als sei er mit Watte gefüllt. Wenn sie die Augen schloss und wieder öffnete, sah sie kleine Lichtblitze und violette Punkte in der Luft herumtanzen. *Durchhalten! Nur noch ein paar Zettel und dann nichts wie raus aus diesem Kostüm!*

Sarina griff in den Beutel. Als sie den Kopf wieder hob, traf es sie fast wie ein Hammerschlag. *Das kann doch nicht wahr sein!* Sie blinzelte. Diese verfluchten Gucklöcher waren einfach zu klein. Hastig schob Sarina die Maske in den Nacken. Ihr Herz setzte für einen Schlag aus und begann dann ein Trommelsolo hinzulegen, das dem Tier aus der Muppet Show zur Ehre gereicht hätte. Aus der Menge blitzte ein Gesicht auf, das Sarina unter hunderttausenden erkannt hätte. Wie ein Pingpongball auf einem wogenden Meer tauchte es immer wieder zwischen den drängelnden Passagieren auf. Leo! Die dunklen Locken wippten neckisch, den Blick hatte er auf die Anzeigetafeln gerichtet.

Wild fuchtelte Sarina mit den Armen.

„Leoo! Leeeeeo!"

Es war vollkommen unmöglich, das Getöse aus Bahnsteigansagen und Stimmengewirr zu übertönen. Leo runzelte die Stirn, hob den Arm und schien auf die Uhr zu sehen. Dann blieb er abrupt stehen und wechselte die Richtung. Sarina begann zu laufen.

„Leo! Bleib stehen, verflucht! Leeeo!"

Ihr Herz schlug wie verrückt. Sie keuchte unter dem nassgeschwitzten Umhang wie eine rostige Dampflokomotive. Immer wieder entdeckte Sarina Leos dunklen Lockenschopf einige Meter vor ihr zwischen den hin- und hereilenden Menschen. Er lief Richtung U-Bahn-Station. Sarina rang nach Luft, während sie rücksichtslos Leute zur Seite drängte und hinter ihm her stolperte. Fast hatte sie ihn erreicht.

„Leeeeo!"

Sarina versuchte, gegen das Getöse anzuschreien, mehr als ein Krächzen brachte sie aber nicht heraus.

Alles um sie herum drang wie durch einen Filter in ihr Bewusstsein. Der Boden fühlte sich eigenartig weich an, schien unter ihr zu schwanken. Ihr war schwindlig. Entkräftet hastete sie weiter. Nur noch ein paar Schritte.

„Leeeo!"

Verzweifelt keuchte sie seinen Namen hinaus, streckte den Arm nach vorn, wobei ihr die vermaledeite Maske übers Gesicht rutschte. Mit den Fingerspitzen bekam sie seine Schulter zu fassen. Wie in Zeitlupe nahm sie wahr, dass er sich umwandte und sie erschrocken ansah. Seine Lippen formten offenbar irgendeine Frage. Dann gab der schwankende Boden unter Sarinas Füßen nach.

„Leo!", krächzte sie. Dann wurde es schwarz um sie herum.

„Alles wird gut. Ich bin bei dir."

Leos Stimme war warm und tröstlich. Sarina lächelte. Ihre Lider fühlten sich bleischwer an.

„Leo, endlich!", murmelte sie.

„Sarina!" Leos Hand strich sacht ihre schweißnassen Haare aus der Stirn. „Sarina! Komm schon, Sarina!"

Hatte Leo schon immer so schrill geklungen? Sarinas Augenlider begannen zu flattern. Sie öffnete sie, kniff die Augen jedoch gleich wieder zu. Es war unangenehm hell. Sie fühlte einen plötzlichen brennenden Schmerz in den Wangen. Mühsam versuchte Sarina die Augen zu öffnen.

„Leo, was ist passiert?"

Ein Gesicht schob sich in ihr Blickfeld. Sarina blinzelte.

„Leo?"

„*Voi kyrpä*, Sarina! Mach so etwas nie wieder! Ich dachte, du bist tot!"

Über ihr kauerte Päivi in ihrem Umhang wie ein gigantischer schwarzer Unglücksvogel. Die verschwitzten pinkfarbenen Haare klebten an ihrer Stirn und der riesige Schnabel ihrer Maske ragte wie ein überdimensionales Horn davon auf. Ein grotesker Anblick.

Sarina griff nach Päivis Schulter und versuchte, sich hochzuziehen. Es gelang ihr erst beim zweiten Versuch. Jemand hatte offenbar einen Rucksack unter ihre Beine gelegt.

„Verdammt, wo ist Leo?"

Suchend glitt ihr Blick über die Menge der Schaulustigen, die einen Kreis um die beiden am Boden kauernden schwarzen Gestalten gebildet hatten. Sanft, aber bestimmt drückte Päivi Sarinas Schultern wieder nach unten und legte ihre Beine zurück auf den Rucksack.

„*Perkele*! Bleib liegen! Die Sanitäter sind gleich da."

„Aber ich muss hinter Leo her!" Sarina kämpfte gegen den Druck auf ihren Schultern an und versuchte erneut, sich aufzurichten.

„Leo?" Päivi runzelte die Stirn.

„Ja. Ich habe ihn gesehen. Hier in der Ankunftshalle. Ich bin mir ganz sicher. Er war es. Natürlich bin ich sofort hinterhergelaufen."

„Ach, deswegen. Ich habe nur gesehen, dass du plötzlich wie eine Irre losgerannt bist. Ich wollte gerade zu dir, weil ich endlich alle verfluchten Flyer losgeworden bin. Plötzlich sehe ich, wie du losrennst und kurz später zusammenklappst." Päivi zog die Augenbrauen zusammen. „Und du hast echt Leo gesehen? Bist du ganz sicher?"

„Ja. Tausendprozentig. Ich hätte ihn fast erwischt. Er hat sich gerade umgedreht … Ist er denn nicht stehen geblieben, als ich plötzlich umgekippt bin?“

Sarina versuchte erneut, sich aufzusetzen. Päivi schüttelte mit strengem Blick den Kopf und drückte sie zurück auf den Boden.

„Großer Typ, dunkle Locken, grüne Augen, helle Jacke?“

Sarina riss die Augen auf. Auch Päivis Druck hielt sie jetzt nicht mehr in der Horizontalen. Sie richtete sich auf und suchte mit den Augen die Menge ab.

„Genau! Ja. Wo ist er hin?“

„Der hatte es wohl eilig. Hat gefragt, ob ich Hilfe brauche, und als ich nein gesagt habe, ist er weitergegangen. Jemand anderes war schon losgelaufen, um einen Sanitäter zu holen“, erklärte Päivi.

Sarina verbarg das Gesicht in den Händen.

„Verdammt, warum hast du ihn denn nicht aufgehalten?“

Tränen schossen in ihre Augen. Sie war gleichzeitig so enttäuscht und so wütend.

„Ich konnte doch nicht ahnen, dass dieser Typ dein Leo ist!“

Inzwischen waren auch die Sanitäter eingetroffen und schoben Päivi sanft beiseite, um sich der am Boden liegenden Sarina anzunehmen.

11

Auf der Rückfahrt zum Hostel herrschte frostiges Schweigen. Sarinas Laune hatte den Nullpunkt schon erreicht, lange bevor Leo ihr buchstäblich durch die Finger geschlüpft war. Immer noch reichlich angeschlagen von dem anstrengenden Tag und ihrem Kreislaufzusammenbruch, saß sie, die Arme vor der Brust verschränkt und den Blick starr auf den Streckenplan an der gegenüberliegenden Wand geheftet, auf dem abgewetzten Polstersitz, während die Victoria Line südwärts durch die Dunkelheit rumpelte.

Eigentlich konnte sie Päivi keinen Vorwurf machen. Das war ihr sehr wohl bewusst. Es war allerdings leichter, wütend auf einen Menschen aus Fleisch und Blut zu sein als auf das Schicksal, das Universum oder sonst irgendeine überweltliche Macht.

In einem Liebesroman hätte es anders laufen müssen. Leo, ihre wahre Liebe, hätte sie trotz der Maske erkannt. Er hätte gespürt, dass sie es war, auch ohne ihr Gesicht gesehen oder ihre Stimme gehört zu haben. Sein Herz hätte es ihm zugeflüstert. So wie Kantorka unter zwölf völlig gleichen Raben ihren Krabat erkannt hatte.

Warum hatten sich ihre Wege hier überhaupt erst gekreuzt, rein zufällig in einer Millionenstadt, an einem belebten Bahnhof? Wie hoch mochten die Chancen dafür sein? Ihr Geld hätte sie jedenfalls nicht darauf gewettet. Warum, wenn sie hätten zueinanderfinden sollen? Gehörte das alles zum Plan des Schicksals?

82

Vielleicht wollte das Schicksal ihre Entschlossenheit testen. Vielleicht verdiente sie die große Liebe erst, wenn sie sich bewährt hatte und bewiesen, dass sie mit all ihrer Kraft dafür zu kämpfen bereit war.

„Es tut mir wirklich leid. Ich kann verstehen, wie enttäuscht du sein musst", nahm Päivi zaghaft die Kommunikation wieder auf. „Wenn ich gewusst hätte, wer der Typ ist, hätte ich ihn notfalls mit Gewalt festgehalten, das musst du mir glauben."

„Schon gut. Du kannst ja nichts dafür. Es ist bloß so ..." Ihr fehlten die Worte.

Päivi nickte.

„Wenn es da oben wirklich jemanden gibt, der unsere Geschicke lenkt, dann bekommt man manchmal den Eindruck, dass er ein Riesenarschloch ist – oder sie."

„Er! Definitiv er! Das kann einfach nur ein Mann sein." Sarina musste lachen. Das tat gut. „Jedenfalls hat das Schicksal einen ziemlich fragwürdigen Sinn für Humor."

Noch immer verärgert und erschöpft, pustete sie sich eine schweißverklebte Haarsträhne aus dem Gesicht. „Wenn wir ankommen, brauche ich einen Liter Mineralwasser. Und wenn wir dann den Kram nach Bermondsey gebracht haben, will ich eine Dusche, etwas Deftiges zu essen und danach mindestens einen starken Drink."

„Klingt nach einem Plan." Päivi lächelte und stupste sie mit dem Ellenbogen an. „Dann bist du mir nicht mehr böse?"

„Quatsch. Nein. Es war ja nicht deine Schuld."

Sarina versuchte sich an einem versöhnlichen Lächeln. Es geriet noch ein wenig schief, denn der Ärger über die verpasste Chance mit Leo saß tief. Offenbar sollte es ihr nicht leicht gemacht werden.

„Wenn dieses Riesenarschloch mit dem schrägen Humor gedacht hat, ich gebe so einfach auf, dann soll es mich noch kennenlernen. Hast du gehört, Schicksal? Ich trete dir noch in deinen sadistischen Hintern."

„Richtig so! Bloß nicht aufgeben!" Päivi lachte.

Bereits am Morgen hatten sie ausgecheckt und mussten nun nur noch ihr Gepäck aus der Aufbewahrung holen. In Vorfreude auf eine ausgiebige Dusche in einem blitzsauberen Badezimmer und eine warme Mahlzeit in der gemütlichen WG-Küche – Emma hatte angeboten, an diesem Abend für alle zu kochen – schleppten die beiden ihr Gepäck zurück zur U-Bahn-Haltestelle Stockwell und bestiegen einen Zug der Victoria Line.

Kurz später rollte die Bahn in die Haltestelle Victoria Station ein. Hier mussten sie umsteigen. Ermutigt von ihrer Beinahe-Begegnung, suchte Sarina die Menge der auf dem Bahnsteig Wartenden nach Leo ab. Bevor sie ihn verloren hatte, war er Richtung U-Bahn unterwegs gewesen. Möglicherweise lag die Victoria Station ja auf seinem täglichen Arbeitsweg oder er wohnte sogar in der Nähe. Gut möglich, dass er öfter hier vorbeilief. Sie selbst war doch auch gerade zum zweiten Mal an diesem Tag hier.

Ächzend zerrte sie ihren schweren Koffer aus der Bahn und auf den übervollen Bahnsteig. Sie quetschten sich zwischen den wuselnden Leuten hindurch bis zur hinteren Wand, wo sie kurz stehen blieben, um sich zu orientieren und das schlimmste Gedränge abzuwarten. Jetzt nur noch ein paar Stationen mit dem Zug und der Umzug wäre geschafft. Päivi schulterte ihren gigantischen Trekking-Rucksack und lief los. Während Sarina hinter ihr den Trolley durch das Gewusel bugsierte, ging sie im Geiste noch einmal ihre Packroutine durch.

„Mist!" Sie blieb stehen. „Päivi! Warte doch mal."

Doch die Finnin hatte sie über den Bahnsteiglärm nicht gehört und lief weiter Richtung Rolltreppe. Sarina war eingefallen, dass sie vor dem Frühstück nur schnell das Handy vom Ladekabel gezogen und eingesteckt hatte. Beim besten Willen konnte sie sich allerdings nicht erinnern, ob sie danach auch das Ladekabel und den Adapter eingepackt hatte. Womöglich steckten die immer noch in der Steckdose. Sarina versuchte, Päivi ein Zeichen zu geben, doch die keuchte unter der Last ihres riesigen Rucksacks wie eine kleine Ameise, die einen Hirschkäfer davonschleppt, und wurde gnadenlos von der wogenden Menge Richtung Rolltreppen davongetragen. Egal! Sarina würde sie oben in der Ankunftshalle schon wiederfinden. Spätestens am Gleis.

Sarina zerrte ihr Gepäck zu einer der Bänke, die in Nischen in der Wand eingelassen waren. Sie wollte nicht im Weg stehen. Dann öffnete sie den Reißverschluss des Koffers ein Stück. Vorsichtig begann sie, zu suchen. Doch beim Tasten spürte sie nur Textiles. Endlich ertastete sie ein Kabel und zerrte es hervor. Nein. Das war das Ladekabel für ihren E-Book-Reader. Verflixt! Bestimmt hatte sie das blöde Ding irgendwo an die Seite gesteckt.

Sie öffnete den Koffer noch etwas weiter und versuchte im Innern etwas zu erkennen. Dabei fielen ihr immer wieder ihre Haare ins Gesicht. Sie fischte ein Zopfgummi aus ihrer Jeanstasche und richtete sich einen Moment auf, um die Haare zusammenzubinden. Gerade ratterte eine weitere Bahn in die Haltestelle und ein neuer Schwall Passagiere wurde ausgespuckt. Automatisch reckte sie sich auf die Zehen und suchte die Menge nach einem Zeichen von Leo ab.

Da! Ganz vorne! Aus dem vordersten Wagen war jemand ausgestiegen, der Leo zumindest auf die Entfernung verflucht ähnlich sah. Sarina reckte sich noch etwas mehr, konnte ihn jedoch nur von hinten sehen. Langsam wurde er von der Menge Richtung Ausgang geschoben. Dunkle Locken wippten lässig auf und ab. Ab und zu blitzte eine helle Jacke durch die Menge. Verdammt! Das war er! Und sie war gerade auf dem besten Wege, ihn ein zweites Mal davonkommen zu lassen. Hastig zurrte Sarina den Reißverschluss an ihrem Koffer zu, wobei das widerspenstige Kabel des E-Book-Readers nicht so wollte, wie es sollte. Egal! Hier ging es um Leo, um ihre Zukunft, um ihr Glück. Der Koffer war ohnehin nur ein Klotz am Bein. Mit Gepäck hatte sie nicht die geringste Chance, Leo einzuholen. Ihre Wertsachen hatte sie in der Handtasche. Das Risiko war es wert.

Sarina knautschte den Koffer halbherzig unter die Bank, fuhr die Ellenbogen aus und sprintete los. Hinter ihr hörte sie erboste Kommentare, während sie sich rücksichtslos eine Schneise durch die Menge bahnte. Am Fuß der Rolltreppe angekommen, sah sie Leos helle Schultern und den dunklen Haarschopf am oberen Ende der unfassbar langen Treppe.

„Stand on the right! Walk on the left!"

In aggressivem Ton scheuchte sie einige Touristen aus dem Weg und hetzte die steilen Metallstufen hoch, so schnell sie konnte. Leo schlenderte Richtung

Ausgang. Gerade zückte er seine Karte und hielt sie an den Scannerpunkt der Schranke. Sarina hatte ihn bereits fast eingeholt. Hektisch nestelte sie an ihrer Jackentasche, zog ihre Oyster Card hervor und öffnete ihrerseits die Schranke.

Sie schaute sich um. Da! Da vorne ging er. Sarina hetzte weiter. Noch ein paar Meter! Schneller! Gleich würde sie ihn einholen. Sie streckte den Arm aus und hielt Leo an der Schulter fest.

„Halt! Leo!"

Leo drehte sich um und runzelte die Stirn.

„Entschuldigung, Miss?"

Er schaute Sarina prüfend an, dann breitete sich ein freundliches Lächeln über sein Gesicht aus.

„Oh hey, Schätzchen! Was kann ich für dich tun?"

„Ähm ... Sorry ... Nichts für ungut, Sir. Ich schätze, ich habe Sie verwechselt."

Enttäuscht erkannte Sarina ihren Irrtum. Von vorne betrachtet hatte der Mann mit den dunkelbraunen Augen, die von schweren, buschigen Brauen überschattet waren, leider nicht die geringste Ähnlichkeit mit Leo. Er war auch gut fünfzehn oder zwanzig Jahre älter.

„Nicht so schlimm, Süße." Der Fremde grinste breit und entblößte dabei eine kleine Lücke zwischen den ziemlich gelben Schneidezähnen. Sarina nahm deutlich eine Alkoholfahne wahr. „Du kannst mich jederzeit wieder verwechseln, wenn du verstehst, was ich meine ..." Der Typ zwinkerte anzüglich und taxierte abschätzend ihre Figur, wobei sein Blick viel zu lange auf Brusthöhe verweilte.

„Ähm ... Nein danke. Entschuldigen Sie noch einmal die Verwechslung, Sir."

Sarina beeilte sich, in die Menge abzutauchen. Hinter sich hörte sie den breiten Cockney-Akzent des Fremden, der ihr hinterhergrölte.

„Oi, Cinderella! Wo läufst du denn hin? Komm zurück!"

Sarina zog den Kopf zwischen die Schultern und quetschte sich eilig durch die Ankommenden. *Nichts wie weg und den Koffer holen!* Sie steuerte den Eingang zur U-Bahn-Station an, doch kurz bevor sie die Einlass-Schranken erreichte, stauten sich die Fahrgäste. Bald hatte sich eine ungeduldig schiebende Menschentraube vor dem Eingang gebildet. Mitarbeiter der London Underground in blauen Uniformen und neongelben Warnwesten drängten die Menge zurück.

„Ladies und Gentlemen, bitte halten Sie Abstand. Es tut uns leid. Es gab einen Sicherheitsalarm wegen eines verdächtigen Gepäckstücks. Diese Haltestelle ist bis auf Weiteres gesperrt!"

Ein Mann in Warnweste hatte sich vor ihnen aufgebaut und versuchte die Wartenden zu übertönen.

„Ich wiederhole. Es gab einen Sicherheitsalarm. Bitte halten Sie Abstand und warten Sie auf weitere Durchsagen oder steigen Sie auf die Buslinien um."

Sarina rollte die Augen. Na prima! Das hatte ihr gerade noch gefehlt. Ein Sicherheitsalarm. Wer weiß, wann die Station wieder geöffnet würde. Nur, weil mal wieder irgend so ein Vollpfosten sein Gepäck ... Sarina schluckte. Gerade sickerte ein Gedanke in ihr Gehirn – eine vage Vorstellung davon, wer dieser Vollpfosten wohl gewesen sein mochte –, als sich eine Hand auf ihre Schulter senkte.

„Oi, Cinders! Da bist du ja, Süße! Ich dachte schon, du wärst verschwunden.“

12

Nathan lachte. Nein, lachen war wohl der falsche Ausdruck dafür. Er wieherte und grunzte dazwischen wie ein brünstiges Wildschwein. Dabei bog sich sein Körper durch, er trommelte mit den Handflächen auf den Tisch und schnappte japsend nach Luft.

Sarina warf ihm finstere Blicke zu.

„Ich weiß ja nicht, was genau daran so komisch sein soll, aber vielleicht tust du uns den Gefallen und erstickst an deinem Gelächter!"

Sarina hatte etwas Mitgefühl erwartet, beim Abendessen ihr Herz ausgeschüttet und von ihrem völlig verkorksten Tag berichtet hatte. Wenn sie eines nach diesem Mist nicht gebrauchen konnte, dann, dass sich dieser Vogel über sie lustig machte!

„Entschuldige!", keuchte Nathan und hielt sich die Seite. „Wo hast du denn deinen Sinn für Humor? Du musst zugeben, dass ..."

„Ich muss gar nichts!", presste Sarina zwischen zusammengebissenen Zähnen hervor und stand so ruckartig auf, dass ihr Stuhl nach hinten kippte. Sie machte sich nicht die Mühe, ihn aufzuheben und stürmte aus der Küche. Wütend stampfte sie die Treppe hoch zu ihrem Zimmer. Gerade noch rechtzeitig, bevor ihr die Tränen in die Augen schossen. Die Genugtuung wollte sie diesem Blödian nicht geben. Sollte er über sie lachen, aber er würde sie nicht auch noch weinen sehen.

Sie warf sich auf ihr Bett und vergrub das Gesicht in ihren Armen. Immer wieder tauchte Nathans rotes, lachendes Gesicht vor ihrem geistigen Auge auf. Nathan mit seiner bescheuerten Zahnlücke – fast wie Leos schrecklicher Doppelgänger, den sie nur hatte abschütteln können, als sie sich mutig den Sicherheitsbeamten stellte. Da hatte sich der anschließende Vortrag über Sicherheit auf öffentlichen Plätzen, Fahrlässigkeit und liegengelassene Gepäckstücke fast gelohnt. Zum Glück war sie ohne Bußgeld davongekommen. Wieder drängte sich ein Bild in ihre Gedanken. Leo, der sich erstaunt zu ihr umwandte, bevor ihre Beine unter ihr nachgaben. Sie war so verdammt nah dran gewesen! Es war zum Schreien. Sarina drehte sich zur Wand, zog die Knie an den Körper und presste die Handballen vor die brennenden, tränenfeuchten Augen.

Es klopfte an der Tür.

„Hau ab!" Sarina wollte wütend klingen, brachte aber nur ein jämmerliches Wimmern zustande.

„Ich bin's doch nur." Päivi kam herein, setzte sich auf die Bettkante und legte Sarina die Hand auf den Rücken. „Das war unfair, ich weiß. Du hattest einen echt beschissenen Tag. Ich glaube, Nathan hat es nicht böse gemeint. Weißt du, wenn man es nicht selbst erlebt hat, klingt die Geschichte wirklich ziemlich ... Also, ehrlich gesagt, mit etwas Abstand ..."

Es klang, als ob Päivi selbst mit Macht versuchte, ein Lachen zu unterdrücken. Dann schien sie sich gefasst zu haben. „In ein paar Tagen findest du es vielleicht selbst lustig. Bloß jetzt ist es einfach noch zu früh. Das hätte Nathan wissen müssen. Ich soll dir sagen, dass es ihm leid tut."

„Der kann mir mal den Buckel runterrutschen! Idiot!", stieß Sarina zwischen zwei Schluchzern hervor.

Wenn sie sich darauf konzentrierte, wie wütend sie auf Nathan und sein dämliches Gelächter war, musste sie vielleicht nicht ständig an Leo denken. Langsam beruhigte sie sich wieder und setzte sich auf.

„Eins steht fest! Keine zehn Pferde kriegen mich mehr in dieses bescheuerte Pestarzt-Kostüm! Wenn ich Leo nicht bald finde, werde ich mir einen neuen Job suchen müssen."

Sarina nahm das Taschentuch, das Päivi ihr reichte und schnäuzte sich geräuschvoll.

„Daniel könnte mir eventuell etwas in dieser Consulting-Firma besorgen, in der er neben dem Studium jobbt. Die suchen gerade stundenweise eine Projekt-Assistentin und er meinte, ich würde gut ins Team passen." Es war ihr anzuhören, wie gern sie das Angebot angenommen hätte. Wahrscheinlich zögerte sie, um Sarina nicht im Stich zu lassen.

„Schätze, das ist nur was für Wirtschafts-Cracks, wie?" Sarina wollte es Päivi nicht unnötig schwer machen. „Mist. Ich hatte gehofft, wir könnten zusammen etwas finden. Aber du wärst schön blöd, wenn du es nicht in Daniels Firma versuchst. Hey, ich finde auch noch etwas. Das wäre doch gelacht."

Päivi nickte. „Danke, Sarina. Ich will dich wirklich nicht hängen lassen, aber das ist eine super Chance und bringt sicherlich mehr ein als diese Pestarztklamotte. Lass dich von Nathe nicht ärgern, ja? Ich glaube, er hat es nicht böse gemeint. Und selbst wenn. Du wirst bald deinen Leo finden und dann kann es dir völlig egal sein, ob er über dich lacht."

Wortlos drückte Sarina ihre neue Freundin.

Am nächsten Morgen war Sarina früh wach. Sie hockte mit einer Tasse Tee und dem aufgeschlagenen Anzeigenteil einer Tageszeitung in der Küche und kringelte alle halbwegs brauchbaren Anzeigen ein, als Nathan im Türrahmen erschien.

„Morgen!", grüßte er knapp. „Du, wegen gestern ..."

„Spar dir die Mühe!" Sarina hob die Hand ohne aufzublicken. „Schon vergessen."

„Suchst du einen neuen Job?" Nathan betätigte den Wasserkocher und holte eine Tasse aus dem Schrank.

Sarina nickte stumm. Sie hatte keine Lust, mehr als nötig mit diesem Blödmann zu kommunizieren.

Nathan schnappte sich einen Zettel vom Notizblock an der Kühlschranktür, kritzelte etwas darauf und warf die Notiz auf Sarinas Zeitungsseite.

„Machst doch was mit Medien, soweit ich weiß. Der Typ schuldet mir noch einen Gefallen. Braucht eine Teamassistenz."

Demonstrativ wischte Sarina den Zettel mit der Hand von ihrer Zeitungsseite und fixierte die Anzeigen, während Nathan sich seinen Tee aufgoss.

„Okay. War nur ein Angebot, weil ich gestern ... Na ja, wegen des Lachanfalls. Aber du kannst ja auch gern weiter als Pestdoktor durch die U-Bahn geistern." Nathan grunzte kurz amüsiert und verließ dann mit seiner Teetasse die Küche.

Verdammter Blödmann! Sarina starrte weiter krampfhaft auf die Anzeigen. Was sie bisher markiert hatte, klang alles andere als attraktiv. Putzen, Burger wenden, Spülkraft in einem Restaurant, in aller Herrgottsfrühe Zeitungen austragen ... Sie schielte auf Nathans Zettel. Vielleicht könnte sie diesen Pat Bird ja doch ganz unverbindlich mal anrufen und sich erkundigen. Sarina nahm das Telefon aus der Ladestation und wählte die Nummer.

„Viacom International, Christina am Apparat. Wie kann ich Ihnen helfen?"

Sarina starrte auf den Zettel und formulierte im Geist ihre Frage. Der Blitz der Erkenntnis durchzuckte sie und sie legte auf. Pat Bird. Ein selten bescheuerter Name. Das klang wie *„pet bird"* – ein Vogel als Haustier. Das war wie bei den *Simpsons*, wenn Bart bei Moes Taverne anruft und Moe die peinlichsten Namen ausrufen lässt: *Ist hier jemand der Reinsch heißt? Ha ha! Sehr witzig, Nathan. Pat Bird!* Er hatte ihr keineswegs helfen wollen. Er hatte sich bloß wieder auf ihre Kosten amüsieren wollen. *Sehr witzig, Nathan. Wirklich sehr witzig.* Sarina rollte mit den Augen. Sie beschloss, die Jobsuche auf später zu verschieben. Lieber wollte sie einen erneuten Versuch starten, Leo zu finden. Päivi war ohnehin bei ihrem Vorstellungsgespräch. Später waren sie in der Stadt verabredet. Sie fuhr zum Leicester Square, um ihr Glück bei Capital FM zu versuchen. Das Stadtzentrum schien dieser Tage eine einzige große Baustelle zu sein. Überall versperrten Bauzäune und hohe Bretterwände den Weg. Es dauerte eine ganze Weile, bis sie sich auf den Platz vorgekämpft hatte. Die untere Etage des Gebäudes, auf dessen Fassade der blaue Schriftzug *Capital Radio London* prangte, war vollständig mit Brettern verrammelt und sah wenig einladend aus. Ursprünglich war hier wohl einmal ein Restaurant oder eine Bar gewesen.

Es dauerte eine Weile, bis Sarina den Eingang gefunden hatte. Im Foyer angekommen, trat sie an den

Empfangstresen. Ein Mann in weißem, kurzärmeligem Hemd hockte dahinter und brütete über einem Kreuzworträtsel.

„Guten Tag, Sir. Entschuldigung. Ich hätte da eine Frage. Arbeitet hier vielleicht jemand namens Leo von Wietersheim?"

„Nee", brummte der Mann, ohne von seinem Rätsel aufzusehen.

„Sind Sie da ganz sicher?", hakte Sarina nach.

„Yup." Der Mann blickte nun doch kurz auf, wendete den Bleistift und begann, ein Wort auszuradieren.

„Ähm … Müssen Sie da nicht irgendwo nachsehen oder so?" Sarina wollte sich nicht so schnell abwimmeln lassen.

Der Mann atmete tief ein, ließ sichtlich genervt den Bleistift auf die Zeitungsseite fallen und schaute Sarina mit hochgezogenen Brauen an.

„Hören Sie, Miss. Ich brauche nicht nachzusehen. Entweder haben Sie einen Termin mit diesem Leo Dingsbums, dann erübrigt sich Ihre Frage. Oder Sie haben keinen Termin."

„Und was dann?", fragte Sarina in der Hoffnung auf ein Schlupfloch.

„Dann erübrigt sie sich erst recht. Kein Termin, kein Einlass. Ganz einfach." Der Mann nahm erneut den Bleistift und wandte sich wieder seinem Rätsel zu.

„Aber ich … ", begann Sarina.

Ohne aufzusehen hob der Mann die Hand.

„Erzählen Sie's der Hand, das Gesicht will's nicht wissen", brummte er.

Sarina war wütend. Sie tippte energisch mit dem Finger auf das Rätsel.

„Hier. Abschiedsgruß mit sieben Buchstaben: Fuck you! Schönen Tag noch und vielen Dank für gar nichts!"

Damit schwang sie die blonde Lockenmähne über die Schulter und wirbelte herum. Sie kam sich ziemlich cool vor, auch wenn die Geste in Wahrheit eher gekünstelt aussah und entfernt an Miss Piggys Divengehabe erinnerte. Auch der Abgang gelang weniger elegant als geplant, da sich die gläserne Schiebetür nicht öffnen wollte und Sarina noch einen Schritt zurück machen und mit der Hand vor dem Sensor herumfuchteln musste, bis die Automatik endlich reagierte. *Was für ein Kotzbrocken!* Sarina stieß die Außentür auf und tauchte ins Gewimmel auf dem Leicester Square. Wieder ein Reinfall auf ganzer Linie. Langsam schienen Enttäuschungen zur Gewohnheit zu werden. Gut, es gab noch 76 weitere Radiosender auf ihrer Liste. Doch was, wenn Leo ausgerechnet in diesem arbeitete? Sarina seufzte. Sie würde es an einem anderen Tag versuchen müssen. Der Typ konnte schließlich nicht vierundzwanzig Stunden am Tag, sieben Tage die Woche am Empfang sitzen.

Zwei erfolglose Stunden später traf Sarina am Treffpunkt auf dem Trafalgar Square ein. Vier weitere Sender hatte sie von ihrer Liste streichen können – und immer noch hatte sie keine Spur von Leo. Es war doch zum Auswachsen! Sarina schwang sich auf den steinernen Brunnenrand und baumelte mit den Beinen, während sie ihren Gedanken Lauf ließ. Wenn es nicht Schicksal war, warum hatte sie ihn dann in der Victoria Station gesehen? In einer Millionenstadt, auf einem der betriebsamsten Bahnhöfe der Welt. Das konnte doch kein purer Zufall sein. Hätte ihr Kreislauf nicht schlappgemacht, läge sie womöglich gerade in Leos Armen. Was würden sie ihren Enkeln für Geschichten erzählen können! Da konnte Nathan sich ruhig über sie lustig machen mit seiner blöden Zahnlücke und seinem Wildschweinlachen. Was wusste der schon von Liebe und Schicksal? Hatte der eigentlich eine Freundin? Zumindest wohl nichts Festes. *Na, kein Wunder!*

Wo nur Päivi blieb? Sarina sah auf die Uhr. Vielleicht hatte sie den Treffpunkt falsch verstanden und wartete nun woanders. Sarina suchte mit den Augen den Platz nach Päivis pinkfarbener Haarpracht ab, konnte aber nichts entdecken. Dann hüpfte sie vom Brunnenrand und drehte eine Runde. Nirgends ein Zeichen von Päivi. Wieder am Treffpunkt angekommen, zückte Sarina das Handy und wählte Päivis Nummer.

„*Kyrpä*! Ist es wirklich schon so spät?", tönte die Stimme der Finnin aus dem Hörer. „Es tut mir super, super leid! Daniel hat mich mitgenommen zu diesem Gartenprojekt, bei dem er sich engagiert, und ich habe total die Zeit vergessen. Ich fahre jetzt sofort los! Gib mir zehn Minuten!"

„Nein, lass nur", wehrte Sarina ab. „Ich komme jetzt nach Hause. Ich bin ohnehin total erledigt. Wir sehen uns später."

Als Sarina eine Weile später in der WG eintraf, fühlte sie sich ein wenig im Stich gelassen. In der Küche machte sie sich einen Tee. Ihr Blick fiel auf die Zeitungsseite mit den markierten Stellenanzeigen und auf Nathans Zettel mit der Telefonnummer. Sie schnaubte, knüllte den Zettel zusammen und warf ihn zusammen mit dem Teebeutel in den Müll. Dann schnappte sie sich das Telefon und die Jobanzeigen und setzte sich an den Küchentisch. Der Job als Zeitungsbotin erschien ihr das geringste Übel zu sein. Sie begann, die Nummer ins Telefon zu tippen, als Keith hereinkam.

„Oh, hi! Du bist hier!" Er deutete auf die Zeitung. „Immer noch auf Jobsuche?"

Sarina nickte. „Haut mich aber alles nicht vom Hocker."

Keith runzelte die Stirn. „Nathan hatte gestern irgendetwas davon gesagt, dass er vielleicht einen Job für dich hätte – als Wiedergutmachung für seinen Lachanfall."

Sarina stieß einen genervten Grunzlaut aus und erzählte Keith von ihrem Anruf. Er sah sie fragend an.

„Und? Warum glaubst du, dass Nathan dich veräppeln will?"

„Komm. Pat Bird! Ein echt bescheuerter Name. Und es meldete sich jemand mit ‚Viacom International'. Das ist die Unternehmensgruppe, zu der MTV gehört."

Keith kratzte sich an der Schläfe. „Pat Bird klingt wirklich merkwürdig, aber das mit MTV kann schon sein. Nathe kennt viele Leute im Musikbusiness und bei den Medien. Wie gesagt, er ist Musiker und Tontechniker und viel mit irgendwelchen Bands unterwegs. Die Studios von MTV Europe sind hier in Camden. Schon möglich, dass er dort jemanden kennt."

„Jemanden mit einem bescheuerten Namen." Sarina lachte. „Aber wenn du meinst!"

Mit spitzen Fingern fischte sie den teebefleckten Zettel aus dem Müll. „Aber wenn es nur Verarsche war, sag es nicht Nathan. Der fällt sonst nur vor Lachen vom Stuhl."

„Versprochen!“ Keith lachte und hob die Hand wie zu einem feierlichen Schwur.

13

Am Abend lümmelten Sarina, Päivi und Emma auf deren gemütlichem Himmelbett und klönten. Päivi berichtete von ihrem Tag mit Daniel. Sie hatte sich bei seiner Firma vorgestellt und einen Teilzeitjob bekommen. Mittwochs und donnerstags würde sie arbeiten müssen, den Rest der Woche hatte sie dann Zeit für die Suche nach ihrem Vater. Nach dem erfolgreichen Bewerbungsgespräch hat Daniel sie zu einem Gartenprojekt in Bermondsey mitgenommen, bei dem er mitwirkte.

„Sie versuchen dort eine grüne Oase mitten in London zu schaffen. Für viele Kinder ist das der einzige Kontakt zur Natur. Hier können sie sehen und begreifen, wie Gemüse wächst und einfach selbst ein kleines Stück Natur erleben. Daniel hängt sehr an diesem Projekt. Er gehört auch einer Gruppe von Guerilla-Gärtnern an, die Dächer, Verkehrsinseln, Hinterhöfe und so weiter bepflanzen." Päivi war ihre Begeisterung für das Gartenprojekt – und für Daniel – deutlich anzumerken.

„Hat er denn neben seinem Studium und der Arbeit in dieser Consulting-Firma für so etwas überhaupt Zeit?", wunderte sich Emma.

„Na ja …" Päivi senkte die Stimme. „Ich weiß gar nicht, ob ich euch das erzählen darf. Ihr müsst mir versprechen, es nicht weiterzutratschen. Ehrlich gesagt hat er das Studium geschmissen. Er möchte lieber eine Ausbildung zum Landschaftsgärtner machen und anschließend etwas in der Richtung studieren."

„Warum tut er das nicht einfach?" Sarina zog die Knie an und schlang die Arme um ihre Unterschenkel.

„Seine Mum", schaltete sich Emma ein. „Die ist super streng und macht ihm enormen Druck."

„Oh, so eine klassische *Tiger Mum* also?", fragte Sarina.

„Könnte man so sagen. Allerdings ist sie Engländerin, aber schlimmer als man sich eine ehrgeizige asiatische Mutter vorstellt. Für sie steht fest, dass Daniel Karriere machen muss."

„Verstehe." Sarina legte den Kopf auf den Knien ab. „Aber irgendwann wird er es ihr sagen müssen."

„Das wird er, ganz bestimmt. Aber zuerst möchte er sich etwas aufbauen, um seiner Mutter etwas vorweisen zu können. Er möchte sie vor vollendete Tatsachen stellen. So lange muss er den Job in der Firma noch behalten, denn den hat er über Bekannte seiner Eltern bekommen. Sie würden es garantiert an die Eltern weitertragen, wenn er den Job aufgäbe." Päivi zog die Schultern hoch. „Manchmal hätte ich mir ja ein geregelteres Leben und eine etwas spießigere Mutter gewünscht. Aber was Daniel mitmacht, ist auf jeden Fall dreimal schlimmer."

„Du hast ihn gern, unseren Daniel, stimmt's?" Emma grinste.

„Merkt man das?"

Päivi legte den Kopf seitlich auf die Schulter wie eine verlegene Vierjährige und kicherte – eine Geste, die so gar nicht zu ihr zu passen schien. Es musste sie schwer erwischt haben. Sarina schüttelte lachend den Kopf, auch wenn sie zugeben musste, dass sie ein klein wenig neidisch war. Verliebt zu sein war einfach unvergleichlich – verliebt zu sein in jemanden, der einem immer wieder durch die Finger schlüpfte, war auf die Dauer hingegen nur frustrierend.

Immerhin konnte sie sich morgen bei MTV in Camden vorstellen. Mr Bird, der wider Erwarten tatsächlich eine reale Person war, hatte bei ihrem Telefonat ganz angetan geklungen, und sie war gespannt auf den Job.

„Ich freu mich für dich, Päivi. Dafür bin ich in Sachen Leo keinen Schritt weiter.“ Sarina seufzte. „Es kann doch nicht so schwer sein, den richtigen Sender zu finden.“

„Vielleicht soll es nicht sein?“, schlug Emma vorsichtig vor. „Man sagt doch immer, alles geschieht aus einem bestimmten Grund.“

Sarina drehte eine blonde Haarsträhne um ihren Finger.

„Ich war mir so sicher, dass er der Richtige ist. Es war schon unheimlich, wie gut er auf meine Wunschliste passte. Und dann war er auch noch plötzlich genau im richtigen Augenblick Single. Und gerade, als ich anfing, mich zu fragen, ob ich mich da vielleicht in etwas hineingesteigert habe, läuft er mir zufällig in der Victoria Station über den Weg. So als ob mich das Schicksal daran erinnern wollte, nicht aufzugeben. Ich hab bisher kein besonders glückliches Händchen gehabt, was die Liebe anging. Zwischendrin habe ich gedacht, ich hätte einfach zu hohe Ansprüche. Und dann bin ich Kompromisse eingegangen, einfach, um nicht allein zu sein. Und jedes Mal bin ich übel auf der Nase gelandet. Ich möchte doch bloß, dass wirklich einmal alles passt. Bei Leo wäre das der Fall, versteht ihr? Alles war einfach perfekt. Alles bis auf die widrigen Umstände. Ich glaube, wir haben uns bloß zu einem ungünstigen Zeitpunkt getroffen. Ich möchte nicht aufgeben, bevor wir nicht wenigstens eine Chance hatten."

Päivi ließ sich rücklings in die Kissen plumpsen. „Hoffentlich findest du ihn bald. Ich …"

Aus ihrer Tasche ertönte die Titelmelodie irgendeiner Anime-Serie. Sie fischte ihr Handy heraus und nahm den Anruf an.

„Hallo, Ms Torres." Sie hob eine Augenbraue und begann nervös auf ihrer Unterlippe herumzubeißen. „Aha. Verstehe … – Wann? – Ja, natürlich. Ich danke Ihnen. Bis dann."

Sie legte auf und betrachtete noch eine Weile nachdenklich das Display.

„Ms Torres? Das ist doch die Dame, die in der Wohnung lebt, in der früher dein Dad gewohnt hat. Erzähl schon, was wollte sie? Gibt es Neuigkeiten von deinem Vater?", drängelte Sarina.

„Ja. Nein. Ich weiß nicht", entgegnete Päivi, immer noch in Gedanken. „Ihr Vermieter sagte, er habe Informationen über den Verbleib der Vormieter, aber er möchte persönlich mit mir sprechen. Er ist am Montagnachmittag in der Gegend, und wir treffen uns um vier Uhr bei Ms Torres." Sie sah auf. „Kommst du mit, Sarina? Dann bin ich ruhiger."

„Na klar!" Sarina legte ihr die Hand auf die Schulter. „Ich bin doch selbst total neugierig, was der Vermieter zu sagen hat."

Am nächsten Tag nahm Sarina die Bahn nach Camden, um sich dort bei Pat Bird vorzustellen. Von der U-Bahn-Station lief sie Richtung Camden Lock, vorbei an vielen kleinen Szene-Läden und dem Camden Market und bog an dem beschriebenen Pub rechts in eine Querstraße ein, wo ihr schon nach wenigen Metern das quietschbunte Gebäude des Senders ins Auge fiel. Nachdem sie dem Sicherheitsmann am Eingang ihren Namen genannt und ihr Anliegen vorgetragen hatte, summte er sie herein und ließ sie auf einer Couch gegenüber einer riesigen Bildschirmwand Platz nehmen. Nach einer Weile erschien ein dünner Typ in Röhrenjeans und schwarzem T-Shirt. Er trug einen akkurat rasierten Undercut. Die übrigen wasserstoffblonden Haare waren ordentlich gescheitelt und in einer leichten Welle über den Kopf gegelt. Er maß sie mit einem abschätzenden Blick und verzog dabei kurz den Mund, als hätte er in eine Zitrone gebissen.

„Du kommst wegen der Stelle als Teamassistenz?“

Sarina nickte. Sie fühlte sich unter dem kritischen Blick ihres Gegenübers klein und unbedeutend.

„Dann komm mit. Pat möchte dich kennenlernen.“

Sie folgte dem Typen in den Aufzug.

Als die Tür hinter ihnen zuglitt, richtete der junge Mann noch einmal den Blick auf sie. Sarina las definitiv Feindseligkeit heraus. Und sie täuschte sich nicht.

„Wenn ich eins nicht leiden kann, dann sind das Leute, die meinen, sie sind jemand, nur weil sie ihre Beziehungen spielen lassen. Es ist mir vollkommen egal, wen du kennst oder mit wem du vögelst. Ich arbeite mir hier seit einem Jahr als Temp den Arsch ab. Da gibt es einen unbefristeten Vertrag mit meinem Namen drauf. Glaub ja nicht, dass ich tatenlos zusehe, wenn irgendeine dahergelaufene blonde Schlampe ankommt, ein bisschen mit den Tittchen wackelt und mir den Job vor der Nase wegschnappt. Habe ich mich da klar ausgedrückt?"

Zwischen seinen Augen hatte sich eine steile Falte gebildet, seine Lippen waren zu einer schmalen Linie verkniffen.

„Äh … Schon klar. Ich … Ich will hier nicht permanent arbeiten", stotterte Sarina. Der Frontalangriff hatte sie völlig aus dem Konzept gebracht und sie kalt erwischt. Normalerweise hätte sie eine passende Antwort gehabt, doch jetzt war sie viel zu perplex. „Ich brauche nur dringend einen Nebenjob. In spätestens zweieinhalb Monaten bin ich wieder weg."

„Das will ich dir auch geraten haben", zischte der Blonde und wandte ihr den Rücken zu, als der Aufzug zum Stehen kam. Die Tür öffnete sich und sie betraten ein wuseliges Großraumbüro, wo sie am Eingang von einer kleinen Rothaarigen freundlich begrüßt wurden, die ihr Klemmbrett unter den Arm steckte und Sarina die Hand reichte.

„Hi! Du musst die Bewerberin für die Teamassistenz sein. Ich bin Celia, Regie-Assistentin und Mädchen für alles. Ich bin froh, wenn ich endlich ein bisschen Unterstützung bekomme."

Sarina war nach diesem Wechselbad ein wenig sprachlos, schüttelte aber lächelnd die ihr angebotene Hand.

„Ich bin Sarina. Schön, dich kennenzulernen."

„Pat wartet schon auf euch." Mit einer kurzen Kopfbewegung deutete Celia auf eine geschlossene Bürotür am anderen Ende des Raumes. „Wir sehen uns bestimmt noch. Ich hab das Gefühl, du passt gut in unser Team, Sarina. Oder nicht, Craig?"

„Ich habe eben genau dasselbe gedacht."

Sarina starrte den Wasserstoffblonden an, der erst Celia, dann Sarina freundlich anlächelte. Er schien wie ausgewechselt. Seine Stimme klang herzlich und unbeschwert, als habe er einen Schalter umgelegt. Auch sein Mienenspiel verriet nichts mehr von der offenen Aggressivität, die er im Aufzug an den Tag gelegt hatte. Sarina lächelte zuckersüß zurück und nickte.

„Ich habe auch so ein Gefühl ..."

Das Büro von Pat Bird war chaotisch und wirkte trotzdem irgendwie gemütlich. Die Regale waren mit allem möglichen Klimbim vollgestopft und überall lagen oder standen diverse Memorabilia und Fotos mit allem, was im Musikbusiness Rang und Namen hatte.

„Hi! Du bist also Nathans kleine Freundin. Setz dich."

„Ich, äh ..." Sarina wollte protestieren, doch wenn der Typ ein Freund von Nathan war, war das vielleicht keine gute Idee. Sie brauchte den Job. Also ließ sie sich auf den Besuchersessel vor dem Schreibtisch fallen und verkniff sich einen Kommentar. „Genau. Ich bin Sarina, Nathans Mitbewohnerin."

„Ich bin Pat." Er schüttelte ihre Hand. „Dann erzähl doch mal, Sarina. Hast du schon Erfahrungen im Medienbusiness?"

„Ich studiere Medienwissenschaften und habe einige Praktika in dem Bereich absolviert." Sie legte den Lebenslauf, den sie noch schnell auf Keith' Laptop zusammengestellt hatte, auf den Schreibtisch. „Hier habe ich auch die Praktika aufgeführt, unter anderem ein sechswöchiges Praktikum bei TV20, einer deutschen Produktionsfirma."

„Na, das ist doch phantastisch!" Pat warf einen kurzen Blick auf Sarinas Unterlagen und schien sichtlich erfreut. „Besser geht es doch gar nicht. Dann weißt du zumindest schon mal grob Bescheid, wie es hier so abläuft."

Er lachte, während er ihren Lebenslauf überflog. „Um ehrlich zu sein, bist du, wenn ich das hier so lese, vollkommen überqualifiziert für den Job."

Sarina lächelte. „Das macht nichts. Es soll nur vorübergehend sein. Wenn im Oktober das Semester wieder beginnt, muss ich ohnehin zurück nach Deutschland."

„Schade eigentlich." Pat legte den Hefter zurück auf den Tisch. „Das liest sich sehr vielversprechend, und du machst auf den ersten Blick auch einen patenten Eindruck. Außerdem bist du eine Freundin von Nathan."

Wieder brannte es Sarina auf der Zunge, ihn zu korrigieren, doch sie entschied sich, Pat lieber in dem Glauben zu lassen. Schließlich war der Job tausendmal angenehmer als Flyer zu verteilen, Burger zu wenden oder sich als Spülkraft in einem Restaurant zu verdingen.

„Also, ich will ganz offen mit dir sein. Es kann zwar nicht schaden, dass du dich ein bisschen auskennst, aber der Job als Teamassistentin, den ich dir anbieten kann, wird für dich keine große Herausforderung darstellen, um es vorsichtig auszudrücken. Es ist eben ein Aushilfsjob. Du wirst vier bis sechs Stunden täglich das Team unterstützen. Das klingt interessanter, als es ist, denn in erster Linie wirst du Tee und Kaffee kochen, Kopien machen, Akten und Briefe von A nach B schleppen, Botengänge erledigen, Papierkram abheften, langweilige Internetrecherchen machen, Texte abtippen oder Kekse auf Tellern drapieren. Wenn du ein Morgenmensch bist, wird Celia dir unendlich dankbar sein, wenn du den Pressespiegel für sie übernehmen könntest. Das war's dann auch schon. Etwas Anspruchsvolleres kann ich aktuell leider nicht bieten. Wenn dir das nicht zu doof ist, bist du eingestellt." Er grinste. „Wir würden dann gleich den Vertrag machen."

„Wirklich, das ist absolut in Ordnung", bekräftigte Sarina noch einmal.

Es war das skurrilste Vorstellungsgespräch, das sie je gehabt hatte. Bisher hatte sich jedenfalls noch niemand beflissen gefühlt, sich für den Job, den er ihr anbot, quasi auch noch entschuldigen zu müssen.

14

Die Nachmittagssonne brannte gnadenlos auf den Asphalt herunter, während Päivi und Sarina schweigend von der U-Bahn-Station Arnos Grove zu Ms Torres' Wohnung liefen. Päivi hing ihren Gedanken nach. Die Anspannung war ihr deutlich anzusehen.

Als sie das zweigeschossige Mietshaus an der Brunswick Park Road erreichten, zögerte Päivis Finger kurz über der Klingel zu Apartment 5. Sie schaute zu Sarina herüber, als ob sie sich vergewissern wollte, dass diese noch da war.

„Danke nochmal, dass du mitgekommen bist."

Sie klingelte.

Kurze Zeit später saßen sie in Ms Torres' gemütlicher Küche einem Mann in schiefergrauem Anzug mit Krawatte gegenüber, der sich als Mr Sutcliffe, Hausverwalter der Baugenossenschaft, vorstellte.

„Ich arbeite schon seit zwanzig Jahren für die Baugenossenschaft und kannte die Joneses, also die Vormieter von Ms Torres. Ein älteres Ehepaar mit einem erwachsenen Sohn, nicht wahr?"

Päivi zog die Schultern hoch. Sie nahm den Flyer aus der Tasche, entfaltete ihn und legte ihn vor Mr Sutcliffe auf den Tisch.

„Ehrlich gesagt, ich weiß nicht viel mehr, als dass meine Mutter diesen Ben Jones ungefähr zehn Monate vor meiner Geburt kennengelernt und er ihr offenbar seine Adresse aufgeschrieben hat."

Mr Sutcliffe beäugte neugierig den Zettel auf dem Tisch und dann Päivi.

„Sie hat in den Neunzigerjahren in Clubs in ganz Europa aufgelegt. Dabei müssen sie sich begegnet sein. Meine Mutter ist vor einiger Zeit gestorben. In ihrem Nachlass befand sich ein Umschlag mit meinem Namen darauf. Darin war nur dieser Flyer mit dem Namen und der Adresse."

„Verstehe. Mein Beileid, Miss. Das ist ja eine vertrackte Situation." Mr Sutcliffe schob den Zettel zurück zu Päivi. „Was Sie erzählen, lässt in der Tat vermuten, dieser Ben Jones könnte ihr Vater sein. Leider habe ich in dem Fall keine guten Nachrichten für Sie."

Päivi sah ihn unverwandt an und griff unter dem Tisch nach Sarinas Hand. Ihre Handfläche fühlte sich klebrig verschwitzt an.

„Ja?"

„Also, das Ehepaar Jones ist kurz nach der Jahrtausendwende umgezogen. Sie suchten eine kleinere Wohnung, da der Sohn offenbar ausgezogen war. Wenn Ihre Vermutungen stimmen, dann handelt es sich aller Wahrscheinlichkeit nach bei Mr und Mrs Jones um Ihre Großeltern, nicht?"

Päivi schluckte trocken und nickte mechanisch wie ein Wipptier auf einer Feder.

„Nun ja ... Leider sind die beiden vor fünf Jahren kurz hintereinander verstorben. Über den Verbleib des Sohnes weiß ich leider auch nichts. Es tut mir leid, dass ich keine erfreulicheren Nachrichten für Sie habe. Deswegen wollte ich auch lieber persönlich mit Ihnen sprechen."

„Vielen Dank, Mr Sutcliffe. Danke, dass Sie ... dass Sie sich die Mühe gemacht haben ..." Päivi stockte. Tränen schimmerten in ihren Augen. „*Perkele!*"

Sie wischte sich mit dem kleinen Finger durch den inneren Augenwinkel und schniefte kurz.

„Tut mir leid. Ich bin etwas durch den Wind. Irgendwie seltsam. Es sind ja quasi völlig Fremde. Aber ich hätte sie gern kennengelernt. Ich meine, sie waren ja höchstwahrscheinlich meine Großeltern."

„Na, das ist doch verständlich, Miss Nikkinen." Ms Torres holte eine Box Taschentücher von der Anrichte und hielt sie Päivi hin.

„Es tut mir wirklich leid, dass Sie die Joneses nicht mehr kennenlernen können", sagte Mr Sutcliffe. „Ich habe bei Kollegen herumgefragt, aber niemand scheint zu wissen, wo der Sohn hingezogen ist."

„Und hier in England gibt es keine Meldepflicht." Päivi seufzte.

„Sie könnten höchstens versuchen, in Wahlregistern zu suchen", schlug Mr Sutcliffe vor. „Allerdings möchte ich Ihnen bei diesem häufigen Namen keine allzu großen Hoffnungen machen, dass Sie fündig werden."

„Trotzdem, vielen Dank, Mr Sutcliffe! Ms Torres, es ist sehr nett von Ihnen, dass Sie versucht haben, mir zu helfen."

Päivi sah niedergeschlagen aus.

Als sie ins Freie traten, stand die Alte im geblümten Kittel wieder am Fenster und tat so, als würde sie ein Kissen aufschütteln. Dabei beobachtete sie Päivi und Sarina mit Argusaugen.

„He, Sie! Ich habe Sie doch schon mal hier gesehen. Wollen Sie etwa hier einziehen? Für laute Musik und

Partys haben wir hier nichts übrig, nur dass Sie es wissen."

Päivi verdrehte die Augen, schüttelte stumm den Kopf und hielt weiter auf die Straße zu. Sarina jedoch blieb plötzlich stehen und wandte sich um.

„Wir ... wir suchen die Vormieter aus Apartment 5. Die Familie Jones. Kannten Sie die vielleicht?"

Wenn jemand die Nachbarschaft kannte und alles über ihre Bewohner wusste, dann garantiert die neugierige Alte. Die Frau ließ das Kissen sinken, legte die Stirn in Falten und beäugte Sarina argwöhnisch.

„Warum wollen Sie das wissen? Sind Sie vielleicht von der Polizei oder so? Haben die was angestellt? Schienen immer hochanständige Leute zu sein, aber was soll ich Ihnen sagen, man kann den Leuten leider nur vor den Kopf gucken."

„Nein, nein. Wir sind nicht von der Polizei", beruhigte sie Sarina. „Es geht um ..." Sarina wollte der neugierigen Tratschtante nur ungern Päivis Privatleben offenbaren. „Es geht um eine Erbschaftsangelegenheit." Das war immerhin nicht gelogen.

Die Alte musterte Sarina und Päivi eingehend und mit zusammengekniffenen Augen, schien dann für sich entschieden zu haben, dass sie keine gefährlichen Trickbetrügerinnen waren und winkte die beiden heran.

„Kommen Sie. Ich lasse Sie rein. Muss ja nicht die ganze Nachbarschaft mitbekommen. Wird viel getratscht, wissen Sie?"

Sarina gab sich Mühe, ein Lachen zu unterdrücken. Wenn in dieser Nachbarschaft getratscht wurde, dann war die alte Dame mit Sicherheit das Epizentrum.

Das Klingelschild an der Wohnungstür wies die Alte als Mrs Katz aus. Sie führte die beiden Besucherinnen in ein altmodisches Wohnzimmer mit vergilbten Blümchentapeten und abgewetzten Polstermöbeln. Auf dem dunklen Couchtisch lag ein cremefarbenes Spitzendeckchen. Bestickte Kissen mit Troddeln zierten die Sitzmöbel. Päivi und Sarina folgten Mrs Katz' Aufforderung und setzten sich.

„Möchten Sie vielleicht ein Tässchen Tee trinken? Ich habe gerade den Kessel aufgesetzt."

„Machen Sie sich keine Umstände, Mrs Katz. Wir wollen Sie nicht lange aufhalten." Päivi war ungeduldig und wollte unbedingt wissen, was die Alte über Ben Jones und dessen Verbleib wusste.

„Ach, das macht doch keine Mühe. Ich wollte eben selbst ein Tässchen trinken. Und in Gesellschaft trinkt es sich doch wesentlich angenehmer. Ich bin gleich zurück." Damit verschwand die Alte, die zwischenzeitlich ihren geblümten Kittel abgelegt hatte, in der Küche, um Tee zu machen.

Eine Wanduhr mit Pendel tickte an der Wand gegenüber überlaut in die Stille.

Nach einer gefühlten Ewigkeit erschien ihre Gastgeberin mit einem Tablett, auf dem Teegeschirr und ein Teller mit Shortbread standen. Nachdem sie umständlich den Tee serviert hatte, setzte sie sich den Besucherinnen gegenüber. Päivi hatte die Hände unter die Oberschenkel geschoben und wippte ungeduldig mit den Füßen.

„Es geht also um eine Erbschaftsangelegenheit?", kam die alte Dame endlich zum Punkt. Päivi nickte stumm.

„Es ist so, dass der Name Ben Jones und diese Anschrift im Nachlass einer Verstorbenen auftauchten. Wir versuchen nun, ihn ausfindig zu machen“, erklärte Sarina.

„Das waren reizende Leute, die Joneses. Die haben bestimmt dreißig Jahre hier gewohnt. Damals lebte mein Mann noch, wissen Sie? Er war Hausmeister hier und überall sehr beliebt.“ Sie goss einen Schuss Milch in ihren Tee und rührte eine Weile gedankenverloren in der Tasse. „Das waren noch andere Zeiten damals. Da grüßte man sich noch, und die Nachbarn kannten einander. Da hatte man noch Respekt und Anstand. Nicht wie heute, wo jeder nur an sich selbst denkt und so viele Fremde in die Gegend ziehen. Gott weiß, von wo die überall herkommen. Manche sprechen ja nicht einmal unsere Sprache. So war das früher nicht. Da hat man sich gegrüßt im Hausflur, ist mal stehengeblieben für ein Pläuschchen. *Wie geht es Ihnen? – Oh, danke sehr gut. Und Ihnen?* Heute kann man ja von Glück sagen, wenn die *hallo* sagen, nicht wahr?“

„Die Familie Jones?“, erinnerte Päivi die alte Dame vorsichtig an den eigentlichen Grund ihres Besuchs.

„Grundanständige Leute waren das. Sehr ordentlich und höflich. Der Junge war auch immer freundlich, aber die armen Eltern hatten es nicht leicht mit ihm, fürchte ich.“

„Inwiefern?“, wollte Sarina wissen.

„Na, nichts Anständiges gelernt, hat sich nur für seine Musik und Elektronik interessiert. Wie die jungen Leute eben manchmal so sind“, sie warf einen vielsagenden Seitenblick auf Päivi, die mit ihren pinkfarbenen Haaren, ihrer Tätowierung und ihrem Piercing so gar nicht zwischen die Häkeldeckchen und Blümchentapeten passte. „Hat sich nachts in den Diskotheken herumgetrieben und dann den halben Tag verschlafen. Wollte wohl Karriere als Musiker machen. Natürlich verdient man damit kein Geld, also blieb der Junge zu Hause wohnen. Hat sich von Mama und Papa durchfüttern lassen, weil es bei ihm hinten und vorne nicht reichte. Eines Tages wurde es den Eltern zu bunt und sie haben ihn vor die Tür gesetzt."

„Und dann? Wo ist er dann hingezogen?", fragte Päivi hörbar angespannt.

„Die Eltern haben noch eine Zeit lang hier gewohnt, bis sie sich etwas Kleineres gesucht haben. Ich glaube, sie sind damals raus nach Chiswick gezogen ... Oder war es Ealing? Wie dem auch sei. Sind beide vor wenigen Jahren gestorben. Tragische Geschichte. Er konnte ohne sie einfach nicht sein, wissen Sie? Ist ja oft so, wenn man so lange Zeit zusammengelebt hat."

„Äh ... ja. Wirklich traurig. Was wurde denn aus dem Sohn? Wissen Sie, wo er damals hingezogen ist?", hakte Sarina ein.

„Aber natürlich weiß ich das. Ist wohl doch noch etwas geworden aus dem Jungen. Hat den heilsamen Schock wohl damals gebraucht. Er ist zur Universität gegangen, hat Musik studiert und ist Lehrer geworden. Ist verheiratet und hat zwei reizende Kinder."

Päivi zuckte zusammen und starrte die Frau gebannt an. Nervös knibbelte sie an ihrem Daumennagel herum.

„Sie waren hier in London, als die Mutter starb, und dann kurz später noch einmal, als Mr Jones ebenfalls verschied. Traurig, so kurz hintereinander, nicht wahr?" Mrs Katz nippte an ihrem Tee. „Ich war damals auch auf der Beerdigung, nicht wahr? Früher war so etwas noch üblich unter Nachbarn. Heute, da können Sie in Ihrer Wohnung verschimmeln und keiner merkt etwas. Ein Elend ist das …"

Es war Päivi anzusehen, dass sie ihre gesamte Willenskraft aufbringen musste, um Mrs Katz nicht zu drängen. Die alte Dame nahm noch einen großen Schluck Tee und knabberte an ihrem Shortbread, bevor sie fortfuhr.

„Jedenfalls war ich damals bei der Beerdigung und habe kondoliert. Gehört sich ja so. Ein richtig stattlicher Mann war aus dem Rotzlöffel von damals geworden. Er muss so Mitte dreißig gewesen sein. Aus Kindern werden Leute, nicht wahr?" Sie gluckste amüsiert, bevor sie weitersprach. „Und seine Frau – ein reizendes Geschöpf. Bildhübsch. Zwei Jungs hatten die beiden. Der eine noch in den Windeln. Der andere schon ein Schuljunge. Wie hießen sie noch gleich …"

Mrs Katz kratzte sich am Kopf. „Wenn mein Gedächtnis mich nicht immer so im Stich lassen würde … Harry! Einer hieß Harry. Daran erinnere ich mich noch. Und der andere …"

Mrs Katz stützte die Stirn auf Daumen und Zeigefinger und dachte angestrengt nach. Päivi sah ihre Chance gekommen, den Redefluss der Alten zu unterbrechen und in gewünschte Bahnen zu lenken.

„Wissen Sie denn, wo wir die Familie Jones finden können? Ich meine, haben Sie eine Kontaktadresse?"

„Nein. Eine Adresse habe ich nicht. Ich weiß nur, dass sie extra aus Glasgow hergereist waren."

Päivi atmete geräuschvoll aus und sank in sich zusammen wie eine Hüpfburg, bei der man das Gebläse abgestellt hatte.

„Aber warten Sie mal, mir fällt da etwas ein." Mrs Katz hievte sich mühsam aus dem Sessel und öffnete die Tür des kleinen Wohnzimmerschränkchens, das mit Papierbündeln, Schuhkartons, Karten und Briefen vollgestopft zu sein schien. Sie kniete sich davor und wühlte zwischen den Papieren herum. „Wo hab ich nur …? Es muss doch hier irgendwo …" Schließlich zog sie einen alten Schuhkarton hervor, den sie zum Couchtisch trug und vor sich abstellte. Sie löste die Paketschnur, die den Deckel festhielt und öffnete den Karton. Darin befanden sich ordentlich zusammengeschnürte Briefbündel, die Mrs Katz nun begann durchzublättern. „Irgendwo hier müsste noch … Ich bin mir ganz sicher, dass … Aha!"

Sie schnürte eines der Bündel auf und zog einen schwarz umrandeten Briefumschlag hervor.

„Ich wusste doch, dass ich sie aufbewahrt habe. Das ist die Todesanzeige, die ich nach dem Tod von Mr Jones von der Familie bekommen habe."

Mrs Katz drehte den Brief herum. Hinten befand sich ein Adressaufkleber. „Na also. Wer sagt's denn? Die Adresse von Ben Jones in Glasgow."

15

Päivi stand in der WG-Küche und war damit beschäftigt, im Akkord Kugeln aus Roggenteig zu Kreisen auszurollen, die Sarina mit einem großzügigen Esslöffel Milchreis füllte, zu kleinen Muscheln zusammendrückte und auf ein Backblech verfrachtete.

„Wie viele denn noch?", stöhnte Sarina.

„Nur noch drei. Dann können sie in den Ofen."

Um ihren WG-Einstand zu feiern und sich bei ihren Mitbewohnern zu bedanken, hatten Sarina und Päivi sich bereiterklärt, ein finnisch-deutsches Menü zu zaubern. Es gab karelische Reispiroggen mit Eibutter, Eier in Senfsauce mit Kartoffeln und Feldsalat – ein Rezept von Sarinas Oma – und zum Nachtisch Erdbeerschnee.

„Ich kann immer noch nicht fassen, dass ich zwei Halbbrüder habe." Päivi schob das Blech in den Ofen und machte sich daran, Sarina beim Kartoffelschälen zu helfen.

„Ich bin so schrecklich aufgeregt und würde am liebsten sofort meine Koffer packen. Aber du hast vollkommen recht mit deinen Bedenken."

„Immer noch kein Glück am Telefon, nehme ich an?" Sarina setzte den Kartoffeltopf auf den Herd.

Päivi schüttelte den Kopf.

„Was glaubst du denn? Das hätte ich dir natürlich sofort erzählt. Nein. Ich erwische immer nur den blöden Anrufbeantworter. Ich könnte platzen. Jetzt habe ich schon seine Stimme gehört und kann immer noch nicht mit ihm sprechen."

„Hast du eine Nachricht hinterlassen?", wollte Sarina wissen.

„Nur meine Nummer und dass er mich so bald wie möglich zurückrufen soll. Du hast schon recht, wenn du sagst, dass ich da nicht so einfach in eine ahnungslose Familie hineinplatzen kann. Wer weiß, wie seine Frau darauf reagiert, wenn sie so aus heiterem Himmel mit einem Kind aus einer früheren Beziehung konfrontiert wird. Ich möchte ja keinen Unfrieden stiften, sondern bloß meinen Dad einmal kennenlernen. Dafür zucke ich jetzt bei jedem Telefonklingeln zusammen, als hätte mich der Blitz getroffen." Sie lachte.

„Ich kann mir gut vorstellen, wie aufgeregt du sein musst." Sarina schüttelte den Feldsalat trocken und gab ihn in eine Schüssel. „Man lernt schließlich nicht jeden Tag seinen Vater kennen."

Zwei Stunden später war das köstliche Mahl bereits verputzt und die WG-Bewohner hockten satt, zufrieden und schläfrig um den Tisch in der Küche.

„Hervorragend! Bloß leider zu reichlich. Ich hoffe, ihr verzeiht ..." Nathan lehnte sich auf dem Stuhl zurück, öffnete seine Gürtelschnalle und den obersten Knopf seiner Hose. „Aaah! Viel besser!"

Päivi verteilte eine Runde Schnapsgläser und schwenkte eine Wodkaflasche, in der sich eine bräunliche Flüssigkeit befand.

„Achtung, jetzt gibt es eine Runde *Fisu* ... Meine Medizin gegen so ungefähr alles." Sie grinste und schenkte die Schnapsgläser voll.

Emma schnupperte vorsichtig. „Mein Gott! Was ist das? Das riecht nach Zahnpasta und Halsschmerztabletten."

„Wird nicht verraten. Erst probieren." Lachend schob Päivi Daniel ein Glas zu.

„Okay. Auf drei." Nathan hielt sich die Nase zu und setzte das Glas an die Lippen. „Eins ... Zwei ... Drei!"

In diesem Augenblick klingelte das Telefon. Päivi schnappte sich das Gerät und verschwand im Flur.

„Was zum Geier ist das?" Daniel, der seinen Fisu gerade hinuntergestürzt hatte, schlug mit der flachen Hand auf die Tischplatte und atmete, als hätte er eine heiße Kartoffel im Ganzen verschluckt.

„Fisherman's Friend Pastillen aufgelöst in Wodka." Sarina lachte. „Ist offenbar ein Ding in Finnland und Norwegen."

„O Gott, ist das grausig! Fühlt sich an, als müsste ich mir jetzt drei Jahre nicht mehr die Zähne putzen." Emma kicherte und hauchte Keith an, der sich mit einer Serviette Luft zufächelte.

Sarina wandte den Blick zur Tür. Päivi telefonierte immer noch. Sie war hochgespannt. Sicher war es Ben Jones, mit dem die Finnin telefonierte. Um sich abzulenken begann Sarina, die Teller abzuräumen und in die Spülmaschine zu stellen. Nathan stand auf, um ihr zu helfen.

„Ich habe gehört, du warst beim Sender? Pat klang ganz angetan von dir."

„Hast du etwas anderes erwartet?", kam es Sarina unfreundlicher über die Lippen, als es eigentlich nötig gewesen wäre. Irgendetwas an Nathans Art brachte sie auf die Palme. Sie hatte permanent das Gefühl, dass er sich über sie lustig machte oder versuchte, sie zu provozieren.

„Nein." Nathan schüttelte den Kopf. „Sonst hätte ich dich nicht empfohlen. Schließlich habe ich auch einen Ruf zu verlieren. Was macht denn die Suche nach Mr Perfect?"

„Warum sollte ich dir das erzählen?", giftete Sarina. „Damit du dich wieder über mich lustig machen kannst?"

„Herrjeh! Seid ihr schon wieder dabei, euch zu streiten? Es war doch gerade so nett", unterbrach Keith die beiden.

„Ist ja nicht meine Schuld, dass Nathan es nicht lassen kann, sich ständig über mich lustig zu machen. Meinetwegen. Vielleicht bin ich bescheuert, dass ich an Schicksalsbegegnungen und all so einen Quatsch glaube. Aber das ist doch verdammt nochmal meine Sache!" Sarina spürte, wie ihr das Blut in die Wangen schoss.

„Ach, reg dich nicht auf, Sarina. Nathan ist halt ein zynischer alter Meckerkopf, der nicht an die Liebe glaubt."

Emma zog Sarina neben sich auf die Bank.

„Das ist überhaupt nicht wahr", verteidigte sich Nathan. „Ich glaube bloß nicht, dass Liebe funktioniert wie in einem Disney-Film. Wenn du mit dir selbst und deinem Leben nicht im Reinen bist, wird niemand es für dich richten können. Wer sich allein unvollständig fühlt, wird sich früher oder später auch in einer Beziehung so fühlen. Abgesehen davon, welcher Mann will denn eine Prinzessin, die in ihrem Turm hockt, sich die Haare bürstet und darauf wartet, dass ihr Märchenprinz kommt und sie rettet?"

„Darin muss ich Nathan ausnahmsweise recht geben“, schaltete sich Daniel ein. „Man sollte sein Glück nicht vollständig von einer anderen Person abhängig machen, oder?“

„Natürlich nicht“, konterte Emma. „Das hat doch auch niemand behauptet. Ich finde, das ist so typisch Mann! Ihr seid bloß zu feige, euch zu binden und faselt deswegen immer dieses Zeug von wegen: man muss auch allein glücklich sein können. Dabei habt ihr bloß Schiss und seid ständig auf der Flucht.“

„Ach ja? Frauen sind ja so viel vernünftiger“, fuhr Nathan dazwischen. „Täglich sehe ich, wie sie sich völlig ohne Sinn und Verstand an irgendwelche Rockstars schmeißen. Ihr würdet nicht glauben, was für einen entwürdigenden Scheiß sie mitmachen. Die Mädels machen sich ein vollkommen unrealistisches Bild von ihrem Traumtyp und wie glücklich ein Leben mit ihm wäre, koste es, was es wolle. Diese Groupies würden für ihre Stars echt alles tun. Und das sind nicht nur naive Dumpfbacken. Nein, vermeintlich intelligente Frauen. Setz ihnen einen Rockstar vor und sie werden zu bescheuerten Teenagern. Ich könnte ausrasten, wenn ich …“

„Kinder, soll ich Baseballschläger verteilen oder tun es auch zusammengerollte Zeitungen? Jetzt beendet doch einfach mal diese leidige Diskussion, das ist ja nicht zum Aushalten. Gerade war es noch gemütlich“, fuhr Keith in Nathans Tirade. „Ich finde, wir sollten jetzt rüber ins Wohnzimmer gehen und noch ein bisschen Netflix schauen. Vielleicht kühlt das die Gemüter.“

„Du hast recht, Keith. Ich habe auch keine Lust, mich zu streiten“, stimmte Emma zu. „Ich glaube, in manchen Dingen werden sich Männer und Frauen einfach nie verstehen.“

Gerade hatten sie es sich im Wohnzimmer bequem gemacht, als Päivi zu ihnen stieß. Ihre Wangen waren gerötet und in ihren Augen schimmerten Tränen.

„Alles gut?“, fragte Sarina besorgt.

Päivi nickte stumm und ließ sich neben Daniel auf die Sofalehne fallen.

„Ja, alles in Ordnung. Es war nur emotional sehr aufwühlend.“

„Das kann ich mir denken.“ Daniel legte Päivi eine Hand auf die Schulter. „Hat er dir denn gleich geglaubt, als du ihm erzählt hast, wer du bist?“

„Ja. Das hat er. Als ich von meiner Mutter und dem Brief erzählt habe, war er schrecklich aufgeregt. Immer wieder murmelte er: ‚Warum hat sie bloß nichts gesagt?‘. Es war wohl eine intensive, aber flüchtige Liebe. Ben hatte es allerdings schwer erwischt. Als meine Mutter nach Finnland zurückkehrte, gab er ihr seine Adresse. Er hat noch lange gehofft, von ihr zu hören.“ Päivi atmete tief durch. Ihre Gesichtsfarbe sah schon wieder gesunder aus. „Er war unglaublich nett. Es war bloß alles so … so intensiv, versteht ihr? Wir waren beide ständig halb am Heulen.“

„Deine Mutter hat ihm also niemals gesagt, dass sie ein Kind von ihm erwartete?“ Emma schüttelte ungläubig den Kopf.

Päivi zog die Schultern hoch.

„Meine Mutter war eben sehr eigenwillig. Ich habe natürlich immer wieder versucht, etwas über meinen

Vater herauszufinden. Aber sie hat alle Gespräche darüber stets abgeblockt. Sie hielt nicht viel von konventionellen Beziehungen, schon gar nicht von der Ehe. Sie hasste den Gedanken, dass Menschen aus Pflichtgefühl Gefühle vortäuschen. Ich schätze, sie hatte Angst, Ben könnte sich meinetwegen an sie gebunden fühlen, auch wenn sie offenbar außer einer kurzen Liaison nicht viel verband."

„Verstehe." Emma nickte. „Bloß, dass es aus seiner Sicht völlig anders war ... Irgendwie tragisch."

„Das kannst du laut sagen." Päivi nickte bekräftigend. „Es ist wohl Ironie des Schicksals. Für Ben war meine Mutter so etwas wie die große Liebe."

Sarina warf Nathan über die Köpfe der anderen hinweg einen triumphierenden Blick zu. *Na bitte!* Nicht alle Männer mussten große Gefühle in den Dreck ziehen.

Nathan tat so, als habe er ihren Blick nicht bemerkt, und hörte aufmerksam Päivi zu.

„Ben hat gewartet, dass sie sich meldet, hat sie sogar gesucht. Doch er kannte sie nur unter dem Namen, den sie als DJane benutzte, und als sie ungewollt schwanger wurde, hat sie sich erst einmal komplett aus dem Business zurückgezogen. Sie wollte in Ruhe eine Entscheidung über ihr Leben treffen. Im Grunde ist es ein Wunder, dass sie sich überhaupt für mich entschieden hat. Ich passte absolut nicht in ihren Lebensentwurf, und sie ertrug den Gedanken nicht, an etwas oder jemanden gebunden zu sein." Sie lächelte und wischte sich eine Träne aus dem Augenwinkel. „Trotz allem kann ich mich nicht beklagen. So unstet sie auch sein konnte, sie hat mir immer das Gefühl gegeben, dass sie mich über alles liebt."

„Und was passiert jetzt? Wie bist du mit Ben verblieben?", wollte Sarina wissen. „Sicher wirst du ihn besuchen und deine Halbbrüder kennenlernen wollen."

„Er möchte seine Frau und seine Kinder schonend darauf vorbereiten. Danach soll ich ihn dann in Glasgow besuchen." Sie richtete einen flehentlichen Blick auf Sarina. „Du kommst doch mit, oder? Allein mache ich mir ins Hemd."

„Na klar!", versprach Sarina.

Nathan räusperte sich vernehmlich.

„Ich weiß, ihr seid knapp bei Kasse. Vielleicht hätte ich da eine Mitfahrgelegenheit für euch."

„Das kann nicht dein Ernst sein!"

Sarina ließ sich in die Kissen fallen. Päivi hockte neben ihr auf der Bettkante. Sie hatten sich in Sarinas Zimmer zurückgezogen, um Nathans Vorschlag zu besprechen.

„Komm schon, Sarina. Mir zuliebe!"

Sarina stöhnte übertrieben auf. „Na gut! Wenn es unbedingt sein muss."

Päivi hüpfte wie ein kleines Mädchen auf der Bettkante herum. „Yippie! Klasse! Das wird der Wahnsinn!"

Sarina grunzte und knautschte ihr Kissen zurecht.

„Du bist echt eine Nummer, Sarina!" Päivi lachte. „Weißt du, wie viele Mädchen einen Arm und ein Bein dafür geben würden, um im Tourbus mit *Glitterilla Warriors* nach Glasgow zu fahren? Und du stellst dich an, als müsstest du zu einer Wurzelbehandlung."

„Acht Stunden in einem Bus mit Nathan sind auch etwa genauso angenehm", grummelte Sarina. „Der Typ geht mir einfach auf die Nerven mit seiner arroganten Art. Glaubt, er hätte die Weisheit mit Löffeln gefressen, und behandelt mich ständig, als wäre ich ein naives Dummchen. Und diese dämliche Zahnlücke. An dem Typ macht mich einfach alles aggressiv."

„Ihr müsst ja keine Freunde werden, und die Fahrt nach Glasgow ist keine Weltreise. Außerdem werden die *Glitterilla Warriors* dabei sein. Mann, Sarina, die sind der absolute Hammer! Und wir bekommen sie live und ohne Maske zu sehen. Weißt du, wie wenige Leute wissen, wie die Jungs wirklich aussehen?" Päivi wirkte aufgedreht wie ein kleines Kind kurz vor der Bescherung. „Vor allem den Sänger finde ich einfach nur genial."

„Das ist der, der immer auf Vierzigerjahre Hollywood-Diva macht, oder? So richtig hab ich das Konzept ohnehin noch nicht verstanden. Frauenkleider, Masken, falsche Wimpern, aber machen trotzdem auf harte Rocker?"

Sarina schüttelte den Kopf.

„Na ja, die nehmen sich selbst nicht so schrecklich ernst. Es geht darum, Spaß zu haben, mit Schubladen, gesellschaftlichen Erwartungen und Geschlechterklischees zu spielen. Ich finde es genial. Eine Mischung aus Glamrock und Goth Rock. Und Her Ladyship Glory Glitter ist ohnehin die allerbeste. Eine tolle Stimme und dann schreibt er auch die meisten Songs von *Glitterilla Warriors*."

Sarina grinste. „Du solltest dich hören. Du bist ja ein richtiges Groupie."

Päivi zuckte mit den Schultern. „Irgendeine Macke braucht wohl jeder, oder?"

„Da könntest du recht haben. Meine Suche nach Leo finden einige Leute ja auch unheimlich lachhaft." Sie verdrehte die Augen.

„Komm, jetzt lass dich doch von Nathe nicht immer so ärgern." Päivi winkte ab. „Wir fahren im Tourbus nach Glasgow, und ich werde endlich meinen Vater treffen! Und meine Halbbrüder! Das ist doch wohl einfach nur der Wahnsinn!"

„Ich freu mich ja auch für dich, Päivi. Ehrlich." Sarina setzte sich auf. „Ich versuche, Nathan einfach aus dem Weg zu gehen, soweit das möglich ist. Vielleicht wird es ja ganz spannend! Mit einer Band im Tourbus bin ich auch noch nicht gefahren."

16

Sarina war froh, dass sie Craig den Vormittag über kaum zu Gesicht bekommen hatte, zumindest nicht unter vier Augen. Er war offenbar nicht von der Idee abzubringen, dass sie es auf seine erhoffte Festanstellung in Pats Team abgesehen hatte. Wann immer er sich unbeobachtet fühlte, warf er ihr Blicke zu, bei denen sich ihr die Nackenhaare sträubten. Nachdem sie mit dem Pressespiegel fertig war, hatte sie den Rest des Vormittags zwischen Kaffeemaschine und Kopierer verbracht.

Nun war es Zeit für ein Sandwich und etwas zu trinken. Die Straße runter hatte sie einen Sainsbury's Supermarkt gesehen. Gerade wollte sie in ihre Jacke schlüpfen, als Pat, Craig und Celia aus dem Meeting-Raum kamen, in dem sie über einem Konzept für ein neues Sendeformat gebrütet hatten.

„Hey, Sarina!", grüßte Pat überschwänglich. „Na? Wie war dein erster Arbeitstag bisher?"

„Danke, ich kann nicht meckern." Sarina schlang ihre Handtasche über die Schulter und wollte schnell abtauchen, um Craig nicht noch mehr Grund zum Argwohn zu bieten.

„Ist doch okay, wenn ich jetzt kurz in die Pause gehe?"

„Na klar. Wir wollten auch gerade was essen gehen, drüben im *Oxford Arms*. Komm doch gleich mit", lud Pat sie ein.

„Ich ... Äh ... Danke, ich glaube, ich ...", fing Sarina an.

128

„Nun komm schon, nicht schüchtern sein. Bei uns ist nicht alles so formell. Craig und Celia würden sich auch freuen, nicht wahr?"

Craig lächelte honigsüß, Sarina bildete sich allerdings ein, seine Zähne knirschen zu hören.

„Na klar kommst du mit! Seit du mir den blöden Pressespiegel abgenommen hast, bist du so etwas wie meine persönliche Heldin." Celia lachte. „Ich geb dir 'nen Drink aus!"

Resigniert zuckte Sarina mit den Achseln, während Craig ihr über Pats Schulter einen seiner tödlichen Laserblicke zuwarf.

Das *Oxford Arms* lag keine hundert Meter entfernt direkt an der belebten Camden High Street und war offenbar so etwas wie die inoffizielle Kantine des Senders. Es war ein gemütlicher, ziemlich traditioneller Pub mit einem kleinen Biergarten.

Die Gruppe steuerte einen runden Tisch mit Sonnenschirm in der Ecke an. Craig ließ sich Sarina gegenüber auf einem der hölzernen Verandastühle nieder und beäugte sie misstrauisch, während Pat die Bestellungen aufnahm und zur Bar ging.

„Passt ihr einen Moment auf meine Sachen auf? Ich wollte kurz zur Toilette." Celia stand auf. Unwillkürlich federte Sarina aus ihrem Stuhl hoch. „Ich komme mit. Äh ... Frauen gehen ja immer im Rudel, stimmt's?" Sie bemühte sich, ihre Panikreaktion mit einem Scherz zu überspielen. Craig zog die Augenbrauen zusammen. Sarina war froh, nicht allein mit ihm am Tisch bleiben zu müssen. Nach seinem Auftritt neulich im Fahrstuhl war der Typ ihr unheimlich.

„Wie gefällt es dir denn bisher bei uns?“, wollte Celia wissen, als sie kurze Zeit später am Waschbecken standen und sich die Hände wuschen. „Sind doch alle ganz nett, nicht wahr? Für mich fühlt es sich fast an, als wären wir alle eine große Familie.“

„Ähm ... ja, sofern ich das jetzt schon beurteilen kann“, wand sich Sarina um eine Antwort.

„Du kommst aus Deutschland, habe ich gehört? Wo hast du denn Nathe kennengelernt?“ Celia zupfte ein Papiertuch aus dem Spender und trocknete sich die Hände.

„Meine Freundin und ich waren auf der Suche nach einem Zimmer und sind durch Zufall in seiner WG gelandet.“

„Ein total netter Typ, nicht?“

Sarina zweifelte an Celias Menschenkenntnis. Wenn sie brüderliche Gefühle für Mr Psychopath hatte und Nathan einen netten Typen nennen konnte, stimmte eindeutig etwas nicht mit ihr.

„Ich hab ihn ein paar Mal auf Partys bei Pat getroffen. Er hat früher mal Keyboard in Pats Band gespielt.“

„Und Craig?“, fühlte Sarina vorsichtig nach. „Kennst du den näher?“

„Nur von der Arbeit. Er arbeitet seit etwas über einem Jahr als Aushilfskraft im Team, immer sehr freundlich, sehr bemüht. Ist aber nicht so der kreativste Kopf, glaube ich. Wenig Pfeffer im Hintern, falls du weißt, was ich meine. Pat scheint das auch so zu sehen. Aber sonst ist er ein ganz netter Junge.“ Celia nahm ihre Handtasche vom Waschbecken und zupfte ihren Rock zurecht. „Wollen wir?“

Wenig später saßen die vier in scheinbar trauter Eintracht an ihrem Tisch. Sarina ließ sich eine Backkartoffel mit Sour Cream und ein halbes Pint Cider schmecken. Craig schien bester Laune und plauderte zwischen den Bissen seines Shepherd's Pie munter über Gott und die Welt als könnte er kein Wässerchen trüben. Sarina musste an Dr. Jekyll und Mr Hyde denken.

Das neue Sendekonzept machte Pat zu schaffen. Es fehlten noch zündende Ideen, die sich mit dem mehr als bescheidenden Budget, das man ihm zugestanden hatte, umsetzen ließen.

„Ich möchte weg von diesem blöden Reality-Kram. Wir heißen schließlich Music Television. Manchmal ist davon herzlich wenig zu merken." Pat setzte sein Glas etwas zu schwungvoll ab, so dass Einiges über den Rand schwappte. „Aber für eine große Show mit Livemusik haben wir kein Budget."

„Könnte man nicht so etwas mit Wohnzimmer-Atmosphäre machen? In Deutschland gab es bis vor Kurzem ein ziemlich erfolgreiches Sendeformat. Im Prinzip ging es darum, dass die Moderatoren einen Mitbewohner für ein fiktives WG-Zimmer suchten, und ein Gaststar war der Bewerber."

Pat lehnte sich nach vorne und stützte das Kinn auf die Hand. „Das klingt interessant. Wie muss ich mir das vorstellen? Haben die ihm Fragen gestellt oder wie lief das?"

„Ja, auch. Der jeweilige Gaststar musste seine WG-Tauglichkeit bei diversen kleinen Spielen beweisen, und es gab immer etwas zu essen und zu trinken. Dabei wurde er dann interviewt, erzählte aus seinem Leben. Durch dieses Setup hat man die Stars in dieser Sendung von einer ganz anderen Seite kennengelernt. Die Moderatoren haben es irgendwie geschafft, so eine vertraute Atmosphäre zu schaffen, dass die Gäste oft ziemlich private Dinge erzählt haben.“

Pat kratzte sich am Kinn.

„Was meinst du, Celia? Das klingt interessant, oder?“

Celia nickte. „Da könnte man echt was machen. So ein bisschen old school, zurück zu den Ursprüngen. Wie früher ‚MTVs Most Wanted‘ mit Ray Cokes.“

Sarina zuckte zusammen, als Craig ihr unterm Tisch einen kräftigen Tritt gegen das Schienbein verpasste. Na warte, du falsches Stück, dachte Sarina. Wenn du Krieg haben willst, den kannst du haben!

„Ich könnte mir vorstellen, dass man so etwas Ähnliches mit Musikgrößen machen könnte. Anstatt um ein WG-Zimmer könnte es darum gehen, dass man ein neues Mitglied für eine fiktive Band sucht. Die Moderatoren prüfen mit etwas unkonventionelleren Interviews und Spielen, ob der Gast in die Band passt. Dabei könnte der musikalische Gast dann einen Song vortragen – ohne großen Aufwand, vielleicht in einer Unplugged-Version –, sowas in der Richtung eben. Da reicht ein kleines Studiopublikum. Und am Ende wird abgestimmt. Vielleicht könnte man es auch interaktiv gestalten, dass die Zuschauer selbst Fragen mailen oder texten können, die in der Sendung aufgegriffen werden.“

Pat strahlte. „Ha! Das gefällt mir. Mit den richtigen Moderatoren kann so ein Format der Knaller sein. Davon muss ich nur die Chefetage überzeugen. Es ist längst mal wieder Zeit, etwas zu wagen. So etwas mit Charaktergesichtern, wie in der guten alten Zeit. Ich wusste doch, dass ich mit dir einen Glücksgriff gemacht habe. Du hast eine Menge toller Ideen. Kannst du das vielleicht einfach mal brainstormen, ohne groß über Machbarkeit und Umsetzung nachzudenken? Ich bin sicher, da kommt noch viel mehr Brauchbares zu Tage! Und ich bearbeite die Herren da oben."

Sarina konnte nicht umhin, ein gewisses Gefühl des Triumphs zu empfinden, als sie am Nachmittag den Sender verließ. Dieser Craig hatte sich mit der Falschen angelegt. Sie hatte es absolut nicht auf seinen Job abgesehen, aber sein Drohgebaren und der schmerzhafte Schienbeintritt im Pub hatten ihren kämpferischen Ehrgeiz geweckt. Sie würde sich nun alle Mühe geben, ihn schlecht aussehen zu lassen.

Auf dem Heimweg klapperte sie noch drei weitere Radiosender ab, allerdings ohne Erfolg. Zwar gaben sie bereitwillig Auskunft, aber von Leo hatten sie noch nichts gehört. Das hatte Sarina bereits vermutet. Es waren nur sehr kleine Sender mit einem eher speziellen Publikum. So wie sie Leo einschätzte, vermutete sie ihn eher bei einem der größeren Sender. Immerhin musste es ein gutes Angebot gewesen sein, wenn er so spontan die Koffer gepackt und die Reise nach London angetreten hatte. Sie konnte einfach das Gefühl nicht abschütteln, dass Capital FM genau seine Kragenweite sein könnte. Doch nach ihrem Auftritt bei dem Security-Mann machte sie sich keine allzu großen Hoffnungen.

Sie beschloss, es doch noch einmal telefonisch zu versuchen. Gleich als sie zu Hause angekommen war, wählte sie die Nummer des Senders.

„Capital FM, Sie sprechen mit Nicole. Wie kann ich Ihnen helfen?"

Sarina trug ihr Anliegen vor.

„Oh ... Das tut mir jetzt leid, ich bin noch ziemlich neu hier. Ich weiß gar nicht ..." Nicole klang leicht verunsichert. „Könnten Sie einen Augenblick dranbleiben?"

Nach etwa fünf Minuten, in denen Sarina ungeduldig der Warteschleifenmusik zugehört hatte, meldete sich Nicole wieder.

„Hören Sie? Ich habe mal nachgefragt. Meine Kollegin war sich nicht sicher, aber sie glaubt, dass wir hier einen Leo haben."

Sarinas Blut schoss ruckartig in den Kopf und brachte ihre Schläfen zum Pochen.

„Wirklich?" Ihre Stimme klang piepsig und sie bemühte sich, ihren Atem unter Kontrolle zu bringen. „Das ist ... Das wäre ... phantastisch. Könnten Sie mir vielleicht eine Telefonnummer oder eine Mail-Adresse nennen, unter der ich ihn erreichen kann?"

„Leider nein", entschuldigte sich Nicole mit aufrichtig klingendem Bedauern. „Ich darf nicht so ohne Weiteres Durchwahlnummern herausgeben. Meine Kollegin war sich auch nicht ganz sicher, ob er wirklich Leo hieß. Er ist noch nicht lange beim Sender."

„Doch, doch, das muss er sein." Sarina zerpflückte einen unschuldigen Notizzettel in mikroskopisch kleine Papierschnitzel. „Könnten Sie ihm vielleicht eine Nachricht hinterlassen?"

„Natürlich. Das wäre vermutlich die beste Idee. Am besten, Sie geben mir Ihre Nummer und E-Mail-Adresse. Der Kollege wird sich dann bei Ihnen melden."

Auch als sie bereits in ihrem Bett lag, stand Sarina noch vollkommen unter Strom. Offenbar war auf ihr Bauchgefühl Verlass. Das bestätigte sie noch einmal darin, dass sie so schnell nicht aufgeben sollte. Leo und sie hatten definitiv eine Chance verdient. Sie fischte ihr Handy vom Nachttisch und kontrollierte zum gefühlt hunderttausendsten Mal ihren E-Mail-Eingang. Nichts. Wie sie Warten hasste! Warten war das Schlimmste. Man war zur Untätigkeit verdonnert und wünschte sich nichts sehnlicher als eine Vorspultaste. Und ausgerechnet jetzt hatte sie auch noch Päivi versprochen, mit ihr nach Glasgow zu fahren. Sarina atmete tief ein und rollte sich auf die Seite. Aber wenn sie das Leben eins gelehrt hatte, dann, dass man Freundinnen nicht für einen Mann hängen ließ, egal, wie toll er auch sein mochte. Wer liebt, kann auch ein paar Tage warten. Trotzdem fiel es ihr schwer, die nötige Geduld aufzubringen, zumal die Reise auch noch bedeutete, dass sie es insgesamt etwas über sechzehn Stunden auf engem Raum mit Nathan aushalten musste, der ihre Hoffnung auf ein Happy End mit Leo in den Dreck zog. Nathan und seine ach so coole Attitüde und dieser pseudo-lässige *Was-kümmert-mich-mein-Äußeres*-Look, bloß weil der Typ zu faul war, sich zu kämmen und anständig zu rasieren. Dabei sah er viel besser aus, wenn er sich dann doch mal bequemte, zum Rasierer zu greifen. Aber diese Zahnlücke ... Immer, wenn er lachte ... Wie ein frecher Grundschüler. Sarina gähnte und zog die Decke bis zum Kinn hoch. Fünf Sekunden später war sie eingeschlafen.

17

Sarina irrte durch ein Gewirr aus unterirdischen Tunneln. Menschen strömten mit starr geradeausgerichteten Blicken zu beiden Seiten an ihr vorbei. Atemlos hetzte sie weiter gegen den Menschenstrom. In einiger Entfernung tauchte immer wieder kurz eine helle Jacke in der dunkel gekleideten Menge auf.

„Leo!", rief Sarina immer wieder. „Leo! Bleib doch stehen!"

Ihre Stimme hallte überlaut von den Tunnelwänden zurück, doch die Gestalt entfernte sich immer weiter im nicht aufhören wollenden Strom aus Körpern. Sarina kämpfte verzweifelt gegen das dichter werdende Gedränge an und blieb immer wieder stecken. Die Luft wurde knapper und die vorbeilaufenden Menschen schneller. Alles wurde zu einer einzigen zähflüssigen schwarzen Masse, die sie einschloss. Sarina verlor den Boden unter den Füßen und sank tiefer und tiefer, verzweifelt mit den Armen und Beinen rudernd.

Plötzlich endete der Fall und sie befand sich in einer Art Kellergewölbe, aus dem eine schier endlose Rolltreppe in rasantem Tempo nach oben führte. Am oberen Ende der Rolltreppe entdeckte Sarina wieder die hell gekleidete Gestalt. Sie stürzte hinterher, die Rolltreppe hinauf, bis sie die Person schließlich eingeholt hatte. Als die sich umwandte, sah Sarina, dass sie eine Maske mit einem spitzen Schnabel trug.

„Leo! Ich bin es. Erinnerst du dich? Ich habe überall nach dir gesucht", rief Sarina. Sie griff nach der Maske und zog sie der Gestalt vom Gesicht.

„Da gibt es eine Festanstellung mit meinem Namen drauf!", zischte die Gestalt und sah sie aus zusammengekniffenen, dunklen Augen an. Das Gesicht verzog sich zu einer unmenschlichen Grimasse und verwandelte sich dann wieder zu einem lachenden Gesicht – einem Gesicht, umrahmt von halblangen blonden Haaren. Intensiv blaue Augen leuchteten Sarina entgegen und aus dem geöffneten Mund dröhnte unnatürlich lautes Gelächter. *Diese verdammte Zahnlücke!*

„Nein! Was hast du mit Leo gemacht?" Sarina schrie. Sie spürte einen Tritt gegen ihr Schienbein, dann stießen sie zwei kräftige Hände die Treppe hinunter. Das Lachen hallte noch immer in ihren Ohren und sie fiel und fiel und fiel.

Schweißgebadet wachte Sarina auf. Mit zittrigen Händen tastete sie nach dem Lichtschalter und griff nach der Wasserflasche neben ihrem Bett. Was für ein bescheuerter Albtraum! Eine Kreuzung aus Craig und Nathan. Das hatte ihr gerade noch gefehlt. Jetzt tauchten diese blöden Typen schon in ihren Träumen auf wie die Erschrecker in der Geisterbahn. Sarina trank gierig einige Schlucke Wasser, knipste das Licht wieder aus und kuschelte sich in ihr Kissen. Vielleicht war etwas dran an der alten Weisheit, dass man nicht wütend ins Bett gehen sollte.

Als Sarina am Morgen aufwachte, hatte sie zum ersten Mal das seltsame Gefühl, sich nicht mehr auf einem ausgedehnten Urlaub zu befinden. Auch wenn fremde Möbel darin standen, fühlte sich dieses Zimmer inzwischen an wie ein Zuhause. Es war erstaunlich, wie schnell eine neue Umgebung und neue Lebensumstände zur Gewohnheit wurden – wie ihre neue Freundschaft mit Päivi, die sich anfühlte, als hätten sie sich schon immer gekannt. Ein wenig fühlte sich Sarina getröstet, als sie darüber nachdachte, dass sie diese Erfahrungen und Erlebnisse mitnehmen würde, ganz egal, wie die Geschichte mit Leo ausging. Sie griff nach dem Handy und checkte ihre Mails. Immer noch nichts. Hoffentlich hatte diese Nicole Leo auch wirklich die Nachricht übermittelt. Nachdem sie sich angezogen hatte, frühstückte Sarina und fuhr zum Sender.

Dort machte sie sich zuerst an den Pressespiegel, den sie Celia, die gerade in einer Besprechung war, in den Eingangskorb legte. Wenig später erschien Craig und drückte ihr einen Stapel Skripte in die Hand. Dabei machte er ein Gesicht, das Sarina an das Hinterteil einer Katze erinnerte.

„Hier, die sollst du für Pat je fünfmal kopieren.“
Sarina lächelte überfreundlich, bedankte sich, nahm die Zettel und machte sich daran, die Büroklammern zu lösen. Dann legte sie die Vorlagen in den Kopierer, wählte fünf Exemplare und drückte auf Start. Der Kopierer ratterte los, und Sarina holte sich in der Zwischenzeit einen Becher Tee. Anschließend nahm sie die Kopien aus dem Gerät und wollte damit beginnen, sie zu sortieren. Sie runzelte die Stirn. So ein Mist. Da hatte wohl jemand eine Büroklammer im Gerät vergessen. Sie klappte den Deckel hoch, doch da war nichts. Seltsam. Aber wie kam die Büroklammer auf die Kopien? Sarina blätterte durch die Stapel. Tatsächlich war das dämliche Ding auf allen Kopien zu sehen. Wie konnte

das sein? Das Vorlagentablett war absolut leer, nicht mal ein Klebestrich oder ein Radiergummifussel waren zu sehen. Und Sarina hatte den Einzelblatteinzug genutzt. Sarina nahm ein Blatt aus dem Vorlagenstapel, legte es auf das Gerät und drückte erneut auf Start. Sie fischte die Kopie aus dem Auswurf. Schon wieder diese blöde Büroklammer. Wie konnte das …? Eine plötzliche Erkenntnis durchfuhr sie und sie öffnete die Papierschublade. Auf sämtlichen Blättern in der Papierzufuhr befand sich das fotokopierte Abbild der Büroklammer. Craig, dieses miese kleine Frettchen! Sarina ersetzte den Stapel und verfrachtete die verpfuschten Kopien in die Papiertonne. Zur Sicherheit blätterte sie durch die Skripte – alles sah in Ordnung aus. Nachdem sie die Kopien gemacht hatte, heftete sie die Stapel zusammen und brachte sie Pat.

Auf dem Weg zu seinem Büro kam ihr Celia entgegen.

„Du lässt dir aber heute Zeit mit dem Pressespiegel. Könntest du ihn mir bitte so bald wie möglich auf den Schreibtisch legen?“

„Aber ich habe ihn doch schon vor ungefähr einer halben Stunde in deinen Eingangskorb gelegt.“ Sarina legte die Stirn in Falten.

„Vielleicht hab ich ihn übersehen. Warte, ich schau noch mal nach.“ Celia umrundete ihren Schreibtisch und wühlte in den Papieren. „Nein. Hier ist nichts. Hast du ihn vielleicht irgendwo liegen lassen?“

Obwohl Sarina eine ziemlich genaue Vorstellung davon hatte, was mit den Unterlagen passiert war, wollte sie ihren Verdacht Celia gegenüber nicht äußern. Sie hatte schließlich keinerlei Beweise und wusste nicht, wie Celia sich verhalten würde, wenn sie als Neuling einen Kollegen beschuldigte, der schon seit einem Jahr hier arbeitete.

„Seltsam. Ich bin sicher, dass ich die Unterlagen in deinen Eingangskorb gelegt habe. Ich suche noch einmal beim Kopierer. Im Ernstfall muss ich eben noch einmal ran." Sarina kochte innerlich. Was würde sich dieser durchtriebene Mistkerl noch alles einfallen lassen? Das konnte ja noch heiter werden. Sie war sich absolut sicher, dass sie den Pressespiegel in Celias Ablage gelegt hatte und sah überhaupt nicht ein, ihn noch einmal anzufertigen. Sie würde Craig später unter vier Augen abpassen und ihn zur Rede stellen, damit er die Unterlagen wieder rausrückte.

Sarina war gerade dabei, Post zu sortieren, als Celia grinsend an ihren Schreibtisch kam und einen roten Hefter in der Hand schwenkte. Sie schnalzte tadelnd mit der Zunge.

„Sarina, Sarina, in deinem Alter schon so zerstreut? Du solltest mehr Nüsse essen, die sind gut fürs Gedächtnis."

Sarina runzelte fragend die Stirn.

„Der lag noch in der Kaffeeküche, du Schusselchen!" Celia lachte. „Ich hefte ihn schnell ab, bevor du ihn wieder verlegst."

Dieser verfluchte Mistkerl war gut! Das musste Sarina ihm lassen. Hätte er den Pressespiegel schlichtweg verschwinden lassen, wäre er das Risiko eingegangen, dass man genauer nachgeforscht hätte. Wenn sie allerdings jetzt etwas sagte, würde es niemand ernst nehmen. Wie viel wahrscheinlicher war es, dass sie einfach zerstreut gewesen war und den Hefter hatte liegen lassen? Pat und Celia würden an diese viel wahrscheinlichere Möglichkeit jedenfalls viel eher und viel lieber glauben als daran, dass ein Mitarbeiter, den sie seit einem Jahr kannten, hier die Finger im Spiel hatte und hinter ihrem Rücken Intrigen spann.

Doch so leicht würde Sarina es ihm nicht machen. Sie würde sich schon noch etwas einfallen lassen.

Wieder zu Hause, machte sie sich gleich auf die Suche nach Päivi, um ihr von den neuesten Entwicklungen am Arbeitsplatz zu erzählen. Sie fand ihre Freundin zusammen mit Daniel in der Küche, wo sie gerade dabei waren, Eier auszublasen. Sie rutschten so auffällig unauffällig auseinander, als Sarina die Küche betrat, dass sie sich ein Grinsen nicht verkneifen konnte.

„Was macht ihr beiden Hübschen denn da? Ostern ist doch schon vorbei."

„Wir machen *Exploding Eggs* – Samenbomben", erklärte Päivi begeistert. „Daniel weiht mich gerade in die Geheimnisse des Guerilla-Gärtnerns ein. Wir wollen heute Nacht zusammen losziehen und ein paar Kreisverkehre und Hinterhöfe bombardieren. Ich bin schon ganz aufgeregt."

„Und wie funktioniert so ein Bombardement?", wollte Sarina wissen.

„Es gibt verschiedenste Arten von Samenbomben. Meistens nimmt man einfach Lehm oder Tonerde, mischt Blumensamen hinein und dreht sie zu kleinen Kugeln. Man kann aber auch ausgeblasene Eier befüllen. Es gibt auch schon welche fertig zu kaufen aus recyceltem Papier. Die wirfst du dann auf eine zu begrünende Fläche und etwas später sprießt es." Daniel hielt ihr ein Ei unter die Nase. „Möchtest du mitmachen?"

„Warum nicht?" Sarina setzte sich zu den beiden und half ihnen, wobei sie von ihrem ungewöhnlichen Arbeitstag erzählte.

„*Vittu saatana perkele!* So ein durchtriebener Mistfink!", schimpfte Päivi. „Du musst mit Pat sprechen."

Daniel schüttelte den Kopf. „Ich denke nicht, dass er Sarina glauben würde. Er kennt sie schließlich noch nicht so lang wie diesen Typ und würde vermutlich glauben, sie übertreibt. Selbst wenn sie die Sache mit dem Pressespiegel und der Büroklammer beweisen könnte. Das sind für sich genommen kleine harmlose Streiche, über die man unter normalen Umständen lachen würde."

„Da hast du leider recht", seufzte Sarina. „Irgendeine schlaue Idee, was ich tun könnte?"

„Du könntest ihm Milch in die Lüftung vom Auto kippen", schlug Päivi vor.

„Nein. Damit würde ich mich bloß auf sein Niveau begeben. So etwas ist nicht mein Stil, auch wenn ich den Gedanken verlockend finde." Sarina puhlte vorsichtig mit der Nadel die Öffnung in der Eierschale etwas größer und begann, Blumensamen einzufüllen.

„So spontan fällt mir dazu auch nichts ein", meinte Daniel. „Du müsstest ihn irgendwie mit seinen eigenen Waffen schlagen. Das wäre cool. Ich lass es mir mal durch den Kopf gehen. Vielleicht fällt mir noch etwas ein."

„Na klar, ein Guerilla-Krieger wie du muss doch was auf Lager haben!" Päivi rutschte wieder näher an ihn und knuffte liebevoll mit ihrer Schulter gegen seinen Oberarm.

Sarina gähnte herzhaft. Vielleicht war es Zeit für einen diskreten Rückzug, um den beiden ein wenig Zweisamkeit zu gönnen.

„Mensch, ich bin ganz schön müde. Ich glaube, ich gehe jetzt vom Guerilla Gardening zum Power-Napping über und lege mich oben eine Runde aufs Ohr."

Sarina öffnete das Fenster, kickte ihre Ballerinas von den Füßen und streifte den Rock ab. Dann ließ sie sich aufs Bett fallen und knautschte das Kissen zurecht. Nachdem sie wieder einmal den Nachrichteneingang kontrolliert und immer noch keine Nachricht von Leo vorgefunden hatte, rollte sie sich auf die Seite und schaute einer Fliege dabei zu, wie sie langsam die Wand heraufkrabbelte.

Von draußen drang die ständige Klangkulisse aus Dieselmotoren, Stimmengewirr, Hupen, Rattern und Rauschen in die Stille des Raumes. Sarina schloss die Augen. Wie sehr man sich doch an den Großstadtlärm gewöhnen konnte. Trotzdem sehnte sich Sarina gerade nach einer grünen Oase, einem Ort zum Durchatmen und Abschalten. Es fiel ihr zunehmend schwerer, das Gedankenkarussel abzustellen. Kein Wunder, dass sie bereits Albträume hatte. Anstatt sich mit dem Spott ihres Mitbewohners und den intriganten Machenschaften eines neidischen Kollegen auseinanderzusetzen, könnte sie jetzt die Semesterferien mit Kathi und Inga am Stausee, in Clubs oder gemütlich bei einem Serienmarathon auf der Couch verbringen. War es das alles wirklich wert?

Ihre Gedanken wanderten hinunter in die Küche zu Päivi und Daniel. Die beiden hatten so zufrieden ausgesehen. Schon als sich das erste zarte Knistern zwischen den beiden angebahnt hatte, war Sarina aufgefallen, wie sehr Päivi gestrahlt hatte. Sie hatte gewirkt wie eine verliebte Vierzehnjährige. Wie gern hätte Sarina dieses Gefühl auch einmal wieder erlebt. Doch zu den Schmetterlingen gesellten sich bei ihr immer allzu schnell die Zweifel. Was, wenn es wieder in einer Enttäuschung endete? Wenn sie, wie so oft, feststellen musste, dass sie sich für den Falschen entschieden hatte?

Bei Leo hatte sie dieses Gefühl nicht gehabt. Es hatte alles gepasst. Er war perfekt für ihr Leben und war alles, wonach sie immer gesucht hatte. Sie dachte an Daniels verschämtes, spitzbübisches Lächeln, an die sanfte Berührung, mit der er Päivi getröstet hatte, und wieder meldete sich eine kleine, beharrliche Stimme in Sarinas Hinterkopf. Eine, die sie immer wieder erfolgreich zum Verstummen hatte bringen können und die jetzt mit frischer Kraft immer und immer wieder dieselben Fragen stellte.

Hätte Leo es denn nicht auch spüren müssen? Hätte er nicht bleiben müssen, sich bei ihr melden müssen, bevor er einfach sang- und klanglos nach London verschwand? Egal, wie spontan und verlockend das Angebot des Radiosenders auch gewesen sein mochte, er hätte doch wenigstens versuchen können, sie zu erreichen.

Sarina zog die Knie an die Brust. Warum hatte er sich nicht bei ihr gemeldet? Sie hatte doch deutlich gespürt, dass da mehr gewesen war. Das konnte sie sich doch nicht nur eingebildet haben.

Es konnte natürlich tausend andere Gründe geben, warum sich Leo nicht gemeldet hatte. Vielleicht war die

Trennung von Merle einfach noch zu frisch. Vielleicht hatte er sich Kummer ersparen wollen, sich nicht getraut, ihnen eine Chance zu geben. Und dann hatte er gleich darauf das Angebot aus London bekommen. Vielleicht hatte er geglaubt, es habe keinen Sinn, eine Beziehung weiterzuverfolgen, wenn man ohnehin wenig später für längere Zeit ins Ausland ging. Es konnte viele Gründe geben. Gute Gründe. Gründe, die nicht ausschlossen, dass er dieselben Gefühle für Sarina hegte, wie sie für ihn. Es blieb dabei. Eine Antwort auf diese bohrenden Fragen würde sie nicht erhalten, wenn sie ihn nicht selber fragte. Und eine Antwort, das wurde ihr in diesem Moment klarer als je zuvor, eine Antwort würde sie brauchen, um dieses Kapitel für sich abschließen zu können. Egal, ob es in einem Happy End mündete oder in einer Enttäuschung.

18

Zwei Wochen waren vergangen, und die Reise nach Glasgow stand bevor. Sarina war die Zeit viel kürzer vorgekommen. Mit Arbeit, vergeblicher Suche nach Leo und dem WG-Leben war ihr Alltag gut ausgefüllt gewesen. Als sie und Päivi am Treffpunkt vom Bus der *Gliterilla Warriors* aufgesammelt wurden, war sie von den Jungs fast enttäuscht. Ohne deren Bühnen-Make-up und die aufwändigen Kostüme sahen sie so gar nicht nach Rockstars aus. Mick, der Keyboarder, hatte sogar leichte Ähnlichkeit mit Sheldon Cooper, einem der Nerds aus *The Big Bang Theory*. Alex, der Gitarrist, wäre von der gesamten Band noch am ehesten als Rocker durchgegangen. Er trug die langen rotblonden Haare zu einem Man-Bun aufgeschlungen und verdeckte die Augen auch im Innern des Tourbusses mit einer verspiegelten Sonnenbrille. Bassist Rob erinnerte mit seiner kleinen, runden Nickelbrille und dem kurzärmligen karierten Hemd eher an einen verhinderten Buchhalter. Liam, der Drummer, hatte entfernte Ähnlichkeit mit dem Schauspieler Richard E. Grant. Der Star der Truppe, ihre Ladyschaft Glory Glitter, reiste offenbar per Flugzeug an, denn die Diva konnte lange Busfahrten nicht ausstehen. Darüber witzelten die Bandkollegen und Nathan ausgiebig.

Dafür war das Interieur des doppelstöckigen *Glitterilla Warriors*-Tourbusses beeindruckend. Im oberen Stockwerk befanden sich Schlafkojen, im unteren gab es eine voll ausgestattete Küchenzeile mit Mikrowelle und Kühlschrank, zwei Sitzgruppen mit Tischen und ein langes Sofa. Und an der gegenüberliegenden Wand war ein großer Flachbildfernseher montiert. Es dämmerte bereits, als der Bus auf die M1 Richtung Norden auffuhr. Die Stimmung war gut. Sie lachten, schwatzten und tranken Bier und Cider aus Dosen. Während die Landschaft an ihnen vorbeizog und es dunkler wurde, kehrte nach und nach Ruhe ein. Liam und Rob hatten es sich auf dem Sofa bequem gemacht und einen DVD-Mitschnitt ihres letzten Live-Auftritts eingelegt. Sie diskutierten und fachsimpelten, als wären sie Trainer bei der taktischen Analyse eines Fußballspiels. Gerade war in einer Nahaufnahme das Gesicht des Leadsängers zu sehen – oder sagte man in diesem Falle Sängerin? Eine mit Federn und Pailletten verzierte venezianische Maske verdeckte einen großen Teil des Gesichts. Die Lippen sahen voll und sinnlich aus und waren perfekt mit tiefrotem Lippenstift geschminkt. So ein perfektes Lächeln hätte sich Sarina auch gewünscht. Wenn sie selbst so ein kräftiges Rot trug, schaffte sie es immer, sich den Lippenstift auf die Zähne zu schmieren. Die Kamera zoomte heraus und zeigte Glory Glitter in einer Ganzkörperaufnahme. Klobige Schnallenstiefel, ein schwarzer Leder-Mini und zerrissene Netzstrümpfe, dazu einen babyrosa Angorapulli im Stil großer Hollywood-Diven, komplett mit spitzem Bullet-BH, Rita-Hayworth-Frisur und langen Perlenketten. Ihre Mitreisenden waren kaum wiederzuerkennen in ihren schrägen Outfits. Jeder verkörperte einen anderen Typ nach dem Vorbild berühmter weiblicher Stars. Mick, zum Beispiel, hatte sein Bühnenoutfit an Amy Winehouse angelehnt und trug eine

Perücke mit ihrer charakteristischen Turmfrisur. Sarina wippte mit dem Fuß im Takt der Musik. Päivi hatte recht, die waren gar nicht mal so übel. Sarina warf einen Blick zu ihrer Freundin, die aussah wie ein kleines Kind, das in einem Bonbonladen eingesperrt worden war. Klar, für sie musste es ein einmaliges Erlebnis sein, mit ihrer absoluten Lieblingsband im Tourbus unterwegs sein zu dürfen. Und auch Sarina musste zugeben, dass es interessant und aufregend war und Nathan ihr weit weniger auf die Nerven ging, als sie befürchtet hatte.

Päivi war vollkommen aufgedreht, dabei hatte sie den Tag vor der Abreise damit verbracht, gemeinsam mit Daniel Hochbeete für sein Gartenprojekt anzulegen. Wie ein Duracell-Häschen verfügte sie anscheinend über unversiegbare Energiereserven. Sie saß bei Mick und Alex vorne und spielte mit ihnen irgendein seltsames Fantasy-Kartenspiel, während Nathan an dem anderen Tisch hockte und in einer Zeitschrift blätterte. Sarina wollte Päivi nicht in ihrem Groupie-Glück stören und zu Nathan wollte sie sich schon mal gar nicht setzen. Kurz dachte sie darüber nach, sich in ihre Schlafkoje zu verziehen, doch dazu war sie noch nicht müde genug. Dann fiel ihr ein, dass sie ja ihren E-Book-Reader im Handgepäck hatte. Sie würde einfach noch ein wenig lesen. Also öffnete sie das Gepäckfach unter dem Sofa und wühlte in ihrer Tasche.

„Ich wollte mir gerade einen Tee machen. Möchtest du vielleicht auch einen?"

Sarina tauchte, den Reader in der Hand, wieder auf und sah Nathan vor sich stehen.

„Äh … ja, warum eigentlich nicht? Ich wollte gerade ein bisschen lesen. Ein Tee wäre da keine schlechte Idee.“

Nathan wankte am Sofa vorbei zur Küchenzeile und kehrte kurz später mit zwei dampfenden Bechern zurück.

„Sollen wir uns da rüber setzen? Ist sicherer mit den Tassen.“ Er grinste und deutete zu dem freien Tischchen. Sarina nickte und nahm den Sitz in Fahrtrichtung.

„Ist es okay, wenn ich mich neben dich setze? Ich vertrage es nicht so gut, rückwärts zu fahren.“ Nathan stellte die Tassen ab. „Ich wusste nicht genau, was du magst. Ich hätte Schwarze Johannisbeere und Vanille oder Ingwer Orange.“

„Schwarze Johannisbeere und Vanille klingt gut.“ Sarina deutete auf den freien Platz neben ihr. „Setz dich ruhig. Ich kann aber auch rüber gehen, wenn dir das lieber ist. Mir macht es nichts aus, rückwärts zu fahren.“

„Nein, bleib nur sitzen. Das ist okay so.“ Nathan ließ sich auf den Platz neben ihr gleiten. „Und? Wie gefällt dir deine erste Fahrt in einem Tourbus?“

„Ich vermisse irgendwie die Drogen und die Groupies.“ Sarina lachte und tunkte den Teebeutel in der Tasse auf und ab.

„Die kommen erst nach der Show.“ Nathan zwinkerte und grinste. „Nee, im Ernst. Die Jungs sind alle grundsolide – und vergeben. Alex hat gerade eine kleine Tochter bekommen. Das war einer der Gründe, warum sie sich für die extremen Kostüme entschieden haben.

Alle haben noch ein Privatleben und möchten nicht ständig von Fans und Presse behelligt werden.“

„Kann ich gut nachvollziehen“, meinte Sarina. „Es ist bestimmt nervig, wenn man dauernd von wildfremden Leuten angesprochen wird und alle Welt Selfies mit einem machen möchte. Also keine Drogen und keine Groupies. Aber neulich hast du doch ...“

„Ich habe über das Musikbusiness im Allgemeinen gesprochen. Du glaubst nicht, was da teilweise hinter den Kulissen abgeht und wie manche Bands – speziell Männer – sich da aufführen. Manches möchtest du gar nicht wissen.“ Er fischte mit dem Löffel nach dem Teebeutel, umwickelte ihn mit dem Faden, um ihn auszuwringen und legte Löffel und Teebeutel auf der Tischplatte ab.

„*Never meet your idols*, sagt man doch“, stimmte Sarina zu. „Es ist wahrscheinlich besser, wenn man die Leute, die man bewundert, nie im wahren Leben trifft.“

„Das kannst du laut sagen. Was ich da alles miterlebt habe, hat für mich den ganzen Musikbetrieb ziemlich entzaubert. Deswegen möchte ich auch gar nicht unbedingt auf einer Bühne stehen, Interviews geben und all das. Ich bin nicht gerade die geborene Rampensau und bleibe lieber im Hintergrund.“

Sarina beobachtete Nathan argwöhnisch. Seit wann war er so mitteilsam und freundlich?

„Willst du dich eigentlich ehrlich mit mir unterhalten?“, fragte sie schnippischer, als sie eigentlich hatte klingen wollen. „Oder wartest du nur auf eine Gelegenheit, mich wieder zu verarschen und dich über mich lustig zu machen?“

Nathan griff sich ans Herz. „Autsch! Bin ich wirklich so schlimm?“

„Schlimmer.“ Sarina musste ein Lachen unterdrücken und senkte den Blick auf ihre Teetasse. „Ich frage mich bloß, was ich dir getan habe und warum du mich nicht leiden kannst.“

„Wer sagt denn, dass ich dich nicht leiden kann?“ Nathan pustete in seine Tasse und sah Sarina über den Rand hinweg an.

„Ach, komm schon. Du musst jetzt nichts beschönigen. Steh wenigstens dazu.“ Sarina hatte keine Lust auf Spielchen und falsche Nettigkeiten.

Nathan nippte an seinem Tee und stellte die Tasse wieder ab. „Zugegeben, wir hatten keinen besonders guten Start. Aber du darfst das nicht so ernst nehmen. Ich kann niemanden so richtig leiden, am allerwenigsten mich selbst. Es gibt Leute, die mich total nerven und Leute, die mich weniger nerven. Bisher gehörst du zu den letzteren.“

„Das ist doch auch so eine Masche, oder? Ich meine, findest du das irgendwie cool, den Misanthropen zu geben? Wenn ja, kannst du es lassen, es ist nämlich nicht cool. Oder gehört das zu deiner Künstleraura?“

Nathan legte den Kopf schräg und betrachtete Sarina mit einem Lächeln. Sein Ausdruck hatte etwas Spitzbübisches. Der Blick verunsicherte Sarina mehr, als ihr lieb war. Immerhin war er ausnahmsweise einmal glattrasiert. Seine nunmehr gestrüppfreie Oberlippe faszinierte sie. Ein fast perfekter Herzbogen. Eigentlich hatte er einen sehr anziehenden Mund. Bis auf diese Zahnlücke. Die ließ ihn wie einen Rotzbengel wirken. Aber das war er schließlich auch.

„Woran denkst du gerade? Du wirkst meilenweit weg." Sarina zuckte zusammen. Sie fühlte sich ertappt. Hatte sie allen Ernstes gerade über seine Lippen nachgedacht?

„Ach nichts. Ich, äh … musste an die Arbeit denken."

„Danach wollte ich dich auch schon gefragt haben. Läuft alles gut? Pat ist schwer in Ordnung, oder?" Nathan nahm einen großen Schluck Tee und sah sie erwartungsvoll an. Es war offensichtlich, dass er große Stücke auf seinen ehemaligen Bandkollegen hielt.

„Pat schon …"

Nathan runzelte die Stirn. „Das klingt, als gäbe es Probleme."

Sarina zwirbelte eine Haarsträhne zwischen Daumen und Zeigefinger. Sie rang mit sich, ob sie Nathan von ihrem Craig-Problem erzählen sollte. Konnte sie riskieren, ihm eine Schwachstelle zu entblößen? Heute schien ihm jedenfalls nicht nach Spielchen zu sein. Und wenn schon. Sie würde sich von ihm nicht mehr auf die Palme bringen lassen.

„Na ja, alle sind ganz nett bis auf eine Aushilfe. Der Typ scheint zu glauben, dass ich ihm Konkurrenz machen will. Er rechnet sich Chancen auf einen festen Job aus und glaubt, ich könne ihm die Stelle streitig machen wollen."

„Kann man ihm nicht verdenken, dass er dich als Rivalin betrachtet. Pat schwärmt von dir in den höchsten Tönen." Da war wieder dieses ominöse Lächeln auf Nathans Lippen, das Sarina so schwer zu deuten wusste. Sie konnte bei Nathan nie so recht sagen, ob er sie gerade auf den Arm nehmen wollte oder ob er das, was er sagte, ernst meinte.

„Ja, es ist verständlich, dass er sich Sorgen macht. Das rechtfertigt aber noch lange nicht sein Verhalten und diese Drohungen.“

Nathan zog eine Augenbraue hoch und stützte den Ellenbogen auf. „Drohungen?“

Sarina erzählte kurz von ihrem Erlebnis im Aufzug, von dem Schienbeintritt und den Streichen.

„Unglaublich!“ Nathan ließ die Sitzlehne wieder in eine aufrechte Position federn und wandte sich Sarina zu. „Du musst etwas unternehmen. Hast du mit Pat gesprochen?“

Sarina schüttelte den Kopf. „Nein. Ich fürchte, er würde mir nicht glauben. Der Typ arbeitet immerhin schon ein Jahr dort und ich habe keine Beweise gegen ihn.“

„Mir würde Pat glauben“, warf Nathan ein. „Soll ich mit Pat reden?“

„Nein, danke. Das muss ich allein regeln“, entgegnete Sarina entschlossen. „Ich muss mir nur etwas einfallen lassen, um ihn mit seinen eigenen Waffen zu schlagen.“

Nathan kratzte sich am Kinn. „Du müsstest ihn irgendwie dazu bringen, dass er unvorsichtig wird und sich verplappert. Er scheint sich seiner Sache ja ziemlich sicher zu sein.“

„Keine schlechte Idee … Wenn mir nur einfallen würde, wie ich das anstellen soll.“ Sarina lachte. „Ich bin nicht so gut im Intrigen spinnen.“

„Ich auch nicht.“ Nathan stand auf und nahm seine Tasse. „Soll ich deine mitnehmen?“

„Danke. Das ist nett.“ Nathan brachte die Tassen weg und kehrte kurz darauf mit zwei Chipstütchen zurück.

„Nervennahrung? Ich hätte Prawn Cocktail und Pickled Onion.“

„Pickled Onion, bitte.“ Sarina liebte die ausgefallenen Chipssorten, die es in England gab. Wie gut, dass sie nicht dauerhaft hier lebte, Fernsehabende würden sonst ganz schön aufs Hüftgold gehen.

Schweigend knusperten sie ihre Chips, während draußen die Lichter vorbeiflogen und Päivis aufgeregtes Geschnatter sich mit der Musik von der DVD und dem Motorengeräusch mischte. Sarinas Lider wurden zunehmend schwerer.

„Das sieht aber gemütlich aus!“

Eine laute, hohe Stimme weckte Sarina. Sie blinzelte verwirrt und sah eine schlanke, hoch aufgeschossene Frau mit wilder, blondierter Lockenmähne und diversen Piercings, die sich über ihren Sitz beugte. Nathans Kopf lehnte an ihrer Schulter und er schnarchte leise. Sarina stieß ihm den Ellenbogen in die Rippen. Mit einem Grunzen fuhr Nathan hoch.

„Keira! Hey! Was machst du denn hier? Sind wir etwa schon in Glasgow?“

„Yup. Ich komme gerade vom Flughafen und bin direkt rübergefahren, um euch in Empfang zu nehmen. Die Zimmer sind bereit, ich habe euch schon eingecheckt. Ihr müsst nur noch zusehen, dass ihr genügend Schönheitsschlaf bekommt. Morgen geht es früh los. Pressetermine, Proben und so weiter.“ Sie warf einen abschätzenden Blick auf Päivi und Sarina. „Ist das jetzt so ein Ding, schon vor dem Gig ein paar Groupies aufzulesen, Nathe?“

Nathan setzte sich ruckartig auf und wandte sich der Platinblonden zu. „Roadies bekommen keine Groupies, Keira. Ich hoffe, das hast du nicht vergessen."

„Drummer auch nicht", meldete Liam von hinten. „Schön, dich zu sehen, Keira, oder sollte ich besser Major Payne sagen?"

„Sehr witzig. Ihr könnt froh sein, dass sich einer darum kümmert, dass alles läuft. Wenn ihr mich nicht hättet, würdet ihr noch immer für ein paar Bier und ein bisschen Taschengeld in irgendwelchen kleinen Hinterhofclubs spielen. Also mal nicht frech werden!" Sie lachte unangenehm laut und scheuchte die Gruppe aus dem Bus.

Sarina und Päivi holten ihr Gepäck und liefen zum Taxistand. Sie hatten sich eine günstige Bleibe gesucht. In dem Hotel, in dem die Band abstieg, hätten die Zimmerpreise eindeutig ihr Budget gesprengt. Stattdessen hatten sie sich für die Jugendherberge entschieden, die direkt am Kelvingrove Park gelegen war. Päivi war noch immer aufgedreht wie ein Teenie. Sie kicherte vor sich hin, als sie in ihrem Rucksack nach der Kulturtasche kramte. „Diese Keira dachte ehrlich, wir wären Groupies!"

„Kein Wunder, du benimmst dich ja auch wie eins." Sarina lachte und warf mit ihrem Kissen nach Päivi. „Wer ist die Tussi überhaupt? Ist sie sowas wie die Managerin?"

„Ich glaub, sie ist die Promoterin von der Plattenfirma. Soll eine ziemlich taffe Frau sein."

„Den Eindruck machte sie." Sarina rollte mit den Augen. „Wann treffen wir uns morgen mit deinem Dad?"

„Um neun Uhr. Das Café ist ganz in der Nähe. Da können wir hinlaufen. Ich habe mir das schon auf dem Plan angeguckt." Päivi quetschte Zahnpasta auf ihre Zahnbürste. „Die Band hat mich wenigstens von meiner Nervosität abgelenkt. Ich wette, ich kann heute Nacht nicht schlafen."

„Neun Uhr ist eine gute Zeit. Nicht zu früh. Dann können wir noch in Ruhe duschen und uns fertig machen. Kommt dein Dad allein oder kommen deine Geschwister mit?", wollte Sarina wissen.

„Er wollte erst einmal allein kommen, damit wir Zeit haben, uns gegenseitig ein bisschen kennenzulernen. Nachmittags sind wir bei ihm zu Hause eingeladen." Päivi schraubte den Deckel auf die Tube und begann, sich die Zähne zu putzen.

Sarina streifte sich ihr Nachthemd über. „Klingt nach einem guten Plan."

Am nächsten Morgen musste Sarina Päivi wachrütteln, da sie den Handywecker überhört hatte. Trotz der Aufregung hatte sie offenbar tief und fest geschlafen. Nun sprang sie wie ein Springteufel aus dem Bett, grabschte nach ihrem Handtuch und beeilte sich, ins Bad zu kommen, während Sarina sich abtrocknete und anzog.

Wenig später kamen sie bei dem kleinen, studentisch angehauchten Café in der Woodlands Road an. Ben hatte seiner Tochter Fotos geschickt, aber sie hätten Päivis Vater auch ohne die Bilder erkannt, denn Päivi war ihm wie aus dem Gesicht geschnitten.

Ein wenig verschüchtert schüttelte Ben ihnen beiden die Hand, dann überlegte er es sich anders und zog Päivi an seine Brust.

„Wow! Das ist ...“, stammelte er. „Verleugnen könnte ich dich jedenfalls nicht. Aber die Nase, die hast du von deiner Mutter.“

Sie bestellten ein üppiges schottisches Frühstück und aßen mit großem Appetit, während sie angeregt plauderten. Es war, als hätten sie sich immer schon gekannt. Sarina hatte angeboten, die beiden allein zu lassen. Sie fühlte sich ein wenig unwohl dabei, als Außenstehende in diesen intimen Moment der Familienzusammenführung einzudringen.

„Papperlapapp! Du bleibst!“, hatte Päivi protestiert. „Du bist inzwischen so etwas wie meine Schwester und ich brauche deine seelische Unterstützung.“

Trotzdem hielt sich Sarina zurück, um den beiden Raum zu geben, einander kennenzulernen.

„Hier war ich zu Studienzeiten oft, Mitte der Neunziger. Damals hieß das Café noch ‚Insomnia‘ und draußen stand ein Klo vor der Tür.“ Ben grinste und butterte sein Toast. „Die Neunzigerjahre waren eine tolle Zeit. Besonders, als ich deine Mutter kennenlernte.“

Päivi reichte über den Tisch und drückte kurz seinen Unterarm. „Verdammt schade, dass sie dich nicht in ihr Leben gelassen hat. Ich wäre gern mit dir aufgewachsen.“

Ben zuckte mit den Schultern. „Wer weiß, wofür es gut war. Das Leben geht manchmal seltsame Wege, und nicht alle müssen wir verstehen. Jetzt bin ich glücklich mit meiner Frau und habe zwei tolle Kinder ... Wenn mir eine Fee anbieten würde, die Zeit zurückzudrehen und die Dinge zu verändern, wie sollte ich mich da entscheiden? Jetzt, wo ich meine Frau und meine Kinder kenne? Unmöglich.“

Päivi nickte stumm und knabberte an ihrem Toast. „Vielleicht hast du recht. Wahrscheinlich ist es besser, dass das Leben für uns die Entscheidungen trifft."

„Leben, das ist ein ewiger Kreislauf von Lieben, Leiden und Vergessen – das hat deine Mutter damals immer gesagt. Wir könnten die guten Zeiten nicht genießen, wenn es die schlechten nicht gäbe. Und ohne die Fähigkeit des Vergessens wären wir ständig damit beschäftigt, darüber nachzugrübeln, was war und wie es hätte sein können, wenn wir uns anders entschieden hätten."

Lächelnd zog Päivi den Ausschnitt ihres Tops ein Stückchen tiefer und enthüllte den tätowierten Schriftzug, der quer über ihr Schlüsselbein verlief.

„*Rakasta, kärsi ja unhoita*. Lieben, leiden, vergessen. Das stammt übrigens nicht von Malin. Das ist ein alter finnischer Tango." Päivi lachte und wischte sich eine kleine Träne aus dem Augenwinkel. „Sie war vielleicht ein bisschen verrückt, aber trotz allem eine tolle Mutter. Sie fehlt mir sehr."

„Eine tolle Mutter und eine tolle Frau", ergänzte Ben. „Du erinnerst mich sehr an sie."

Eine Stunde später brachen die drei in bester Laune auf. Ben setzte Sarina und Päivi auf dem Rückweg am Princes Square ab. Während er nach Hause fuhr, um seine Familie auf den Besuch am Nachmittag vorzubereiten, hatten die beiden sich einen Bummel durch die Buchanan Street und ein bisschen Sightseeing vorgenommen. Päivi war gelöst. Sie freute sich unbändig, dass das Treffen mit ihrem Vater so positiv verlaufen war, und machte sich nun keine Sorgen mehr, dass der Rest seiner Familie ablehnend reagieren könnte.

„Hast du gesehen, wie ähnlich mir meine Brüder sind?“ Sie hopste wie ein Flummi an den Schaufenstern vorbei.

„Ja. Wirklich erstaunlich. Ich freu mich so für dich.“

„Das wird der tollste Tag meines Lebens. Erst lerne ich meine zweite Familie kennen und dann ...“ Sie machte eine kunstvolle Pause und drehte sich zu Sarina um. „Backstage zu *Glitterilla Warriors*! Ist das nicht der Hammer? Die Jungs haben uns gestern eingeladen!“

„Sei mir bitte nicht böse, aber ich würde heute Nachmittag nicht so gern mitkommen. Ich bin zwar neugierig auf deine Brüder, aber ich kam mir vorhin schon so fehl am Platze vor. Ich wollte mir in der Zwischenzeit die Willow Tea Rooms anschauen und die Kelvingrove Art Gallery.“

„Okay. Klar. Kann ich verstehen.“ Päivi nickte und hakte sich bei Sarina unter. „Dann treffen wir uns einfach später in der Jugendherberge? Mick hat gesagt, er schickt uns einen Wagen. Wie krass ist das bitte?“

„Ich muss zugeben, so langsam komme ich auch in Groupie-Stimmung“, sagte Sarina. „Das ist in der Tat ziemlich cool. Ich war noch nie Backstage bei einem Konzert. Du?“

„Ein alter Hut!“, lachte Päivi. „Malin hat mich ständig zu so etwas mitgeschleppt. Sie kannte ja eine Menge Bands und DJs. Aber Backstage bei den *Warriors* – das ist trotzdem noch etwas ganz Besonderes. Ich liebe die Jungs!“

19

Die Show war bombastisch, und sie hautnah von der Seite der Bühne aus erleben zu dürfen, war unglaublich – und unglaublich laut. Sarina war dankbar für die Ohrstöpsel, die sie von der Crew bekommen hatten. Die Kostüme der Band waren atemberaubend, und Sarina staunte über die Effizienz der Dresser, die der Band bei raschen Kostümwechseln halfen. Es ging zu wie bei einem Boxenstopp. Zum Teil hatten die Bandmitglieder mehrere Lagen übereinander an, die mit Klettverschlüssen zu öffnen waren. Mit einem Ratsch ließ sich die darunterliegende Schicht freilegen. Sarina hatte bisher nur wenig von den *Glitterilla Warriors* gehört, doch sie musste zugeben, dass die Musik ihr gut gefiel. Die Jungs von der Band bewegten sich erstaunlich geschickt auf Absätzen, die sich Sarina selbst kaum zugetraut hätte – erst recht nicht, wenn sie dabei noch hätte wild abrocken und ein Instrument spielen sollen. Die Stimmung im Saal war gigantisch. Von ihrem Platz am Rand der Bühne konnten Sarina und Päivi einen Teil des Zuschauerraums sehen. Ein Meer aus Armen, die im Takt der Musik mitwippten und natürlich die obligatorischen Blitzlichter und das bläuliche Licht der Handydisplays.

Päivi tanzte und hüpfte mit Enthusiasmus und Ausdauer herum. Sie war in ihrem ganz persönlichen Paradies. Nach einer kurzen Verschnaufpause betrat die Band gerade wieder die Bühne, um ihre erste Zugabe zu geben. Sarina betrachtete fasziniert das komplexe

Gewirr aus Kabeln, Verstärkern und Effektgeräten. Sie runzelte die Stirn.

„Sag mal, hast du Nathan gesehen?", brüllte sie Päivi ins Ohr, als die Band loslegte.

Päivi schaute sich um. „Stimmt, ich habe ihn den ganzen Abend nicht gesehen."

„Dabei ist er doch ihr ach so wichtiger Tontechniker und ... Aua!"

Päivi hatte Sarinas Oberarm so fest gefasst, dass diese schmerhaft die einzelnen Finger spüren konnte, die sich in ihr Fleisch drückten.

„Mensch, Sarina!" Sie starrte fassungslos auf die Bühne, als hätte sie einen Geist gesehen. „Überleg doch mal. Nathan begleitet die Band im Bus. Ihre Ladyschaft Glory Glitter ist zufällig nicht dabei, angeblich, weil er lieber fliegen möchte. Und erinnere dich daran, wie Keira ihn auf die Groupies angesprochen hat."

„Stimmt. Er hat das Wort ‚Roadie' so komisch betont." Sarina schaute zu einem der riesigen Bildschirme neben der Bühne. Bei näherem Hinsehen war eine gewisse Ähnlichkeit mit Nathan trotz des starken Make-ups und der verdeckten Augenpartie nicht zu leugnen. „Aber ... Glory hat keine Zahnlücke."

„Es gibt falsche Zähne und Veneers und so etwas", konterte Päivi.

„Kann man denn damit singen?" Sarina hatte immer noch ihre Zweifel.

„Wenn sie von einem professionellen Zahntechniker hergestellt und entsprechend befestigt werden, vermutlich schon." Die letzten Klänge der Zugabe verhallten und die Band verbeugte sich unter frenetischem Jubel des Publikums noch ein paar Mal, während Sarina und Päivi stumm auf die Bühne starrten und die Erkenntnis sackte. Wenn man es einmal wusste, konnte man die Ähnlichkeit überhaupt nicht mehr übersehen.

Nach dem Konzert warteten Sarina und Päivi vor der Garderobe. Wie ein Tiger lief Sarina auf und ab und wurde dabei zunehmend wütender.

„Das ist so typisch, uns wie die Idioten dastehen zu lassen! Und er hat sich die ganze Zeit hinter unserem Rücken totgelacht, dass wir es nicht geschnallt haben." Sie stieß einen frustrierten Laut aus und ballte die Fäuste. „Wenn ich eines nicht leiden kann, dann sind das Leute, die mir etwas vormachen. Am liebsten würde ich ... würde ich ... Dieser Blödmann!"

Päivi lachte. „Nun komm mal wieder runter. Ich finde das gar nicht so schlimm. Er hatte bestimmt nur Angst, dass wir uns verplappern."

„Die anderen haben kein Staatsgeheimnis daraus gemacht, wer sie wirklich sind!", giftete Sarina. „Nur Mr Oberwichtig! Vielleicht bin ich empfindlich, was das angeht. Es gab da mal jemanden, mit dem ich eine längere Zeit zusammen war, und der mich einfach von vorne bis hinten getäuscht hat. Joachim. Er hat sich vollkommen verstellt. Bis heute fällt es mir schwer, Männern zu vertrauen. Insofern bin ich in dieser Sache dünnhäutig. Aber Nathan hätte uns schon auf der Fahrt aufklären können. Es musste ihm doch klar sein, dass wir es herausfinden. Doch Mr Supercool wollte es wohl noch eine Weile auskosten."

„Ich weiß nicht. Ich glaube, er hat sich da gar nicht so viele Gedanken gemacht. Außerdem wusste er vorher nicht, dass die Jungs uns zum Konzert einladen würden. Vielleicht hat er gedacht, er könnte inkognito bleiben. Sicher möchte er nur nicht, dass wir ihn unabsichtlich outen. Offenbar wissen doch nicht einmal Keith, Emma oder Daniel, wer Nathan wirklich ist."

Trotz Päivis Beschwichtigungsversuchen kochte Sarina innerlich. Irgendetwas hatte Nathan an sich, das sie immer wieder auf die Palme brachte. An Päivis Erklärungen war sicher etwas dran. Doch Sarina war felsenfest davon überzeugt, dass es Nathan auch einen Heidenspaß bereitet hatte, sie im Unklaren zu lassen.

Schließlich öffnete sich die Tür und Keira bat die beiden herein. Sarina stürmte direkt an ihr vorbei auf Nathan zu.

„Du blöder Idiot! Findest dich wohl wieder sehr witzig!", keifte sie.

Alex grinste. „Ich glaube, wir können mit Sicherheit sagen, dass dein Bluff aufgeflogen ist, Nathe."

Nathan, der sich lässig in einem schwarzen Polstersessel fläzte, erhob sich lachend.

„Sarina, echt, es tut mir leid. Ich wusste nicht, dass ..."

„Du wusstest nicht, dass man seine Mitbewohner nicht belügt?", fauchte Sarina.

„Ich habe euch nicht belogen – na ja, vielleicht ein ganz kleines bisschen. Aber in erster Linie habe ich euch etwas verschwiegen."

„Gelogen, verschwiegen ... Fang jetzt bloß nicht mit Haarspaltereien an. Du hast uns jedenfalls nicht die Wahrheit gesagt, und ich bin stinksauer! Gestern dachte ich noch, ich hätte mich geirrt und du wärst in Wirklichkeit ganz nett. Aber es zeigt sich mal wieder, dass ich meinem Bauchgefühl vertrauen sollte. Ich hoffe, du hattest Spaß bei deiner kleinen Komödie!" Sarina stemmte die Hände in die Hüften. Dabei überlegte sie krampfhaft, wie sie jetzt einen eleganten Abgang machen konnte. Doch allein würde sie den Ausweg aus dem Gewirr der Gänge nicht finden, außerdem war überall Security und draußen warteten die Fans.

Hinter sich hörte Sarina plötzlich Applaus. „Bravo! Ein wunderbarer Auftritt. Die hysterische Ziege hast du echt drauf." Keira grinste abfällig. „Soll ich dir die Nervensäge vom Leib schaffen, Nathe?"

„Lass gut sein, Keira." Nathan hob die Hand und ging auf Sarina zu. „Hör mal, das ist einfach nur blöd gelaufen. Glaub mir. Ich wollte dich nicht verärgern. Können wir vielleicht kurz unter vier Augen sprechen? Dann erkläre ich es dir."

Stumm schüttelte Sarina den Kopf. „Ich möchte nicht darüber reden."

Päivi hob eine Augenbraue, zuckte mit den Schultern und hakte sich bei Sarina unter.

„Ich denke, es ist besser, wenn wir jetzt nach Hause fahren. Vielen Dank, dass wir uns die Show ansehen durften. Es war wirklich große Klasse. Jetzt nehmt euch erst einmal ein bisschen Auszeit. Ich bin sicher, bis zur Rückfahrt haben sich die Wogen etwas geglättet. Könntest du den Wagen rufen lassen, Mick?"

Sarina hob zu einem Protest an, aber Päivi schüttelte den Kopf und zog ihre Freundin mit sich.

„Nie im Leben steige ich wieder in diesen Bus!", schimpfte Sarina, als Päivi sie in die Limousine verfrachtet und neben ihr Platz genommen hatte.

„Jetzt beruhige dich erst einmal. Es ist doch alles halb so wild. Nathan hat sicherlich gute Gründe, warum er uns nicht eingeweiht hat. Du hättest mit ihm sprechen sollen. Ich bin sicher, er hat eine plausible Erklärung."

„Es ist ja nicht nur das. Das setzt dem Ganzen nur die Krone auf. Päivi, der Typ macht sich ständig über mich lustig. Es gibt ihm irgendeine Art Kick, Leute zu verarschen und den Megacoolen raushängen zu lassen, der über allem steht. Ich habe jedenfalls keine Lust, noch einmal acht Stunden mit ihm in einem Bus zu hocken. Kaum zu glauben, dass ich gestern noch dachte, er wäre doch eigentlich ganz nett.“ Sarina verschränkte die Arme vor der Brust und starrte finster durch die verspiegelte Scheibe auf die Lichter der Stadt. „Und diese Keira. Ich kam mir vor, als wäre ich irgendein lästiges Insekt. Wahrscheinlich amüsieren die beiden sich jetzt gerade ganz prächtig über mich.“

In der Jugendherberge angekommen, streifte Sarina die Schuhe von den Füßen, warf sich aufs Bett und zückte ihr Handy.

„Was machst du da? Textest du Kathi?“, wollte Päivi wissen.

„Nein. Ich suche nach einer günstigen Busverbindung nach London. Mist! So kurzfristig ist natürlich alles halbwegs Bezahlbare schon ausgebucht.“

„Sarina, komm schon. Du musst dich ja nicht gerade bei Nathan auf den Schoß setzen. Zur Not kannst du dich in eine Schlafkoje verziehen.“ Päivi setzte sich zu ihr aufs Bett. „Außerdem glaube ich nach wie vor, dass Nathan es überhaupt nicht böse gemeint hat.“

„Du bist parteiisch, weil du so auf seine Band stehst“, grummelte Sarina. „Dann versprich mir, dass du dieses Mal neben mir sitzen bleibst und dich nicht wieder mit der Band verkrümelst.“

„Ehrlich gesagt ...“ Päivi druckste. „Ich wollte dich fragen, ob es dir etwas ausmachen würde, wenn ich noch eine Weile hier in Glasgow bliebe. Ben und seine Frau haben mich eingeladen, damit wir uns richtig kennenlernen können."

Sarina atmete hörbar aus.

„Na klar. Ich verstehe das, absolut. Du möchtest jetzt Zeit mit deiner neuen Familie verbringen. Aber ich hab echt einen gut bei dir, wenn du mich jetzt mit diesem Idioten allein zurückfahren lässt."

„Ich lad dich richtig schick zum Essen ein. Versprochen." Päivi grinste.

Als Sarina am nächsten Tag mit ihrem Gepäck am Treffpunkt ankam, lehnte Nathan am Einstieg des Busses.

„Hi. Es tut mir wirklich leid, Sarina. Ich hätte es dir erzählt, aber ..." Sarina hatte noch immer keine Lust, mit ihm zu sprechen und drängelte sich an ihm vorbei in den Bus.

Dort traf sie auf den Rest der Band, die im vorderen Bereich an den Tischen saßen und sich das Essen eines chinesischen Lieferdienstes schmecken ließen.

„Hey! Wo steckt Päivi? Sie schuldet mir noch eine Revanche." Alex deutete auf einen Stapel bunter Karten in der Tischmitte.

„Sie wollte noch eine Weile bei ihrer Familie bleiben", erklärte Sarina und lief weiter den Gang entlang in den hinteren Teil des Busses.

„Ach, sieh mal einer an. Miss PMS ist auch schon da." Sarina fuhr zusammen, als sie Keiras platinblonde Mähne entdeckte. „Ich hoffe, du hast dich wieder eingekriegt. Freifliegendes Östrogen können die Jungs und ich absolut nicht gebrauchen." Sie streckte die Hände nach vorne und betrachtete kurz ihren

Nagellack. Dann sah sie zu Sarina hoch und lächelte unterkühlt.

Sarina verzog einen Mundwinkel und wünschte sich, sie wäre schlagfertiger. Da ihr keine gute Retourkutsche einfallen wollte, ging sie wortlos an der Promoterin vorbei, nahm in der äußersten Ecke des langen Sofas Platz und kramte ihren E-Book-Reader aus der Tasche. Dann zog sie Kopfhörer und Handy aus der Tasche und stopfte sich die Hörer in die Ohren.

„Oh, jetzt werde ich mit Schweigen bestraft? Na, da bin ich aber untröstlich", hörte Sarina gerade noch. Sie drehte die Musik lauter und schaltete den Reader ein.

Sarina blätterte zurück. Sie hatte die letzte Seite gelesen, ohne dass vom Inhalt etwas hängengeblieben war. Ihre Augen huschten über die Zeilen, aber ihre Gedanken waren bei den Ereignissen der letzten Wochen – bei Craig und seinen Machenschaften, bei Päivi und Daniel, die nur allzu offensichtlich dabei waren, sich zu verlieben, bei Ben und Päivis neuer Familie und bei Nathan, seiner Ladyschaft Glory Glitter. In dieser kurzen Zeit war so viel passiert und Sarina fühlte sich wie ein Beobachter hinter einer Glasscheibe. Es war, als drehte sich die Welt um sie herum weiter, nur sie blieb immer am selben Fleck, ohne auch nur ansatzweise Kontrolle über die Ereignisse zu haben. Im Moment fühlte es sich so an, als säße sie in einem Zug, der nirgendwo hinführte. Andere stellten die Weichen, und sie konnte nur dasitzen und zusehen, wie die Landschaft an ihr vorbeiflog. Wohin die Reise für sie ging, konnte sie weder erkennen noch beeinflussen. Sie musste die Kontrolle über ihr Leben zurückgewinnen. Was half es, hundert Mal am Tag den

Nachrichteneingang auf dem Handy zu überprüfen, wenn die ersehnte Nachricht einfach nicht kam? Und dabei wusste sie noch nicht einmal, was das Ausbleiben der Nachricht zu bedeuten hatte. Vielleicht hatte Leos Kollegin bei Capital FM es sich anders überlegt oder sie hatte vergessen, Leo ihre Nummer zu geben. Womöglich hatte sie es aber auch getan. Vor Sarinas geistigem Auge erschien ein Bild von Leo, der lachend den Zettel mit ihrer Nummer zusammenknüllte und in den Papierkorb warf. Der Gedanke trieb ihr Tränen in die Augen. Über die Kante des Readers sah sie Nathan, der in ein Gespräch mit Keira vertieft war und in diesem Moment zu ihr herübersah. Verflucht! Ausgerechnet vor Nathan und dieser Keira musste sie in Tränen ausbrechen. Eilig klappte Sarina den E-Book-Reader zu, zupfte die Kopfhörer aus den Ohren und schnappte sich ihren Rucksack. Hinter der Küchenzeile führte eine steile Stiege zu den Schlafkojen auf dem oberen Deck. Mit Klebestreifen waren die Namen der Bandmitglieder über der jeweiligen Koje angebracht. Sarina suchte sich eine freie Schlafstatt, so weit wie möglich von Nathans entfernt, krabbelte hinein und zog den Vorhang zu. Als sie sich auf der Matratze zusammenrollte, ließ sie ihren Tränen freien Lauf.

Der Bus schaukelte sanft, und in ihrem abgeschlossenen Abteil fühlte Sarina sich wie in einem Kokon. Unter anderen Umständen hätte sie so eine Nachtfahrt genossen. Das half ihr, sich wieder zu beruhigen. Sie fischte ein Taschentuch aus dem Rucksack und schnäuzte sich. Vom Gang draußen war ein leises Räuspern zu hören. Dann wurde der Vorhang ein Stück zur Seite gezogen.

„Hör mal, Sarina. Das ist doch albern. Es ist mir egal, ob du es hören möchtest. Aber lass mich wenigstens meine Version der Dinge darstellen, okay?"

Nathan quetschte sich zu ihr in die enge Schlafkabine. Darauf bedacht, nicht zu sehr in ihren Privatbereich einzudringen, hockte er seitwärts auf der Matratze, die Beine in den Gang gestreckt, während sein Kopf trotz seiner gebückten Haltung die Decke berührte. Es hatte etwas von *Alice im Wunderland*. Unwillkürlich musste Sarina grinsen. Sie rutschte ein Stück zur Wand, um Nathan Platz zu machen.

„Möchtest du dich nicht bequemer hinsetzen?"

„Danke." Nathan streckte sich neben ihr aus und stützte den Kopf auf den Ellenbogen.

Erst jetzt wurde Sarina bewusst, wie eng die Koje war. Vielleicht hätte sie vorschlagen sollen, nach unten zu gehen. Doch auf Keira als Zeugin ihres Gesprächs konnte sie gut und gerne verzichten.

„Hör zu, Sarina. Es war nicht meine Absicht, dich irgendwie zu verletzen. Ich hatte auch keine Ahnung, dass du es dir so zu Herzen nehmen könntest. Weißt du, die einzigen, die in der WG Bescheid wissen, sind Ruby und Michael, denn Michael kenne ich schon seit der Kindheit und weiß, dass ich ihm hundertprozentig vertrauen kann." Er zupfte mit den Fingern an dem Laken herum und strich es wieder glatt. „Ich habe auch nicht gelogen, jedenfalls nicht mit allem. Ich bin wirklich Musiker und habe an der London School of Sound studiert. Nebenbei habe ich immer wieder an verschiedenen Bandprojekten mitgearbeitet, Songs komponiert, für eine Musikzeitschrift geschrieben und als Roadie gearbeitet. Dabei habe ich so etwas wie eine

Überdosis Musikbusiness erlebt. Anfangs war das alles ganz cool. Aber glaub mir, es ist längst nicht so glamourös, wie es scheint. Wenn man hinter den Kulissen arbeitet, bekommt man Dinge mit, die man lieber gar nicht wissen möchte. Da tun sich menschliche Abgründe auf."

„Kann ich mir vorstellen." Sarina knüllte das Taschentuch in ihrer Hand zusammen und betrachtete Nathans Gesicht. Jetzt, wo sie es wusste, wäre es unmöglich gewesen, ihn in seinem Bühnenoutfit nicht zu erkennen. Dieser Mund. Der herzförmige Bogen der Oberlippe ... Warum starrte sie jetzt nur wieder so auf seinen Mund?

„Deswegen habe ich mir vorgenommen, nie ein Teil von all dem zu werden", fuhr Nathan fort. „Ich möchte meine Songs schreiben, Musik machen, die den Leuten gefällt – oder meinetwegen auch nicht. Musik, die irgendetwas bewegt. Ein Star wollte ich nie werden. Aber dann bekamen die Jungs und ich das Angebot des Jahrhunderts. Ein großes Label hatte Interesse an unserer Musik. Ich stand vor der Entscheidung, entweder die Band zu verlassen oder auf den Zug aufzuspringen. Du hast die Jungs kennengelernt. Wir sind alle nicht unbedingt das, was man sich unter einem Rockstar vorstellen würde." Nathan lachte. Er hielt die Hand hoch und zählte an seinen Fingern ab. „Mick – verheiratet, zwei Kinder. Alex – verheiratet, gerade Vater geworden. Liam und Rob – schon lange miteinander liiert. Wir sind alle totale Spießer. Keiner von uns hatte Lust darauf, im Privatleben von Groupies gestalkt zu werden oder fürs Image den wilden Macker zu geben. Also haben wir uns dafür entschieden,

Bühnenpersönlichkeiten zu entwickeln. Die Plattenfirma fand den Vorschlag gut. Die Idee passte hervorragend in ihr Marketing-Konzept. Tja, so sind wir dann zu *Glitterilla Warriors* geworden. Wir haben uns sehr bemüht, unsere privaten Identitäten zu schützen. Schon allein wegen der Kinder. Das hat auch gut funktioniert. Aber jeder, den man einweiht, erhöht das Risiko. Egal, wie sehr man jemandem vertraut – es kann immer etwas passieren, das die Situation ändert. Und nicht jeder Mensch ist unbestechlich. Ich habe es wirklich nur meinen allerengsten Freunden und meiner Familie erzählt. Ansonsten führe ich ein streng geheimes Doppelleben, was, ehrlich gesagt, manchmal ziemlich anstrengend ist. Gut, hin und wieder macht es auch ein bisschen Spaß, zu wissen, dass die anderen völlig ahnungslos sind. Das muss ich zugeben." Er grinste, und Sarina fand plötzlich, dass die Zahnlücke gar nicht so übel war. Sie gab ihm etwas Jungenhaftes, Verschmitztes.

„Wenn du es so darstellst, verstehe ich es", gab Sarina zerknirscht zu. „Ehrlich gesagt, ich denke, ich ärgere mich hauptsächlich über mich selbst. Das war jetzt der Tropfen, der das Fass zum Überlaufen gebracht hat, verstehst du?"

Nathan zog eine Augenbraue hoch und sah Sarina fragend an. „Nicht ganz, fürchte ich. Wieso ärgerst du dich über dich selbst?"

„Ich habe einfach das Gefühl, dass ich nichts in meinem Leben mehr unter Kontrolle habe. Für mich ist das ein extrem unangenehmes Gefühl. Es macht mir Angst. Ich brauche Kontrolle und Verlässlichkeit."

„Verlässlichkeit gibt es im Leben nicht", sagte Nathan. „Du kannst Dinge planen und versuchen, deine Zukunft zu gestalten – und am Ende läuft dann doch alles ganz anders."

„Findest du die Vorstellung nicht beängstigend?", wollte Sarina wissen.

Nathan lachte. „Nein. Ehrlich gesagt, finde ich es ganz spannend, dass das Leben immer wieder Überraschungen in der Hinterhand hat. Aber ich will nicht so rüberkommen, als hätte ich die Lebensweisheit mit Löffeln gefressen. Im Grunde bewundere ich deine Beharrlichkeit. Du gibst nicht so schnell auf, auch wenn dir der Wind ins Gesicht bläst."

Auf dem Gang ertönte ein amüsiertes Prusten.

„Oh mein Gott! Nathan, du mauserst dich ja noch zum Philosophen. Ich erinnere mich da noch an andere Gespräche – da ging es auch ums Blasen." Der Vorhang wurde beiseite gezogen und im Gang stand Keira. „Jetzt schau mich nicht an wie ein Huhn, wenn es donnert, Herzchen", sagte sie an Sarina gewandt. „Wenn man mal zusammen auf Tour ist, gibt es keine Hemmungen und keine Geheimnisse, nicht wahr, Nathe?" Sie schenkte Nathan ein zuckersüßes Lächeln. „Ich unterbreche euer Tête-à-tête ja nur sehr ungern, aber Liam schickt mich. Er möchte mit uns zusammen in seinen Geburtstag reinfeiern. Kommt ihr runter?"

Keira drehte sich um und verschwand, während Nathan umständlich aus der Koje herauskletterte.

„Was war das denn?", fragte Sarina.

„Ach, nichts. Keira und ich hatten da mal ... Na ja, das ist lange her. Ganz am Anfang unserer Karriere. Ist auch nicht weiter wichtig", bügelte Nathan das

Gespräch ab, aber Sarina wurde das Gefühl nicht los, dass ihm die Situation unangenehm war.

20

Es fühlte sich seltsam nackt an in der WG ohne Päivi. Sarina stand am Waschbecken, wusch ihr Gesicht und betrachtete sich nachdenklich im Spiegel. Es kam ihr vor, als müsste sie eine Veränderung sehen. Doch es war immer noch die alte Sarina, die ihr aus dem Spiegel entgegensah. Doch irgendetwas war seit dieser Reise anders. Sie konnte nur nicht genau sagen, was es war. Mit dem Handtuch tupfte Sarina das Gesicht trocken und legte ein bisschen Make-up auf. Eigentlich war es unnötig, denn sie hatte nicht vor, heute vor die Tür zu gehen. Dennoch hatte sie das dringende Bedürfnis, sich gut zu fühlen. Vielleicht war es Keiras überhebliche Art gewesen, die an ihrem Ego gekratzt hatte. Vielleicht war es auch die Tatsache, dass sie Nathan gegenüber Schwäche gezeigt hatte. Erst hatte sie sich zu einem öffentlichen Gefühlsausbruch verleiten lassen und dann hatte sie ihm vertrauensselig eine Menge über sich erzählt, obwohl sie immer noch das Gefühl hatte, dass er nicht alle Karten offen auf den Tisch legte. Dieser Typ war ihr ein Rätsel. Außerdem brachte er nicht gerade die besten Seiten in ihr zum Vorschein.

Sie versuchte, sich damit abzulenken, dass sie über ihr Problem auf der Arbeit nachdachte. Craig. Was konnte sie gegen diesen Mistkäfer unternehmen, ohne sich selbst ins Unrecht zu setzen? Was hatte Nathan noch vorgeschlagen? Sie sollte ihn dazu bringen, dass er sich vor Zeugen verplappert. Natürlich konnte sie versuchen, ihn wütend zu machen, ihn zu provozieren.

Vielleicht würde ihm irgendwann der Kragen platzen und er würde sie vor Celia oder Pat angehen. Sarina kaute auf ihrer Unterlippe. Nein, irgendwie gefiel ihr das nicht. Das war nicht clever, nicht subtil genug. Was, wenn sie einfach versuchte, ihn zur Rede zu stellen, während Pat oder Celia dabei waren? Vermutlich würde er einfach alles abstreiten und sie als vollkommen hysterisch darstellen. Es sei denn ... Es sei denn, er wusste nicht, dass jemand zuhörte. Natürlich! Das war es! Man könnte doch ... Sarina war ganz aufgeregt. Es würde ein bisschen Recherchearbeit benötigen. Aber das war genau das Richtige, um sich zu beschäftigen.

Sarina lächelte zufrieden, als sie nach einer halben Stunde Recherche und Planung mit der perfekten Anti-Craig-Strategie im Kopf die Treppe hinunter hüpfte. Dem würde sie es zeigen. Er hatte sich definitiv mit der Falschen angelegt.

Ein Grummeln in der Magengegend erinnerte Sarina daran, dass sie heute Morgen noch gar nichts gegessen hatte. Sie beschloss, sich eine Schüssel Frühstücksflocken und einen Tee zu machen. Als sie in die Küche kam, fand sie Nathan am Herd. Keith saß auf der Bank und las in der Zeitung. Auf einer kleinen Grillvorrichtung über dem Herd brutzelten Speckscheiben und Nathan rührte in einer Pfanne mit Eiern.

„Ihr seht aus wie ein altes Ehepaar", bemerkte Sarina und musste lachen.

„Dabei hat der schlimme Finger schon wieder unseren Hochzeitstag vergessen", fistelte Nathan und richtete sich die Frisur. Dann drehte er Sarina in gekonnter Glory-Glitter-Pose das Hinterteil zu. „Außerdem behauptet er in letzter Zeit, mein Hintern wäre zu fett. Sag mir bitte, dass mein Hintern nicht zu fett ist."

„Na ja, also …", begann Sarina und duckte sich blitzschnell, als Nathan mit dem Ofenhandschuh auf sie zielte.

„Möchtest du mit uns frühstücken? Dann lege ich noch etwas Toast nach. Ich hatte gar nicht mit dir gerechnet."

„Genau, musst du nicht arbeiten?", wunderte sich Keith.

„Nein. Das Team ist heute und morgen quasi ausgeflogen. Pat nimmt an irgendeiner Konferenz teil und Celia ist bei einer Fortbildung. Pat meinte, er braucht mich erst am Mittwoch wieder. Aber danke, ich glaube, ich bleibe bei Frühstücksflocken." Sarina angelte sich eine Schüssel aus dem Schrank, schüttelte den Rest einer Packung *Raisin Wheats* hinein und goss Milch darüber.

„Was möchtest du denn mit deiner freien Zeit Schönes anstellen heute?" Keith sah von seiner Zeitung auf. „Gehst du wieder auf Jagd nach deinem Leo oder möchtest du dir London ansehen? Wenn du ein paar Insider-Tipps brauchst …"

„Danke, das ist nett. Aber nicht nötig." Sarina brühte sich einen Tee auf und setzte sich zu Keith an den Tisch. „Ich hatte eigentlich geplant, mich hier zu Hause zu verkriechen. Ich glaube, ich brauche eine Auszeit von London. Auf die Dauer ist es mir doch zu voll, zu laut und zu dreckig. Ich weiß nicht, wie ihr das aushaltet."

„Mach London nicht schlechter, als es ist", warf Nathan ein. „Zugegeben, es ist laut, voll und die Luft ist schlecht. Aber dafür ist die Stadt auch wieder sehr grün mit ihren Parks.“

„Genau“, pflichtete Keith ihm bei. „Denk nur an den Hyde Park. Da kannst du mitten in der City mal vollkommen aus dem Großstadtgetümmel abtauchen. Sogar wörtlich, denn das Serpentine Freibad ist im Sommer geöffnet.“

„Ich … Äh. Ehrlich gesagt, war ich noch gar nicht im Hyde Park“, gab Sarina zu.

„Dann wird es aber höchste Zeit!“, fand Keith. „Fahr hin. Wenn es dir dort nicht gefällt, darfst du gerne lästern.“

„Los, frühstücken! Zack, zack! Wir fahren gleich los.“ Nathan fuchtelte mit dem Pfannenwender in der Luft wie ein Dompteur mit der Peitsche.

„Aber ich …“

„Kein Aber! Keine lahmen Ausreden! Ich lasse nicht zu, dass du London schlecht machst, bevor du es wirklich kennst. Also komm schon. Beeil dich.“

„Okay, okay. Ich mach ja schon, Frau Oberst!“

Sarina grinste und wandte sich an Keith. „Mein lieber Schwan! Deine Frau hat aber ordentlich Haare auf den Zähnen.“

„Und ehrlich gesagt, ich finde, sie hat einen fetten Hintern.“ Keith grinste Nathan an, der kurzum mit dem Spülschwamm nach ihm warf. Sarina musste lachen.

Etwa eine Stunde später erreichten Nathan und sie Hyde Park Corner. Zunächst hielten sie sich auf einem der asphaltierten Hauptwege und bogen dann ab in einen schmaleren Seitenweg. Im Schatten hoher Bäume, gesäumt von hübsch angelegten Beeten, führte er tiefer ins Herz des riesigen Parkgeländes. Nathan blieb stehen und öffnete seinen Rucksack. Er förderte eine Tüte Haselnüsse zutage und knisterte vernehmlich damit, bevor er sie öffnete.

Es dauerte nicht lang, bis er Sarina mit dem Ellenbogen anstieß und auf eines der eingezäunten Beete deutete. Zwischen den Zweigen konnte man einen wippenden, buschigen Schwanz entdecken. Zwei putzige Eichhörnchen näherten sich vorsichtig schnuppernd. Nathan drückte Sarina ein paar Nüsse in die Hand. Langsam, um die Tiere nicht zu erschrecken, bückte sich Sarina und hielt ihnen auf ihrer ausgestreckten Handfläche eine Nuss hin. Das mutigere der Tiere näherte sich vorsichtig ihrer Hand.

Sarina konnte ein entzücktes Quietschen nicht unterdrücken, als sie die winzigen Krallenpfötchen an ihren Fingern spürte und das Eichhörnchen sich mit seiner Beute in sichere Entfernung zurückzog. Sie legte eine weitere Nuss auf ihre Hand, spitzte die Lippen und machte leise Kussgeräusche, bis auch das zweite Tierchen es wagte, die Nuss aus ihrer Hand zu klauben.

„Himmel, sind die süß! Am liebsten würde ich sie mit nach Hause nehmen."

Nathan grinste. „Ich fürchte allerdings, sie könnten sich die Miete nicht leisten."

Je weiter sie in den Park hineingelangten, desto mehr vergaß Sarina, dass sie sich mitten im Zentrum einer lauten und verkehrsreichen Großstadt befanden. Hätte nicht hin und wieder Flugzeuglärm daran erinnert, wo sie waren, hätte man glauben können, sich irgendwo auf dem Land zu befinden. Nach wenigen Metern sahen sie zwischen den Bäumen hindurch das Wasser des Serpentine-Sees glitzern.

„Zieh deine Schuhe aus, wir laufen querfeldein", schlug Nathan vor und machte sich daran, seine Sandalen abzustreifen.

Sarina bückte sich, um ihre Segeltuchschuhe aufzuschnüren und stopfte sie in den Rucksack. Sie zögerte kurz, dann ergriff sie Nathans ausgestreckte Hand und ließ sich hochhelfen.

„Muss ich keine Angst haben, in Hundekacke zu treten?"

„Ist mir noch nicht einmal passiert und ich bin oft hier."

Während sie die Wiese Richtung Serpentine überquerten, hielt Nathan Sarina weiter an der Hand gefasst. Es wurde ihr erst bewusst, als sie in eine Gruppe fußballspielender Kinder gerieten und einem kleinen Jungen ausweichen mussten, der hochkonzentriert seinen Ball dribbelte. Eilig ließ Sarina Nathans Hand los und sprang zur Seite, um den Jungen passieren zu lassen.

Sie erreichten den asphaltierten Weg, der um den See herum verlief, und schlenderten ein Stück am Ufer entlang. Bei dem sonnigen Wetter waren etliche Leute unterwegs, und auf dem See wimmelte es von blauen Tret- und Ruderbooten. Am Ufer segelten eine Gruppe Kanada-Gänse und zwei Schwäne gemächlich über das glitzernde Wasser. Nathan kramte in seinem Rucksack und brachte schließlich einen Brotkanten zum Vorschein. Er setzte sich auf den Boden und wandte sich zu Sarina um.

„Komm, setz dich."

Aufgeregt schnatternd hielten die Gänse und die zwei eleganten Schwäne auf sie zu.

„Ich weiß, eigentlich soll man das ja nicht tun, aber es erinnert mich an meine Kindheit." Nathan brach ein Bröckchen Brot ab und ließ es sich von einer Gans aus der Hand zupfen.

„Bist du hier in London groß geworden?"

„Nein. Im Lake District, in der Nähe von Windermere. Als ich klein war, hatten wir auf Spaziergängen immer etwas altes Brot dabei, um die Enten zu füttern."

Nathan reichte Sarina ein Stückchen Brot. Inzwischen waren sie umringt von schnatternden Gänsen. Die Schwäne zeigten sich etwas zurückhaltender. Sarina warf ihnen jedem ein Bröckchen zu.

„Komisch. Ich hatte irgendwie immer angenommen, du wärst hier geboren."

Lachend schüttelte Nathan den Kopf. „Nein. Ich bin absolut kein Großstadtgewächs. Für mich als Musiker ist London toll, klar. Die Möglichkeiten sind schier endlos, es gibt so viele Kreative, Proberäume, die London School of Sound, eine blühende Kulturlandschaft, und jede Menge Clubs und Locations, wo man Auftritte bekommt. Das ist okay, solange man jung ist. Aber dauerhaft möchte ich nicht hier leben. Vielleicht ziehe ich irgendwann wieder zurück in den Norden. Cumbria ist wunderschön. Aber auch hier im Süden gibt es schöne Ecken. Gloucestershire, Oxfordshire, vielleicht Kent. Neulich war ein Artikel im Telegraph. Da stand, Cheltenham in Gloucestershire ist der beste Ort in Großbritannien, um eine Familie zu gründen." Lächelnd schaute er hinaus aufs Wasser, zerpflückte dabei das Brot in kleine Krümel und summte eine Melodie.

„Na ja, noch steht das ja nicht zur Debatte“, sagte er plötzlich und warf die ganze Handvoll Krümel auf einmal in die schnatternde, balgende Gruppe. Eilig rappelte er sich hoch. „Komm, bevor die Schlange zu lang wird. Möchtest du ein Ruderboot oder ein Tretboot?“

Sie entschieden sich für ein Tretboot, mit dem sie vom Bootsverleih aus in die Mitte des Sees strampelten.

„Herrlich!“ Sarina legte den Kopf in den Nacken und ließ eine Hand ins kühle Wasser baumeln, während das kleine Schaufelrad am Heck durch das Wasser pflügte. Kleine Schäfchenwolken segelten am sommerblauen Himmel dahin, und sie empfand so etwas wie Urlaubsstimmung. Nathan war ungewöhnlich schweigsam. Er trat kräftig in die Pedale und hatte den Blick auf das Wasser gerichtet, während er mit einer Hand am Ruder geschickt den zahlreichen anderen Booten auswich.

„Du hast recht, so übel ist es hier gar nicht.“ Sarina öffnete die Augen wieder. Violette Flecken tanzten in ihrem Blickfeld über dem Wasser. „Ich hätte meine Sonnenbrille mitnehmen sollen.“

„Du hättest dir auch so eine kleidsame Kopfbedeckung zulegen können.“ Nathan deutete auf ein Tretboot, das etwas weiter vor ihnen über das Wasser schaukelte und in dem vier Scheichs in traditioneller Kleidung saßen.

„Und dann merkt man doch wieder, dass London eine Weltstadt ist“, kommentierte Sarina. „Bei uns zu Hause habe ich jedenfalls noch nie einen Scheich gesehen.“

„Wo in Deutschland lebst du denn? Einige Städte habe ich schon mit der Band besucht.“

„Eigentlich komme ich aus einem kleinen Ort in Niedersachsen. Die nächste größere Stadt ist Hamburg. Aber im Moment studiere ich im Ruhrgebiet. Das ist ein industrielles Ballungsgebiet im Nordwesten.“

„Dortmund, Essen, Düsseldorf …?“

„Genau. Da in der Nähe. Warst du schon dort?“, wollte Sarina wissen.

„Wir haben in der Ecke schon ein paar Gigs gespielt. Das Publikum war großartig, und die Leute schienen locker drauf zu sein. Leider spreche ich nicht gut genug Deutsch, um mich unterhalten zu können. Es sind nur ein paar Brocken aus der Schule hängengeblieben.“ Nathan grinste. *„Güten Tag. Wie gejt es Ihnen?“*

„Danke, mir geht es sehr gut.“ Sarina konnte sich ein Lachen nicht verkneifen. Nathans Akzent klang einfach niedlich.

Sie sah auf die Uhr. „Ich glaube, die Zeit ist gleich um, wir sollten langsam zurück Richtung Anleger.“

„Aye aye, Ma’am!“ Nathan legte eine Hand an die Schläfe und salutierte, während er das Ruder herumdrehte und kräftig mit den Füßen trat, um Schub für die Wende zu geben.

Von Elephant & Castle aus nahmen Sarina und Nathan den Bus Richtung Bermondsey und ergatterten einen Platz ganz vorne auf dem Oberdeck. Nathan spielte Reiseführer und kommentierte die Aussicht mit erfundenen Fakten.

„Zu Ihrer Rechten sehen Sie das Geburtshaus von Jimmy Moffet, dem Erfinder der Mäuseorgel und der Bier-Sprühdose. Leider konnten sich beide dieser genialen Erfindungen nicht langfristig durchsetzen.“

„Hör auf, Nathan! Mir tut schon alles weh!“ Sarina
rieb sich die Seite und den Bauch. „Vielen Dank für den
tollen Ausflug. Es tat richtig gut, mal aus der Grübelei
herauszukommen.“

„Gern geschehen.“ Nathan legte die Unterarme auf
das Geländer vor dem Sitz und schaute hinaus auf die
Straße. Nach einer Weile begann er abermals zu sum-
men.

„Komponierst du gerade?“

„Hm? Was?“ Nathan wirkte, als ob ihn gerade jemand
aus einem Traum geweckt hätte. Sarina lachte.

„Diese Melodie. Die hast du vorhin am See schon ge-
summt.“

„Hab ich das?“ Nathan zuckte mit den Schultern.
„Wenn du es sagst, wird es wohl stimmen. Ich schalte
manchmal vollkommen ab, wenn mir Musik im Kopf
herumspukt.“

21

Am Mittwochmorgen begann Sarinas Arbeitstag beim Sender wie immer mit dem Pressespiegel, den sie sicherheitshalber erst auf Celias Schreibtisch deponierte, als diese in Sichtweite war. Danach machte sie sich daran, die Post zu sortieren.

Mit einem Stapel Briefe betrat sie wenig später Pats Büro. Der saß an seinem Schreibtisch und brütete über einigen Papieren. Er sah nur kurz auf.

„Ich bin gleich wieder weg. Bringe nur die Post." Sarina platzierte die Briefe auf dem Schreibtisch und wandte sich zum Gehen.

„Warte mal, Sarina." Pat hob den Blick und deutete auf den Stuhl vor seinem Schreibtisch. „Bitte nimm Platz. Du erinnerst dich sicher noch daran, worüber wir neulich im Pub gesprochen haben? Also, ich habe mir das mal durch den Kopf gehen lassen und mir etwas dazu überlegt, was ich meinem Chef gern vorlegen würde. Ich wüsste unheimlich gern, was du dazu sagst. Deine Art zu denken gefällt mir."

Er schob Sarina einen Hefter über den Schreibtisch.

Zwanzig Minuten später trat Sarina aus dem Büro und ging in die Kaffeeküche, um Tee und Kaffee für das anschließende Meeting zu kochen. Craig, der damit beschäftigt gewesen war, Kopien in eine Hängeregistratur einzuordnen, warf ihr einen giftigen Blick zu.

„Ich hatte dich gewarnt, du kleines Miststück!"

Sarina fuhr herum. Craig war ihr offenbar gefolgt. Damit hatte sie gerechnet. Das Spiel konnte beginnen.

„Ich weiß ganz genau, was für ein Spielchen du hier spielst. Und es gefällt mir überhaupt nicht. Schmierst Pat fleißig Honig um den Bart und schmeißt dich an ihn ran, um dir meinen Job zu krallen. Glaub ja nicht, dass ich mir das einfach so gefallen lasse."

Sarina gab sich unbeeindruckt, drehte ihm den Rücken zu und tat so, als ob sie an der Kaffeemaschine herumhantierte.

Es dauerte nicht lang, bis sie eine grobe Hand auf ihrer Schulter spürte.

„Ich werde dir das Leben zur Hölle machen, du durchtriebenes Stück!"

Sarina drehte sich langsam um. Sie musste Zeit gewinnen.

„Ich weiß absolut nicht, wovon du sprichst", erwiderte sie in ruhigem Ton.

„Tu doch nicht so! Du lässt doch keine Gelegenheit aus, Pat vollzuschleimen", spie Craig.

„Das ist vollkommener Blödsinn und das weißt du. Ich habe kein Interesse an einer längerfristigen Beschäftigung hier. Ich habe einen Studienplatz, ein Leben zu Hause in Deutschland. Ich habe absolut keine Ahnung, worüber du dich so aufregst. Pat haben eben meine Ideen gefallen und ..."

„Jetzt komm mir nicht auf diese gönnerhafte Art, du hinterlistige Kuh! Ich glaube dir kein Wort. Pat kannst du vielleicht um den Finger wickeln. Der hat doch ohnehin keine Ahnung – weder davon, wie man gutes Fernsehen macht, noch davon, wie leicht man ihn steuern kann, wenn man weiß wie."

Craig war nun ganz nah an Sarina herangetreten und stieß wiederholt mit seinem Finger gegen ihr Schlüsselbein. Sarina schob ihn von sich.

„Hör zu, du Psycho! Ich kann nur wiederholen, dass ich es nicht auf deinen Job abgesehen habe. Und wenn du weiterhin versuchst, mich mit deinen albernen Schikanen einzuschüchtern, werde ich Celia und Pat erzählen, was hier läuft."

„Ha!" Craig lachte auf. „Das mach nur. Wer würde dir denn glauben? Schließlich hat Celia den Pressespiegel hier in der Küche gefunden, nicht wahr? Da, wo du ihn hast liegenlassen. Und um von deiner Schlamperei abzulenken, beschuldigst du mich."

„Tja, das hast du sehr geschickt eingefädelt, das muss ich zugeben ..." Sarina tat zerknirscht.

„Nicht wahr?" Craig grinste. „Wenn man weiß, wie das Spiel gespielt wird ..."

„Da bin ich aber vollkommen anderer Meinung!"

Craig zuckte zusammen und fuhr herum. Im Türrahmen lehnte Pat, sein Mobiltelefon ans Ohr gepresst.

„Ich glaube, wir haben eine Menge zu besprechen."

Am Nachmittag fuhr Sarina bester Laune nach Hause. Unterwegs startete sie noch einen weiteren fruchtlosen Versuch, Leo bei Capital FM ans Telefon zu bekommen. Noch einmal hinterließ sie einen Nachricht und ihre Nummer. Allmählich kam sie sich bescheuert vor. Die Frage, ob Leo ihre Nachrichten erhalten hatte, quälte sie. Was, wenn er genau wusste, dass sie verzweifelt nach ihm suchte, und es ihm einfach vollkommen egal war?

Es kam Sarina daher nicht ganz ungelegen, dass sie mit dem Putzen der Bäder an der Reihe war. Es würde sie vom Grübeln ablenken. Gleich machte sie sich an die Arbeit und hatte kurze Zeit später alles blitzblank geputzt. Anschließend ging sie einkaufen, da sie die WG-Bewohner mit einem gemeinsamen Abendessen überraschen wollte. Nach und nach trudelten die anderen ein und schließlich versammelten sie sich um den großen Küchentisch. Sarina servierte ihr spezielles Gemüsecurry. Dazu gab es – besonders stilvoll – Dosenbier und Cider. Beim Essen erzählte Sarina den anderen von ihrer gelungenen Anti-Craig-Aktion im Sender.

„Wie hast du das denn angestellt, dass Pat alles mithören konnte?", wollte Emma wissen.

„Ich habe ein bisschen recherchiert und bin auf diese Babyfon-App gestoßen. Man muss sie nur entsprechend einrichten, dann funktioniert das eine Handy wie die Überwachungsstation im Babyzimmer. Sobald sich dort etwas regt, wird man angerufen und kann alles hören, was im Zimmer vor sich geht. Ich habe die App aktiviert und mein Handy auf die Arbeitsfläche gelegt. Als Craig und ich gesprochen haben, hat die App Pats Nummer angerufen, die ich zuvor eingerichtet hatte."

„Absolut brillant! Dem hast du es gegeben." Emma kam aus dem Lachen gar nicht mehr raus.

„Ich muss zugeben, das verdient Respekt." Nathan grinste. „Pat hat also die ganze Zeit mitgehört."

„Ja. Ich habe Glück, dass er nicht gleich aufgelegt hat", erklärte Sarina. „Wahrscheinlich hat er unsere Stimmen erkannt oder seinen Namen gehört und ist drangeblieben."

„Ein Geniestreich", fand Keith.

„Ich glaube, ich habe jetzt ein klein wenig Angst vor dir." Daniel grinste.

„Ich hoffe bloß, dass dieser Typ jetzt nicht irgendwie versucht, sich an dir zu rächen." Nathan zog die Augenbrauen zusammen. „Der hat doch ganz offensichtlich nicht mehr alle Latten auf dem Zaun."

„Ich glaube nicht, dass er sich das traut." Sarina nippte an ihrem Cider. „Schließlich hätte ich jede Menge Beweise gegen ihn. Außerdem glaube ich, dass er nur eine große Klappe hat und wenig dahintersteckt. Seine Aktionen gegen mich waren vergleichsweise harmlos, und vor Celia und Pat hat er sich nicht getraut, aufzumucken."

„Trotzdem. Ich mache mir ein wenig Sorgen um dich. Wenn er dir irgendwie Ärger macht ..."

„Was ist denn mit dir passiert, Nathan? Seit wann machst du dir Sorgen um deine Mitmenschen?", feixte Keith und fing sich einen Rippenstoß ein.

„Irgendwie ist es ja meine Schuld, dass Sarina an den Typ geraten ist. Den Tipp mit dem Job habe ich ihr schließlich gegeben." Nathan senkte den Blick und zerdrückte seine Bierdose mit dem Daumen.

„Mach dir keine Gedanken. Sarina braucht keinen Ritter, der sie beschützt. Sie ist doch wunderbar mit diesem falschen Aas fertiggeworden." Emma grinste.

„Übrigens kommt Päivi am Wochenende zurück." Sarina versuchte, dem Gespräch eine andere Richtung zu geben.

Die WG-Mitglieder wandten sich neugierig Daniel zu, als der sich lautstark räusperte und mit der Gabel an seine Bierdose klopfte.

„Okay, wenn wir gerade beim Thema sind ... Ich schätze, es ist an der Zeit, dass ich etwas mit euch bespreche. Vielleicht hat der eine oder andere von euch es gemerkt, dass Päivi und ich ... Also, wir sind uns nähergekommen. Seit sie in Schottland ist, haben wir jeden Abend telefoniert. Jetzt, da sie ihre neue Familie gefunden hat, möchte sie Zeit mit ihnen verbringen. Und in Finnland hält sie nach dem Tod ihrer Mutter nicht mehr viel. Also überlegt sie, ihr Studium hier in England fortzusetzen."

„Du wirst ausziehen." Emma schlug die Hand vor den Mund. „Nicht wahr, Daniel? Sonst würdest du uns das nicht erzählen. Ihr wollt euch zusammen eine Wohnung nehmen, stimmt's?"

Daniel nickte. Es war ihm anzusehen, dass ihm die Entscheidung nicht leichtgefallen war. „Natürlich nicht sofort. Solange Michael und Ruby in Australien sind, kann Päivi hier schließlich noch wohnen."

„Verstehe." Keith nickte. „Dann brauchen wir also wieder einen neuen Mitbewohner."

„Aber wo finden wir jemanden, der Daniel ersetzen könnte? Mann, ich verstehe dich natürlich vollkommen, aber ich bin echt traurig, wenn wir dich hier verlieren." Emma sah geknickt aus und Keith und Nathan konnten nur zustimmend nicken.

„Ob Keith noch einmal so einen Glücksgriff landet ..." Nathan sah zu Sarina herüber. Für einen kurzen Augenblick trafen sich ihre Blicke, gleich darauf wandte er sich aber wieder seiner mittlerweile ziemlich zerbeulten Bierdose zu. Das Telefonklingeln unterbrach das entstandene Schweigen in der WG-Küche. Nathan

nahm ab und verschwand mit dem Telefon im Wohnzimmer.

22

Als Sarina tags darauf zum Sender kam, war Craig verschwunden. Celia wirkte sichtlich mitgenommen.

„Du kannst dir nicht vorstellen, wie sehr mich die Sache mit Craig schockiert hat. Ich hätte mir nicht träumen lassen, dass er sich hinter unserem Rücken so widerwärtig aufführt."

Auch wenn er ihr übel mitgespielt hatte, plagte Sarina ihr Gewissen. Sie mochte nicht dafür verantwortlich sein, dass jemand seinen Job verlor. „Pat hat ihn entlassen, oder?"

Celia nickte und nippte an ihrem Tee. Sarina biss sich auf die Unterlippe.

„Irgendwie fühle ich mich jetzt ziemlich mies", bekannte sie. „Wenn ich nicht gewesen wäre ... Ich meine, er hatte offenbar große Angst um seinen Job."

Celia legte Sarina die Hand auf den Arm und lächelte.

„Du kennst Pat noch nicht richtig. Er ist der absolut beste Boss, den du dir vorstellen kannst, und ein wirklich toller Kerl. Er hat lange mit Craig gesprochen. Sie waren sich einig, dass es weder für Craig noch für uns gut wäre, wenn er weiter hier im Team bleibt. Das Vertrauensverhältnis ist zu sehr belastet. Aber er hat ihm über einen Bekannten einen befristeten Job bei einer kleinen Produktionsfirma besorgt, mit Aussicht auf Übernahme, wenn er sich bewährt."

„Wow. Das ist hochanständig, Ich bin platt!" Sarina schüttelte ungläubig den Kopf.

„Das war Craig auch, das kannst du wohl glauben! Aber so ist Pat. Manch einer hält ihn für zu gutmütig, aber das ist er nicht. Ich finde es beeindruckend, wie er mit Menschen umgeht. In der Medienbranche kannst du solche Leute mit der Lupe suchen." Celia trank ihren Tee aus und stellte die Tasse auf der Spüle ab. „So, jetzt aber ran. Die Arbeit ruft."

Sarina blieb noch eine Weile nachdenklich in der Kaffeeküche zurück. Sie tastete in ihrer Tasche nach dem Briefumschlag, den Pat ihr heute Morgen gegeben hatte. Sie würde heute Abend Kathi anrufen. Die war nie um einen guten Rat verlegen und würde ihr bestimmt helfen können. Und am Wochenende konnte sie alles mit Päivi besprechen. Pat hatte gesagt, sie solle sich Zeit nehmen und das würde sie auch tun.

Nach der Arbeit traf Sarina in der WG-Küche auf Nathan. Er hockte über einer Tasse Kaffee und summte wieder leise diese Melodie vor sich hin. Er schien vollkommen in Gedanken versunken und reagierte erst, als Sarina fast neben ihm stand.

„Oh, hey! Na? Wie war es auf der Arbeit?"

„Ganz gut soweit. Nichts Spektakuläres." Sarina schaltete den Wasserkocher ein. Irgendetwas hielt sie zurück, Nathan von dem Jobangebot in ihrer Tasche zu erzählen. „Eigentlich hatte ich vor, es heute noch bei ein oder zwei Sendern zu versuchen, aber ..." Sarina stockte.

Nathan rührte in seiner Tasse und schien immer noch seinen Gedanken nachzuhängen. Er machte den Eindruck, als hörte er ihr ohnehin nicht zu.

„Du bist wirklich wild entschlossen, diesen Typen zu finden, oder?"

Nathan sah auf.

„Ja, das bin ich." Ein gewisser Trotz schwang in Sarinas Stimme mit. Sie übergoss den Teebeutel mit heißem Wasser und setzte sich Nathan gegenüber an den Küchentisch. „Wenn es bloß nicht so verdammt ermüdend wäre. Ich bin noch keinen Schritt weitergekommen."

„Wieso nicht? Ich meine, es dürfte doch nicht so schwer sein, jemanden zu finden, wenn man weiß, dass er bei einem Radiosender hier irgendwo in London arbeitet." Nathan pustete in seine Tasse und nahm einen Schluck.

„Das dachte ich auch", entgegnete Sarina zerknirscht. „Aber am Telefon bekomme ich oft keine Auskunft. Bei Capital FM bin ich auch abgeblitzt. Das Schlimme ist, dass eine Mitarbeiterin mir sagte, sie hätten dort einen Leo. Ich habe ihm mehrfach ausrichten lassen, dass er sich melden soll, aber ich bekomme keine Antwort."

Es ärgerte Sarina, dass der angestaute Frust sich jetzt ausgerechnet vor Nathan Bahn brach und vollkommen unkontrolliert über ihre Lippen sprudelte. Es war nicht besonders klug, jemandem wie Nathan ihre verletzlichste Seite zu offenbaren. „Ich bekomme langsam das Gefühl, es wäre einfacher, an Leo heranzukommen, wenn er in einem Hochsicherheitsgefängnis einsäße."

„Capital FM? Ein Kumpel von mir arbeitet dort. Hat mit mir an der London School of Sound studiert."

Sarina riss die Augen auf. „Was? Ehrlich?"

„Schätze, wir fahren heute Abend in die Stadt und besuchen meinen Kumpel Niall", sagte Nathan bestimmt.

„Heute Abend? Warum nicht jetzt gleich?" Sarina spürte ihre Ungeduld wie ein Prickeln unter der Haut.

„Geduld du haben musst, junger Padawan. Ich habe leider keine Zeit. Ich bin sowieso schon spät dran. Wir treffen uns um Viertel nach sieben am Leicester Square, okay?"

Als Sarina schließlich zum vereinbarten Zeitpunkt auf dem Platz eintraf, wimmelte es bereits von Touristen und Unternehmungslustigen, die unterwegs in die Theater im Westend, in die Bars, Restaurants und Clubs waren. Sarina wartete vor dem Gebäude und lauschte einem Jungen von vielleicht neun oder zehn Jahren, der seine Gitarre bearbeitete, als sei er bereits damit auf die Welt gekommen. Sie lächelte und warf dem Jungen ein Pfundstück in seinen Gitarrenkoffer.

„Der ist spitze, oder?" Sarina fuhr herum und erblickte Nathan, der dem Jungen ebenfalls eine Münze in den Koffer warf. „Wenn er jetzt schon so Gitarre spielt, kriegt er später alle Mädchen." Er grinste frech und legte den Kopf schräg.

„Ich hab's nicht so mit Musikern. Die sind so eingebildet", konterte Sarina mit einem herausfordernden Grinsen. „Wollen wir?"

„Klar. Komm." Nathan ging voraus, und bald standen sie wieder vor dem Empfangstresen, den Sarina noch allzu gut in Erinnerung hatte. Mit einer gewissen Genugtuung sah sie, dass ein alter Bekannter dahinter saß. Er schaute stirnrunzelnd auf.

„Sie wünschen?"

„Nathan Glover. Ich habe einen Termin mit Mr McGuinn."

Der Sicherheitsmann zog die Augenbrauen zusammen und warf Sarina einen stechenden Blick zu, dann schaute er auf seine Liste.

„Kommen Sie durch und nehmen Sie kurz Platz. Mr McGuinn wird gleich bei Ihnen sein."

Sarina schenkte dem Mann ein triumphierendes Lächeln, als sie an ihm vorbeimarschierten.

Nachdem sie eine Weile im Flur gewartet hatten, erschien Nathans Freund Niall und begrüßte die beiden herzlich.

„Hi! Nathan hat mir schon am Telefon erzählt, worum es geht. Du bist auf der Suche nach Leo, richtig?"

Sarinas Herz begann, schneller zu schlagen.

„Genau. Deine Kollegin Nicole sagte mir am Telefon, dass er hier arbeitet, und sie wollte ihm eine Nachricht hinterlassen, dass er sich bei mir melden soll."

Niall verzog den Mund und sog zwischen den Zähnen Luft ein.

„Ich fürchte bloß, ich habe nicht so besonders gute Neuigkeiten für dich."

Sarina war außer Stande, etwas zu sagen und starrte Niall nur erwartungsvoll an. Der fuhr sich mit einer Hand in den Nacken und rieb sich verlegen den Haaransatz.

„Na ja, ich habe Leo heute darauf angesprochen. Er sagt, er hat nicht die geringste Ahnung, wer du bist."

Sarina fühlte, wie ihr Kiefer herunterfiel. Mit offenem Mund stand sie da, vollkommen unfähig zu reagieren.

„Es tut mir wirklich leid", setzte Niall hinzu.

Sarina spürte Nathans Hand in ihrem Rücken.

„Scheiße!", zischte er.

Nialls Worte bestätigten ihre schlimmste Befürchtung. Eine Befürchtung, die sie versucht hatte, zu verdrängen, die sich aber hartnäckig in ihr Bewusstsein gebrannt hatte. Sie fühlte sich gedemütigt und enttäuscht. Dieses Gefühl war so überwältigend, dass sie nicht mehr klar denken konnte. Eine Springflut aufgestauter Ängste und Gefühle überrollte sie.

„Er sagt, er hat absolut keine Ahnung, wer ich bin?"

Niall rieb sich erneut den Nacken und nickte. Die Situation war ihm sichtlich unangenehm.

„Er besitzt die Dreistigkeit, zu behaupten, dass er keine Ahnung hat, wer ich bin? Nachdem wir ... Also ... Er kennt mich nicht? Und ich reise diesem Mistkerl nach London nach und setze Himmel und Hölle in Bewegung, um ihn zu suchen?"

Hektische rote Flecken zeichneten sich auf Sarinas Hals ab, und ihre Stimme schraubte sich immer mehr in die Höhe, während sich ihre aufbrodelnden Gefühle unkontrolliert einen Weg über die Lippen suchten.

Peinlich berührt blickte Niall zu Boden. Nathan fasste Sarina sanft am Oberarm.

„Wo steckt dieser Idiot? Ich möchte, dass er mir wenigstens dabei ins Gesicht sieht, wenn er behauptet, dass er mich nicht kennt!"

„Sarina, jetzt beruhig dich doch. Vielleicht ist es besser, wenn wir erst einmal nach Hause ...", begann Nathan.

„Ich bewege mich hier nicht einen Zentimeter vom Fleck, bevor dieser feige Sack mir nicht persönlich ins Gesicht gesagt hat, dass er mich angeblich nicht kennt!"

Tränen brannten in ihren Augen, Wut und Verzweiflung wühlten in ihrem Magen und das Blut in ihren Ohren rauschte. In einer minutenlangen Tirade, die viele Wörter mit „f" beinhaltete, machte sie ihren verletzten Gefühlen Luft.

„Er soll gefälligst hier rauskommen und mir persönlich sagen, dass ihm unsere Nacht nichts bedeutet hat, dieses gottverdammte Arschloch!"

„Sarina!"

Nathans Stimme klang sanft und beschwichtigend, aber sanft und beschwichtigend war nicht, was Sarina in diesem Moment gebrauchen konnte. Sie wirbelte herum und stieß ihm mit dem ausgestreckten Zeigefinger vor die Brust.

„Und du behandle mich nicht wie eine Geisteskranke!"

Mit Schwung warf sie die Haare über ihre rechte Schulter und wandte sich wieder Niall zu. Ihre Stimme klang jetzt ruhig, aber nicht weniger bedrohlich.

„Ich möchte, dass du Leo holst, damit er es mir wenigstens ins Gesicht sagt, okay?"

„O...kay", stotterte Niall sichtlich überrumpelt und verschwand im Flur.

Sarina ballte die Hände zu Fäusten und wippte auf den Fußballen auf und ab, während sie warteten. Nathan traute sich offenbar nicht mehr, den Mund aufzumachen, hatte Sarina aber beruhigend die Hand auf die Schulter gelegt.

Eine Weile später erschien Niall wieder im Flur, wild gestikulierend diskutierte er mit einem Mann, der ihm folgte.

Der Mann seufzte, trat vor und musterte Sarina fragend von oben bis unten.

„Du ... Du bist nicht Leo", stammelte Sarina. Sie fühlte sich, als müsste der Boden unter ihr nachgeben.

„Doch. Ich bin Leo." Der dünne, dunkelblonde Mann mit dem mächtigen Vollbart zog entschuldigend die

Schultern nach oben. „Und ich habe keine Ahnung, wer zum Geier du bist, also lass mich in Ruhe, ja? Kann ich jetzt wieder an meine Arbeit gehen?“

Er wandte sich um und verschwand ohne ein weiteres Wort wieder im Flur. Sarina schluckte.

„Äh ... Also ... Ja. Ich schätze, das war dann wohl eine Verwechslung.“

Sie spürte das Blut in ihre Wangen schießen, und die Spitzen ihrer Ohren fühlten sich an, als habe sie jemand angezündet.

Niall grinste etwas verkrampft, kratzte sich an der Nase und zuckte dann verlegen mit den Schultern.

„Tja, also ... Ich schätze, das hat sich dann wohl erledigt.“

„Ich ... Ich ... Entschuldige bitte“, presste Sarina hervor.

Am liebsten wäre sie einfach mit dem Boden unter ihren Füßen verschmolzen. Wie gelähmt stand sie da, während die Scham wie eine turmhohe Welle über ihr zusammenschwappte. Sie hätte sich gern richtig bei Niall für ihren Ausbruch entschuldigt, hätte sich erklärt, aber ihre Zunge lag wie ein Sandsack in ihrem Mund.

„Danke dir für deine Mühe, Niall. Weißt du, Sarina sucht schon ziemlich lange nach diesem Kerl und es ist ihr sehr wichtig. Und gerade musste sie annehmen, er würde sie eiskalt verleugnen. Das war wohl ein bisschen viel“, erklärte Nathan an ihrer Stelle.

„Na klar, versteh ich.“ Niall schenkte Sarina ein aufmunterndes Lächeln. „War wohl ein ziemlicher Schock. Ich drück dir die Daumen, dass du den richtigen Leo noch findest.“

Nathan legte Sarina vorsichtig den Arm um die Schulter und bugsierte sie zum Ausgang. Wie ein

Schlafwandler setzte Sarina einen Fuß vor den anderen, ohne recht zu registrieren, wohin sie lief. Sie musste dringend hier raus. Die ganze Situation war ihr unsagbar peinlich. Und dass ausgerechnet Nathan Zeuge dieses Auftritts werden musste … Ihr zweiter dieser Art in so kurzer Zeit …

Sie spürte einen sanften Druck an ihrem Oberarm.

„Hey. Nimm es dir nicht so zu Herzen. Du konntest ja nicht ahnen, dass es der falsche Leo ist. Komm, du brauchst jetzt erst einmal einen Drink und dann sieht die Welt bestimmt schon wieder anders aus.“

Wenig später hatten die beiden ein gemütliches Eckchen im *Moon under the Water* gefunden, und Nathan stellte ein Whiskyglas vor Sarina ab. Er hob sein eigenes und bedeutete Sarina, zu trinken.

Sie griff danach, hielt aber inne, als es unter ihrer Nase schwebte.

„Mein Gott! Was ist das? Das riecht wie Desinfektionsmittel … und vermoderte Kröte.“

„Das ist Single Malt Whisky von der Isle of Islay. Runter damit.“

Nathan grinste und stieß vorsichtig mit seinem Glas an ihres.

Sarina hielt die Luft an und nahm einen großen Schluck. Im ersten Moment kam es ihr vor, als hätte sie in ein großes Stück Blumenerde gebissen, aber dann entfaltete sich ein würziges, rauchiges Aroma, das sie an Lagerfeuer und Schinkenbrötchen denken ließ. Sie nahm noch einen Schluck.

„Gewöhnungsbedürftig, aber gar nicht mal so schlecht.“ Sie sah auf und lächelte. „Danke. Das tat jetzt wirklich gut auf den Schock. Was denkt dein Freund jetzt bloß von mir? Es ist mir furchtbar peinlich, wie ich mich gerade aufgeführt habe."

Nathan schüttelte wortlos den Kopf und nippte an seinem Glas.

„Blödsinn. Du hast einfach ein bisschen überreagiert. Das passiert jedem einmal. Schließlich hattest du ja auch eine Menge zu verdauen in letzter Zeit." Er lächelte schief. „Ich hoffe, du bist mir nicht mehr böse, wegen ..." Nathan blickte über seine Schulter. „Na ja, du weißt schon."

„Nein."

Erst als sie es ausgesprochen hatte, merkte Sarina, dass sie es nicht nur der Höflichkeit wegen gesagt hatte. In diesem Augenblick konnte sie Nathan wirklich nicht mehr böse sein. Sie lachte leise. „Nach meinem Auftritt eben sollte ich mir vielleicht auch eine zweite Identität zulegen. Du könntest mir sicher ein paar gute Tipps geben."

Nathan schmunzelte.

„Dir geht das ziemlich nahe mit diesem Kerl, oder?"

Sarina fuhr langsam mit dem Zeigefinger am Rand ihres Glases entlang. Sie nickte.

„Ja. Es ist mir unheimlich wichtig, ihm zu sagen, was ich für ihn empfinde. Ich ... Ich muss einfach wissen, ob wir eine Chance hätten."

„Hm", machte Nathan. „Sei mir bitte nicht böse, aber ich glaube, ich verstehe das nicht wirklich. Warum glaubst du, dass dein zukünftiges Glück allein von diesem Typen abhängt?"

Sarina hob ihr Glas und hielt es gegen das Licht. Die letzte Pfütze Whisky schimmerte bernsteinfarben über dem dicken Glasboden. Noch vor ein paar Wochen hätte sie eine schlüssige Antwort auf diese Frage geben können, doch je länger ihre Suche andauerte, desto absurder kam sie ihr vor.

„Ehrlich gesagt, ich fange an, mich selbst für verrückt zu halten. Eigentlich ist es eben einfach so ein Gefühl. Als Leo und ich damals ... Na ja, als wir uns nähergekommen sind ... Da hatte ich so ein Gefühl. Wie soll ich es beschreiben?" Sie schwenkte den kläglichen Rest Whisky in ihrem Glas herum und kippte ihn dann ihre Kehle hinunter. „Ich war mir in diesem Moment einfach sicher, dass Leo der Mann ist, auf den ich mein ganzes Leben gewartet habe. Der, für den sich all die Enttäuschungen und Verletzungen vorher gelohnt haben." Sie zog die Augenbrauen zusammen und schüttelte den Kopf. „Du verstehst das sowieso nicht."

Nathan leerte sein Glas, sog die Unterlippe ein und kaute für einen Augenblick darauf herum, während er Sarina ansah.

„Doch. Ich weiß genau, was du meinst. Ich glaube schon, dass wir bisweilen Menschen begegnen, bei denen wir uns schon vom ersten Augenblick an sicher sind, dass wir ihnen begegnen mussten, dass sie in unserem Leben eine wichtige Rolle zu spielen haben." Er drehte das leere Glas in seinen Händen und sah auf.

Eine angenehme Wärme breitete sich in Sarina aus. Offenbar tat der Whisky seine Wirkung.

„Ich weigere mich allerdings zu glauben, dass es genau einen einzigen Menschen gibt, der mich vervollständigt oder ergänzt. Es wäre doch ziemlich trostlos, wenn mein gesamtes Glück davon abhinge, ob ich es in diesem Leben schaffe, diesen einen Menschen zu finden. Vielleicht bewegt er oder sie sich in einem völlig anderen Orbit."

„Dann glaubst du nicht an die wahre Liebe?"

Sarina stellte ihr Glas ab.

„Das ist nicht wahr. Ich glaube einfach, wir haben eine unterschiedliche Vorstellung davon, was Liebe ist. Liebende sind für mich keine untrennbare Einheit, verstehst du? Liebe ist für mich, wenn ..." Er malte mit dem Finger kleine Kreise auf die Tischplatte, während er nach den passenden Worten suchte. „Liebe, das ist wenn zwei Individuen, die sich auch selbst genug sind, beschließen, ihren Lebensweg gemeinsam zu gehen. Vielleicht auch nur ein Stück des Weges. Wenn sie sich einander schenken, nicht weil sie allein nicht existieren könnten oder weil die Gesellschaft glaubt, dass man einen Partner braucht."

„Typisch Mann!" Sarina winkte mit einer unwirschen Geste ab. „Bloß keine Verbindlichkeiten, immer schön ein Hintertürchen offenhalten. Davon hatte ich ehrlich gesagt schon reichlich genug. Du hast recht. Wir haben wohl einfach eine unterschiedliche Vorstellung davon, was für uns Liebe bedeutet." Sie lächelte versöhnlich. „Trotzdem vielen Dank für den Drink und deine Rettung vorhin."

Nathan öffnete den Mund, so als wolle er noch etwas sagen, schien es sich dann aber anders überlegt zu haben.

„Wollen wir gehen?"

Draußen auf dem Platz war es trotz der vorgerückten Stunde immer noch sommerlich warm. Nathan entdeckte auf einer der Bänke eine Gruppe junger Leute, die er offenbar kannte. Sie gesellten sich für einen

Augenblick dazu, um zu plaudern, dann schlenderten sie quer über den Platz, in dessen Mitte sich ein Brunnen befand, den eine Statue von Shakespeare zierte. Einige Kinder hatten sich die Schuhe ausgezogen und liefen lachend darum herum. In einem Kreis um den Brunnen befanden sich runde Messingplatten mit einer Düse, die einen niedrigen Wasserstrahl munter in die Höhe sprudeln ließ. Nathan blieb stehen und sah eine Weile den Kindern dabei zu. Schließlich begann er damit, sich Schuhe und Socken abzustreifen.

„Komm! Eine Erfrischung könnte ich jetzt auch gebrauchen."

Sarina schüttelte den Kopf, doch dann streifte auch sie ihre Schuhe von den Füßen. Nathan deponierte ihre Rucksäcke und Jacken bei seinen Freunden, während Sarina sich auf eine der Messingplatten stellte und den Wasserstrahl ihre Knöchel kitzeln ließ. Nathan kam zurückgelaufen, stellte sich neben sie und verschloss die Düse mit seinem großen Zeh.

„Pat hat mir einen festen Job angeboten", sagte Sarina unvermittelt.

Nathan hob die Augenbrauen. „Und? Nimmst du ihn an?"

Sarina zuckte mit den Achseln. „Keine Ahnung. Ich habe mir Bedenkzeit ausgebeten. Aber ich schätze, ich werde ablehnen. Da hängt ein ganzer Rattenschwanz dran. Ich müsste herziehen, mein Studium unterbrechen, vielleicht sogar ganz abbrechen ... Ich weiß nicht. Und überhaupt. Zuerst muss ich Leo finden."

„Eines musst du mir noch verraten", sagte Nathan und gab die Düse wieder frei, so dass das Wasser wieder über ihre Füße plätscherte. „Was, wenn du ihn gefunden hast, deinen Leo?"

„Na ja, dann sage ich ihm, was ich für ihn empfinde und werde endlich herausfinden, ob es ihm genauso geht wie mir und ..."

„Das meine ich nicht", unterbrach sie Nathan. „Angenommen, es geht ihm genauso, angenommen ihr werdet ein Paar. Was dann? Und sie lebten glücklich und zufrieden bis ans Ende ihrer Tage?"

„Ja. Ja, so in etwa habe ich mir das gedacht." Sarina zog wachsam eine Augenbraue hoch. Ihr gefiel der Unterton nicht. Wollte sich Nathan etwa wieder über sie lustig machen?

„Okay", sagte Nathan und sah ihr direkt in die Augen. „Ich stelle jetzt mal eine ganz steile These auf. Ich sage, du möchtest am liebsten einen Garantieschein für die Zukunft. Liebe, Ausbildung, Job ... Du möchtest in deinem Leben alles vollkommen unter Kontrolle haben, nicht wahr?" Nathan funkelte sie herausfordernd an.

„Na und?! Wäre das so schlimm, wenn ich etwas Kontrolle über mein Leben haben wollte?" Sarina verschloss die Wasserdüse mit ihrem großen Zeh. „Wenn ich Fehlentscheidungen von vornherein vermeiden möchte? Klar, für dich macht mich das gleich zum Oberspießer. Aber das bin ich nicht. Ich möchte nur sicher sein können, dass ich später nichts bereue. Macht mich das gleich zu einem schlechten Menschen?"

„Nein. Tut es nicht."

Nathans Blick wich ihrem aus, wanderte zum Ticketverkauf auf der anderen Seite, schien einen Augenblick auf dem schiefergedeckten Türmchen mit der Uhr zu verweilen. Ein Lächeln huschte über sein Gesicht.

Nathan trat Sarina gegenüber und nahm ihre Hände. Sarina sah ihn mit gerunzelter Stirn an.

„Hast du schon einmal darüber nachgedacht, dass dein Schicksalsweg vielleicht nicht geradeaus führt? Dass die Umwege dazugehören? Das Unerwartete? Die Sackgassen? Die Niederlagen? Ich glaube, man muss im Leben einfach ab und zu mal eine kalte Dusche abbekommen, um zu spüren, dass man noch da ist."

Immer noch hielt Nathan ihre Hände fest, als wolle er sie zum Tanz auffordern. Er grinste, und seine blauen Augen hefteten sich auf ihre. Die Intensität seines Blicks war ihr unangenehm. Er war so nah, dass sie den einzelnen braunen Pigmentfleck nahe der Pupille in seinem rechten Auge erkennen konnte. Unwillkürlich heftete sich Sarinas Blick wieder auf seine Lippen, und sie verspürte ein sehnsüchtiges Ziehen im Unterleib. Doch noch während sie darüber nachdachte, was dieses Händchenhalten und Anstarren zu bedeuten hatte, schoss plötzlich eine kalte Wasserfontäne meterhoch zwischen ihnen in die Luft.

Die Kinder quietschten und lachten vor Vergnügen. Sarina kreischte und wollte zurückspringen, doch Nathan hielt sie an den Händen fest. Immer wieder spien die Düsen mannshohe Wasserfontänen, mal gleichzeitig, mal abwechselnd, mal im Kreis herum wie eine La Ola. Sarina versuchte, sich aus Nathans Griff loszumachen, doch er hielt ihre Handgelenke fest umklammert. Er lachte und schüttelte sich das Wasser aus den Haaren, was Sarina an einen nassen Hund erinnerte.

Im Nullkommanichts war sie bis auf die Haut durchweicht. Das T-Shirt klebte an ihrem Oberkörper und ihre Haare troffen. Endlich gelang es ihr, sich aus seinem Griff zu befreien. Wütend und triefend lief sie aus der Reichweite des Wasserspiels.

„Du ... Du Blödmann! Du hast das genau gewusst!"

„Pünktlich, immer zu jeder halben Stunde." Nathan kam lachend zu ihr herübergepatscht.

„Du, du Affenarsch!" Etwas Besseres war Sarina auf die Schnelle nicht eingefallen. Sie starrte Nathan wütend an, merkte aber bereits, wie sich ihre Mundwinkel hoben. Sie konnte einfach nicht ernst bleiben.

„Affenarsch?" Nathan lachte.

Nun musste Sarina ebenfalls losprusten. Die Anspannung der letzten Wochen löste sich mit voller Wucht und bescherte ihr einen Lachanfall, der ihren Körper durchschüttelte wie ein Erdbeben.

„Affenarsch!", grunzte sie. „Genau das bist du!"

Nathan streckte die Hand aus. „Komm, kleine Wassernixe, ich spendiere uns ein Taxi."

„Ein Taxi?", lachte Sarina. „Du bist stinkreich! Du könntest uns eine verdammte Stretchlimousine bestellen, du Affenarsch!"

Wieder kicherte sie los und drückte mit beiden Händen das Wasser aus ihren Haaren.

„Soll ich?", fragte Nathan.

„Ach, hör auf, du Angeber! Ein Taxi ist vollkommen okay."

Allerdings hatten sie die Rechnung ohne den Taxifahrer gemacht. Der weigerte sich standhaft, die beiden triefend nassen Gestalten zu befördern.

„Okay. Warten Sie." Nathan zog das nasse T-Shirt aus und nestelte an seiner Hose. Schließlich stand er nur in Boxershorts vor ihr und sah sie herausfordernd an.

Sie fühlte die Hitze in ihren Wangen und versuchte, Nathans gut trainierten Oberkörper nicht allzu auffällig anzustarren. Kurz dachte sie darüber nach, ob es nicht besser war, mit Bus und Bahn nach Hause zu fahren oder sich irgendwo ein Handtuch oder gleich ein neues Outfit zu kaufen. Welche Unterwäsche hatte sie überhaupt heute Morgen angezogen? Jetzt fiel es ihr ein. Es war ein schwarzweißes Ensemble mit kleinen Pünktchen und einem Schleifchen zwischen den Cups. Am Strand wäre es notfalls für einen Bikini durchgegangen. Vielleicht konnte sie …

Sie sah Nathan an. Sein herausfordernder Blick verriet ihr, dass er fest damit rechnete, dass sie kneifen würde. Sollte er sie nur für langweilig und unflexibel halten! Der würde sich noch wundern. Kurz entschlossen schlüpfte Sarina aus ihren nassen Klamotten, schnappte sich das Kleiderbündel und ihren Rucksack und kletterte in den Fond des schwarzen Wagens.

Während sie nun halbnackt durch die Straßen der Metropole Richtung Bermondsey rollten, mussten sie immer wieder losprusten.

„Ich finde, jeder Tourist sollte einmal in Unterwäsche mit einem Black Cab gefahren sein", postulierte Sarina.

„Apropos. Warst du eigentlich schon mal auf dem London Eye?", wollte Nathan wissen.

„In Unterwäsche?" Sarina kicherte.

„Nein, ich meine nur so ganz allgemein."

Sarina schüttelte den Kopf. „Bisher noch nicht, ich war zu knauserig. Aber ich fahre jetzt nicht mit dir halbnackt dahin, falls es das ist, worauf du hinauswillst."

„Nein. Obwohl die Vorstellung durchaus ihren Reiz hat ... Ich wollte dich einladen. Zur Wiedergutmachung für die unfreiwillige Dusche. In zwei Wochen haben wir eine kleine interne Party von unserer Plattenfirma. Sie haben eine der privaten Kapseln angemietet. Mit Champagner und allem Pipapo. Ich finde solche Veranstaltungen normalerweise ziemlich nervig, aber wenn du dabei wärst, wird es erträglich." Nathan zeigte sein charmantestes Lächeln.

„Das klingt zu gut, um es abzulehnen." Sarina musste lachen. „Aber ich habe keine passenden Klamotten für so etwas. Ich habe nur Jeans und T-Shirts und so."

Nathan grinste. „Von uns beiden bin ich sicherlich die Dame mit der umfangreicheren Garderobe. Aber ich fürchte, meine Bühnenoutfits dürften dir etwas zu groß sein."

„Ich kann mir bestimmt etwas von Päivi leihen. Ihre Outfits sind perfekt für so einen Anlass."

Als Sarina und Nathan wenig später lachend ins Haus gestolpert kamen, begegneten sie im Hausflur Emma. Kopfschüttelnd musterte die sie.

„Warum seid ihr halbnackt? Möchte ich wissen, was das zu bedeuten hat?"

Prustend winkte Sarina ab und stapfte die Treppe hoch.

„Erklär du es ihr. Ich bin jetzt in der Dusche. Langsam wird mir doch kalt."

23

Die Haare unter einem Handtuchturban eingerollt, betrat Sarina eine Weile später das Wohnzimmer und fand Nathan in T-Shirt und Jeans-Shorts auf dem Sofa, während Emma mit untergeschlagenen Beinen im Sessel hockte und sich durch die Fernsehkanäle zappte.

Nathan sah auf und lächelte. Er klopfte mit der flachen Hand auf die freie Sitzfläche neben sich.

„Na? Ist dir jetzt wieder wärmer?"

Sarina setzte sich und zog die Knie an. Sie wackelte mit den Zehen, die in flauschigen, warmen Socken steckten.

„Ja. Die kleine Erfrischung hat trotzdem gutgetan."

„Päivi hat angerufen, als du unter der Dusche warst", sagte Emma. „Sie lässt dich grüßen und sagt, sie kommt am Samstag zurück."

„Danke, Emma. Das sind schöne Neuigkeiten. Ich freu mich."

Nathan streckte sich und legte den Arm auf der Sofalehne hinter Sarinas Rücken ab. Emma warf den beiden einen prüfenden Seitenblick zu und schaltete sich weiter durch die Kanäle.

„Kommt mal wieder nur Müll, ich glaube, ich setze mich lieber noch etwas auf die Terrasse", verkündete sie betont unauffällig. Sie schaltete den Fernseher ab, erhob sich aus dem Sessel und verließ den Raum.

Eine peinliche Stille breitete sich aus, während Emmas unausgesprochene Andeutung in der Luft hing wie Zigarettenrauch. Sarina räusperte sich.

„Tja, äh …“, begann Nathan und zupfte an seinem Ohrläppchen.

Ein Gefühl der Unruhe breitete sich in Sarina aus, von den Zehen bis in die Haarspitzen fühlte sie sich angespannt und kribbelig. Sie konnte ihr eigenes Herz schlagen hören, und das Ticken der Uhr über der Tür wirkte übernatürlich laut. Aus den Augenwinkeln nahm sie eine Bewegung wahr. Unwillkürlich wandte sie sich zu Nathan, als sie plötzlich seinen Atem an ihren Lippen spürte. Im ersten Moment wollte sie zurückzucken, doch ihr Körper schien ihr nicht zu gehorchen. Neugierig tasteten ihre Lippen nach seinen und fanden sie, weich und warm. Ihre Hände wanderten wie von allein über seine Schultern, in seinen Nacken, hinauf zu seinen Haaren und vergruben sich darin. Nathan hatte den Arm um sie geschlungen und zog sie an sich. Seine Lippen umschlossen sanft ihre Unterlippe, zupften und neckten spielerisch, während seine Hand unter ihr Top rutschte und warm auf ihrem Rücken ruhte.

Sie konnte noch einen Hauch Whisky schmecken, roch das Wasser in seinen Haaren, die frische Luft. Es war ein betörendes Duftgemisch, das an Sommerregen auf Asphalt erinnerte. Nathan ließ seine Hand langsam über ihren Rücken gleiten. Allein diese leichte Berührung und das zaghafte Spiel seiner Lippen auf ihren löste ein wahres Feuerwerk der Empfindungen in ihr aus. Ein Prickeln unter der Kopfhaut breitete sich rasend schnell aus, lief ihren Nacken entlang und den Rücken hinab wie ein elektrischer Strom. Ihre Haut fühlte sich übersensibel an, als Nathan mit dem Handrücken über ihre Wange strich und ihren Nacken umfasste.

Seine Lippen wurden mutiger, drängender und öffneten ihre mit seiner erkundenden Zunge.

Das warme Pulsieren und Ziehen in ihrem Bauch, das diese Küsse hervorriefen, strahlte bald in tiefere Regionen aus. Diese Gefühle trafen sie völlig unvorbereitet. Sie verstand nicht, warum sie für jemanden, in den sie nicht im Geringsten verliebt war, ein solches Verlangen empfinden konnte. Aber genau das war es, was sie fühlte. Verlangen. Es war ein Verlangen, das sich bei ihr eigentlich nur dann einstellte, wenn sie sich absolut sicher fühlte, ihrem Partner blindlings vertraute und sich fallenlassen konnte.

Sie mühte sich, die Kontrolle nicht gänzlich abzugeben, doch ihr Verstand befand sich im Standby-Modus. Wie von selbst drängte sich ihr Körper an seinen, zogen ihre Arme ihn mit sich, während sie sich nach hinten auf die Couch sinken ließ. Sein Gewicht presste ihn hüftabwärts gegen ihren Leib, und es war nur allzu offensichtlich, dass Nathan dasselbe Verlangen verspürte. Sarina seufzte auf. Unwillkürlich schlang sie ein Bein um ihn und zog ihn an sich, während ihre Hände aufgeregt seinen Oberkörper erkundeten. Atemlos küssten und streichelten sie einander. Seine Lippen wanderten zu ihrem Hals, zupften an der empfindlichen Haut, während sie sich gnadenlos auf die Stelle zubewegten, von der Sarina wusste, dass es sie um den Verstand bringen würde, wenn sie dort ankamen. Sie spürte warmen, stoßweisen Atem, der ihre Haut kitzelte. Immer näher kamen seine Lippen der Stelle und drehten wieder ab. Seine Zunge malte kleine Kreise auf ihre empfindliche Haut, wanderte aufwärts, im Wechsel mit dem Spiel seiner Lippen, quälend langsam, millimeterweise, bis sie die Stelle erreichten. Sarina bog den Rücken durch, hielt ihn mit ihrem Bein fest umschlungen und presste ihren Unterleib fester gegen seinen. Das Kribbeln und Drängen war kaum auszuhalten, ließ sich nicht mehr stoppen, auch wenn sie gewollt hätte. Sie hatte den Punkt überschritten, an dem es keine Rückkehr mehr gab. Ihre rasenden Gedanken schwiegen, es gab nur noch eine Flut von Empfindungen, die ihren Körper erschütterten. Fieberhaft zerrten ihre Hände am Stoff seines T-Shirts, schafften es schließlich, es abzustreifen und ertasteten seinen warmen, kräftigen Oberkörper. Nathan richtete sich halb auf und zog Sarina in eine sitzende Position, um ihr Top auszuziehen. Er betrachtete sie einen kurzen Augenblick mit hungrigen Augen. Seine Brust hob und senkte sich in schnellem Tempo.

„Vielleicht sollten wir besser ..." Er machte eine fahrige Kopfbewegung Richtung Wohnzimmertür. Mit einer Hand griff er die am Boden liegenden Kleidungsstücke, mit der anderen zog er Sarina vom Sofa.

Ungestüm polterten sie die Stufen hoch und keine Minute später schloss sich Nathans Zimmertür hinter ihnen. Sarina spürte das kühle Holz an ihrem Rücken, als sich Nathan an sie drängte und sie leidenschaftlich zu küssen begann. Sein Knie presste sich zwischen ihre Schenkel, was ein wahres Erdbeben in Sarina auslöste. Hungrig suchten ihre Finger nach dem Bund seiner Shorts, gewannen schließlich den Kampf mit den Knöpfen und streiften sie von seinen Hüften. Durch den dünnen Stoff ihrer Yogahose konnte sie nun unmissverständlich seine Erregung spüren, warm und drängend. Seine Hand löste den Verschluss ihres BHs und streifte ihn von ihren Schultern. Sarina wurde von dem Verlangen übermannt, seine Haut auf ihrer zu spüren und presste ihre runden, weichen Brüste gegen seinen Oberkörper. Als sich ihre Lippen voneinander lösten, seufzte Nathan lustvoll auf. Weitere störende Kleidungsstücke fanden ihren Weg auf den Teppichboden, während ihre Hände immer mehr Terrain eroberten. Als Sarina schließlich den Slip abgestreift hatte, stieß sie Nathan mit sanftem Druck rücklings auf die Bettkante. Er zog sie auf seinen Schoß und hielt ihren Brustkorb mit den Händen umfangen, während seine Lippen und seine Zunge mit der Erkundung ihrer Rundungen begannen. Doch allzu lange hielt Sarina die süße Folter nicht aus. Ihre Geduld reichte nicht mehr für ein ausgedehntes Vorspiel. Sie wollte diesen Mann. Sie wollte ihn hier und jetzt und sofort. Sarinas Hand glitt zwischen seine Beine. Fest schlossen sich ihre Finger um seine erregte Männlichkeit. Nathan ließ ein wohliges Knurren hören und sein Atem stockte hörbar.

„Hast du vielleicht …“, flüsterte sie an seinem Ohr.

„Nachttischschublade.“ Seine Stimme klang rau und gepresst.

Sarina zog die Schublade auf und förderte nach kurzer Suche eine rote Stanniolverpackung zutage, die sie ungeduldig aufriss und den Inhalt herauszupfte.

„Mmm, Erdbeere“, machte sie und fasste das Gummihütchen vorsichtig mit den Lippen. Nathan hob die Augenbrauen und atmete in angespannter Erwartung hörbar ein.

Sarina ließ sich Zeit, das Kondom langsam mit den Lippen abzurollen. Nathan bog den Kopf nach hinten und stöhnte auf. Seine Hand griff in ihre Haare.

Sarina gönnte Nathan noch ein wenig von der speziellen Aufmerksamkeit und genoss seine spürbare Lust und sein unterdrücktes Aufstöhnen. Schließlich hielt sie ihre eigene Erregung nicht mehr aus. Sie kletterte wieder auf seinen Schoß, die Hände auf seine Schultern gestützt, und ließ sich langsam auf ihn hinabgleiten. Nathan stöhnte und packte ihre Hüften mit heftigem Verlangen. Sarina begann, sich zu bewegen, genoss die Kontrolle, die sie über ihrer beider Lust hatte. Anfangs versuchte sie immer wieder, sich zu bremsen, das Gefühl so lange wie möglich zu genießen, doch dann überrollte sie irgendwann die Leidenschaft, ihre Lust bestimmte den Rhythmus, schneller und drängender, bis sie schließlich ihre Erlösung fand. Nathan hielt es nicht mehr aus, packte sie, warf sie rücklings aufs Bett und liebte sie heftig und ungezügelt, bis auch er schließlich den Gipfel erreichte.

Sarina spürte das Gewicht seines Oberkörpers auf ihren sacken, sein Kopf ruhte an ihrer Schulter, sein unregelmäßiger Atem kitzelte ihren Hals. Die Hand in seinen verschwitzten Haaren verkrallt, ein Bein über seinen Körper geschlungen, lag Sarina da und spürte ihrem Herzschlag nach, der ihren Brustkorb zu sprengen drohte. Immer noch waren kleine Nachbeben des unglaublich intensiven Gefühls zu spüren, das sie überrollt hatte. Wieder und wieder liefen wohlige Schauer über ihren Körper, während sie so zusammen lagen und sie sein Haar streichelte.

Während sich ihr Atem und Herzschlag beruhigten und das überwältigende rauschartige Gefühl langsam aus ihrem Körper wich, begann sich plötzlich auch das Gedankenkarussell wieder zu drehen. Was machte sie hier eigentlich? Was in aller Welt hatte dazu geführt, dass sie hier zerwühlt und verschwitzt in Nathans Bett lag? In diesem Augenblick gab Nathan eine Art zufriedenes Grunzen von sich und ließ sich rücklings neben ihr auf die Matratze fallen. Seine Hand ruhte unterhalb ihres Nabels auf ihrem Bauch. Das Gewicht machte ihr die Intimität der Berührung bewusst und nur mit Mühe unterdrückte sie den Impuls, die Hand beiseitezuschieben und von ihm abzurücken.

Sie fuhr sich mit der Hand durch den schweißnassen Haaransatz.

„Scheiße!", stieß sie hervor. „Das war so nicht geplant."

Nathan rollte sich auf die Seite und betrachtete sie im Profil.

„Nein. Geplant war das nicht." Er grinste. „Aber dafür war es nicht schlecht."

„Ha ha … Sehr witzig." Während der Zauber des Moments von ihnen abfiel, fühlte sich Sarina nunmehr schäbig. So sollte es nicht laufen. Nicht bei ihr. Sie wollte nur mit jemandem intim werden, den sie liebte. Und Nathan …?

Sie spürte Nathans Finger, der eine Sonne um ihren Bauchnabel zeichnete. Sie schob seine Hand beiseite und setzte sich auf.

„Nathan, ich weiß nicht, ob das so eine gute Idee war. Ich meine, wo soll denn das hinführen mit uns?"

Nathan runzelte die Stirn. Er rappelte sich ebenfalls hoch und lehnte sich mit dem Rücken an die Wand.

„Keine Ahnung. Wird sich zeigen, oder?"

„Nein. Nein, das wird es nicht. Wie stellst du dir das denn jetzt vor? Wie geht es weiter?"

Nathan verzog den Mund zu einem schiefen Lächeln und zuckte mit den Schultern.

„Keine Ahnung. Ich bin kein Hellseher.“

„Das meine ich nicht!“ Sarina wurde zunehmend ungeduldig. Genau das war es, was sie an Nathan zuvor so wütend gemacht hatte. Diese ironische Gleichgültigkeit. So als ob ihn das alles nichts angehen würde, als stünde er über den Dingen. Und dann war da noch diese Überheblichkeit, mit der er sie betrachtete, nur weil sie versuchte, die Dinge zu ordnen, sie in Perspektive zu setzen.

„Ich weiß nicht, wie ich mich jetzt verhalten soll. Was du von mir erwartest, na, wie es jetzt weitergeht eben.“

Nathan schüttelte den Kopf, zog Sarina zu sich, so dass sie mit dem Rücken gegen seine Brust lehnte. Er schlang seine Arme um ihre Mitte und küsste sachte ihren Nacken.

„Musst du das unbedingt jetzt in dieser Sekunde wissen?"

Seine Lippen hauchten zarte Küsse in ihren Nacken, hinter ihr Ohr. Ungeduldig schob sie seinen Kopf beiseite.

„Ja, das muss ich. Ich möchte wissen, woran ich bin.“

„Dann kann ich dir leider nur sagen, dass ich es gerade selbst nicht so genau weiß. Warum können wir nicht einfach genießen, was wir haben, ohne uns Gedanken darüber zu machen, was morgen ist oder vielleicht in fünf Jahren? Warum können wir die Dinge nicht einfach geschehen lassen und sehen, wohin uns der Weg führt?“ Nathan lehnte seinen Kopf an ihren. „Fühlt es sich so falsch an?“

„Ja. Nein. Ach, ich weiß es nicht." Sarina fuhr sich mit der Hand durch die Haare. „Ich weiß nur, dass ich mit diesem *Lebe im Augenblick*-Mist noch nie besonders viel anfangen konnte. Ich habe nun mal gerne Klarheit. Ich möchte wissen, was auf mich zukommt – womit ich rechnen kann und womit nicht."

„Hm", brummte Nathan und legte seine Hände auf ihre, die sie vor dem Bauch zusammengefaltet hatte. „Es ist immer noch wegen diesem Typen, oder? Diesem Leo. Scheiße. Ich wusste, es war ein Fehler. Ich hätte nicht ... Na ja, jetzt ist es auch zu spät. Weißt du, ich bin nicht so. Ich passe leider nicht in dein Bild von einem Traummann. Ich dachte, das wäre dir klar. Verdammt, es hatte den Anschein, dass du weißt, was du willst. Du wirktest so ... so bestimmt. Sonst hätte ich ..."

„Schon gut", unterbrach ihn Sarina. „Keine Angst, ich mache dir keinen Vorwurf. Ich weiß bloß selbst nicht, was da gerade passiert ist."

Sie konnte am Tonfall seiner Stimme hören, dass er lächelte.

„Ist das denn wirklich so schlimm? Nicht genau zu wissen, wohin die Reise geht?"

„Ich weiß nicht." Sarina verschränkte die Finger mit seinen. „Ich glaube ja. Es macht mir Angst. Ich kann mich nicht entspannen, nicht fallenlassen. Verstehst du? Man lebt in ständiger Erwartung des Crashs."

Nathan atmete hörbar ein.

„Hör zu, Sarina. Ich weiß, du möchtest Garantien, aber die kann ich dir nicht geben. Ich bin kein einfacher Mensch – nie gewesen. Du kannst meine Mutter fragen oder gerne auch meine Exfreundinnen. Die würden mir sicher kein besonders gutes Zeugnis ausstellen.

Ich habe Phasen, da kann ich mich nicht mal selber leiden. Meine Musik ist mir unglaublich wichtig, und ich werde wohl nie einen normalen Job mit gewöhnlichen Arbeitszeiten haben. Oft bin ich wochenlang auf Tour. Ich weiß nicht, was in fünf oder zehn Jahren wird, und ich möchte es auch gar nicht genau wissen. Das Leben richtet sich ohnehin nicht nach meinen Plänen. Es schlägt immer ganz andere Wege ein, und ich glaube, das ist auch gut so. Ich möchte mich nicht davon bestimmen lassen, auf irgendwelche Ziele hinzuarbeiten oder die Erwartungen anderer Leute zu erfüllen. Ich möchte die Reise genießen." Nathan strich Sarina eine Haarsträhne aus dem Gesicht. „Wenn es dir darum geht, ob ich mir eine feste Beziehung vorstellen kann: Ja, das kann ich. Mit der richtigen Person. Wer weiß, vielleicht werde ich irgendwann auch noch mal ein treusorgender Familienvater. Die Zeit kann einen sehr verändern. Doch wenn wir von Anfang an mit einer bestimmten Erwartung an eine Beziehung herangehen und es klappt nicht, müssen wir uns dann nicht wie Versager fühlen? Dinge müssen sich entwickeln. Keine Ahnung, ob du die Person bist, mit der ich immer zusammenbleiben könnte. Ich kann es mir vorstellen. Und ich würde es gerne mit dir zusammen herausfinden, ohne uns jetzt schon unter Druck zu setzen oder einander Versprechungen zu machen, die wir dann nicht halten können."

Sarina rutschte auf die Bettkante und angelte nach ihrem Slip.

„Nathan, ich weiß nicht, ob ich noch eine Bruchlandung aushalte. Es gab schon zu viele. Ich möchte sicher sein, dass es funktioniert." Sie begann, sich anzuziehen.

„Niemand kann vorhersehen, ob er in ein paar Monaten oder Jahren noch dasselbe fühlt ... Es gibt einfach
keine Garantie auf Gefühle." Nathan begann nun auch,
seine auf dem Boden verstreuten Klamotten einzusam-
meln und sich anzuziehen.

„Nein, eine Garantie nicht." Sarina setzte sich aufs
Bett, um ihre Socken anzuziehen. „Aber man kann den
festen Willen und die Absicht haben, sich eine gemeinsame Zukunft aufzubauen. Man kann es einander versprechen und daran arbeiten."

„Und wenn es dann nicht funktioniert? Dann ist man
enttäuscht und wütend und schlägt alles kaputt, so
dass man sich nicht einmal mehr an den schönen Zeiten erfreuen kann." Nathan schüttelte den Kopf. „Nein,
zu hohe Erwartungen führen selten zu irgendetwas Gu-
tem."

„Vielleicht hast du recht. Vielleicht war das hier ein
Fehler." Sarina fischte ihr Top von der Stuhllehne und
zog es hastig über. Nacktheit hatte sich selten so unpas-
send angefühlt. Bei ihr hatte eine schlagartige Ernüch-
terung eingesetzt, als hätte jemand einen Eimer Eis-
wasser über ihrem Kopf ausgeleert.

Wie hatte sie jemals glauben können, dass das hier
eine gute Idee wäre? Welcher böse Geist hatte ihr ein-
geflüstert, dass sie wie eine wildgewordene Mänade
über diesen Mann herfallen sollte?

Nathan hatte ebenfalls wieder seine Shorts angezogen. Er stand vor ihr und zog sie vom Bett hoch. Während er ihre Hände in seinen hielt, sah er ihr direkt ins
Gesicht.

„Ehrlich gesagt, weigere ich mich, zu glauben, dass
das hier ein Fehler war. Bereust du es?"

Seine blauen Augen fixierten sie und warteten auf eine Antwort. Sarina wandte den Blick ab. Nathan verzog kurz den Mund zu einem bitteren Lächeln.

„Okay. Ich verstehe."

Er ließ ihre Hände los und wandte sich wütend ab. Eilig griff er nach seinem T-Shirt, streifte es über und schickte sich an, das Zimmer zu verlassen.

„Nathan, ich ...", begann Sarina. Doch sie wusste gar nicht recht, was sie ihm sagen sollte.

Nathan hielt in der Bewegung inne und wandte sich langsam ihr zu. Sein Gesichtsausdruck war jetzt weniger wütend.

„Weißt du, bei dir muss alles immer so absolut sein. Ja oder nein, schwarz oder weiß, hier oder da ... Und alles soll hier und jetzt und gleich in diese Kategorien fallen. Ich glaube, man muss Dingen Zeit geben, sich zu entwickeln, und man muss sie immer wieder überprüfen und sich fragen, ob die eigenen Überzeugungen noch stimmen."

„Das tue ich doch. Ich überprüfe meine Überzeugungen. Ich dachte, du bist ein totales Arschloch und jetzt ... Na ja, jetzt denke ich, dass du nur manchmal eins bist." Sarina konnte sich ein Lachen nicht verkneifen.

„Und was ist mit diesem Leo?", wollte Nathan wissen.

„Was soll mit ihm sein?" Sarina runzelte die Stirn.

„Na, hast du deine Einstellung zu ihm noch einmal überprüft? Warum bist du dir so sicher, dass er der Richtige ist? Warum glaubst du, dass er dir garantieren kann, dass ihr eine gemeinsame Zukunft habt?" Nathans Ausdruck nahm einen spöttischen Zug an. „Verdammt, Sarina, der Typ hat sich nach London verpisst, nachdem er mit dir geschlafen hat! Ist dir da nicht mal für einen Moment in den Sinn gekommen, dass du ihm vielleicht nicht wichtig genug bist?"

Sarina schluckte. Die Tränen stiegen ihr in die Augen.

„Scheiße ... Sarina ... Mann, das war nicht fair, ich weiß. Es tut mir leid." Nathan sah erschrocken aus. Es war ihm anzusehen, dass er die Worte am liebsten zurückgeholt hätte. Er wollte nach ihrer Hand greifen, doch Sarina schlug sie weg.

Mit dem Handrücken wischte sie sich die Tränen aus den Augen. „Natürlich ist es mir in den Sinn gekommen! Vielen Dank, dass du mich daran erinnerst. Als ob ich mich nicht schon mies genug damit fühlen würde."

Sie schniefte. Sie hätte versuchen können, es ihm zu erklären, ihm von ihrer Traummann-Wunschliste erzählen, von Joachim, aber all das kam ihr plötzlich schrecklich albern vor. Sie war eine erwachsene Frau, die hoffte, sich mit einer selbstgebastelten Collage und einem Wunschzettel in einem glitzerbestreuten Karton zwischen Spinnweben und Staub auf dem Dachboden ihres Elternhauses einen Traummann herbeizaubern zu können. Und sie hatte sich von Leo verführen lassen, dem sie nicht einmal einen anständigen Abschied wert gewesen war. Ein pinkfarbenes Post-it – von ihrem eigenen Block. Das war alles, was er für sie übrig gehabt hatte nach jener Nacht.

Während Sarina dastand und fühlte, wie der schwarze, bodenlose Abgrund, der sich vor ihr auftat, immer näher an ihre Zehen herankroch, fühlte sie eine Hand in ihrem Nacken. Nathan zog sie an seine Brust und strich über ihr Haar, während sich in heftigen Schluchzern Sarinas Erkenntnis entlud, dass sie für

Leo höchstwahrscheinlich nicht mehr als ein netter Zeitvertreib gewesen war.

„Schhhh …", machte Nathan. Sein Arm legte sich um ihre Hüfte und er hielt sie fest, während sie von Weinkrämpfen geschüttelt wurde. „Es tut mir leid, Sarina. Das hätte ich nicht sagen sollen. Es war nicht fair."

„Aber du hast doch recht!", schluchzte Sarina. „Er interessiert sich einen Dreck für mich. Nicht ein einziges Mal hat er versucht, mich zu erreichen. Vielleicht wird es Zeit für mich, erwachsen zu werden. Ich sollte endlich die Augen aufmachen und erkennen, dass es all das nicht gibt: die ganz große Liebe, das Gefühl, zusammenzugehören, den Wink des Schicksals, der mir sagt: das ist er, der ganz besondere Mensch!"

Nathan hob ihr Kinn mit dem Zeigefinger und sah ihr in die verweinten Augen. Mit dem Daumen wischte er eine Träne aus ihrem Augenwinkel.

„Sarina … Hör zu. Es kann tausend Gründe haben, warum sich Leo nicht bei dir gemeldet hat. Ich habe nicht das Recht, mir ein Urteil über ihn zu erlauben. Vergiss bitte, was ich gesagt habe."

Sarina schniefte und schüttelte den Kopf. „Schon gut … Du hast ja recht."

Nathan zupfte ein paar Papiertücher aus einer Box auf seinem Schreibtisch und reichte sie ihr.

„Hey! Hör doch nicht auf mich. Die meiste Zeit bin ich ein pessimistischer Zyniker mit Stimmungsschwankungen, die Frauen in den Wechseljahren vor Neid erblassen lassen würden. Und ausgerechnet mir willst du glauben?"

Sarina musste gleichzeitig lachen und weinen. Sie schnäuzte sich geräuschvoll und tupfte mit dem zerknüllten Taschentuch die Tränen ab.

„Weißt du, Sarina ... Vielleicht musst du wirklich diesen Leo finden."

Sarina schüttelte heftig den Kopf.

„Jetzt habe ich schreckliche Angst davor. Ich weiß im Moment gar nicht mehr, was ich fühle oder was ich will."

„Okay." Nathan nickte und zog Sarina wieder an seine Schulter. „Da geht es mir auch nicht besser als dir. Das Einzige, was ich sicher weiß, ist, dass ich dich sehr mag. Du hast *spunk* – Temperament. Ich kann mir gut vorstellen, dass mehr daraus werden könnte. Vielleicht aber auch nicht. Garantien kann ich keine geben. Ich weiß nicht, ob ich für eine Beziehung tauge, und ich bin auch nicht der Typ für große romantische Gesten. Aber das ist meine Baustelle und es ist mein Problem. Dir wünsche ich all das: die ganz große Liebe, das perfekte Gefühl, das Zeichen vom Schicksal. Verstehst du? Ich möchte, dass du alles bekommst, was du dir wünschst. Ich weiß auch ganz sicher, dass diese Schuhe ein paar Nummern zu groß für mich wären. Und das ist wahrscheinlich noch die Untertreibung des Jahrhunderts."

Sarina presste die Lippen aufeinander. Sie versuchte, das Chaos der Gefühle und Gedanken zu ordnen, bekam aber immer nur lose Enden zu fassen.

Nathan straffte den Oberkörper und machte einen Schritt zurück. Er fasste Sarina an den Händen.

„Pass auf, es ist niemals gut, Dinge übers Knie brechen zu wollen. Lass uns unser Gespräch einfach auf Pause setzen. Du hast mich vorhin gefragt, wie es mit uns weitergeht. Darauf habe ich keine Antwort. Und wie es scheint, geht es dir nicht anders."

Sarina nickte stumm.

„Hör zu, zu Hause in Cumbria habe ich mein eigenes Studio. Da fahre ich für ein paar Tage hin. Kein Internetanschluss, kein Telefon, perfekt zum Arbeiten. Mir spukt da gerade eine Menge im Kopf herum, das ich ausprobieren möchte. Lass uns einfach bis dahin eine Auszeit nehmen. Wenn du glaubst, du weißt, was du willst, sehen wir uns auf der Party und dann sehen wir weiter. Okay? Ich gebe dir Keiras Nummer, sie gibt dir dann alle Details und setzt dich auf die Liste."

„Okay. Ja, ich denke, das ist eine gute Idee."

24

Sarina war unglaublich froh, dass Päivi endlich zurück war. In dieser Sache konnte sie jede Unterstützung gebrauchen. Kathi konnte ihr in dieser Sache nicht weiterhelfen, denn die kannte Nathan nicht. Päivi wiederum hatte aber Leo nur einmal flüchtig gesehen, als Sarina in der Victoria Station zusammengeklappt war und konnte ihr nur in Bezug auf Nathan raten.

Während sie sich auf Päivis Bett im Schneidersitz gegenüber hockten und Chocolate Digestives knabberten, lauschte die Finnin gespannt und zunehmend erstaunt Sarinas Zusammenfassung. Dabei wurde ihr Grinsen gegen Ende immer breiter. Sie schüttelte leicht den Kopf.

„Was denn?" Sarina hielt inne und sah Päivi an.

„Na ja. Für mich ist die Sache ganz eindeutig."

„Ach ja?" Sarina legte die Stirn in Falten. „Dann schieß los."

„Na, ganz klar. Du stehst auf ihn!"

„Auf wen?"

„Auf Nathan. Du hast dich in ihn verliebt. Ganz einfach."

„Falsch. So einfach ist das nicht", wehrte Sarina ab. „Vielleicht stehe ich auf ihn, weiß der Geier warum. Jedenfalls habe ich mich wohlgefühlt mit ihm, und der Sex war auch nicht übel. Das heißt aber noch lange nicht, dass ich verliebt in ihn bin."

„Definiere Verliebtsein."

„Na ja, wenn man verliebt ist, dann ... Also, dann macht man verrückte Dinge. Man möchte nicht mehr ohne den anderen sein, es kribbelt, wenn man ihn sieht und ...“ Sarina rang nach Worten.

„Na, für mich hört sich das verdammt nach Verliebtsein an. Du läufst händchenhaltend durch den Park, springst in öffentlichen Brunnenanlagen herum, hüpfst halbnackt in ein Taxi und anschließend mit ihm ins Bett. Was soll denn das anderes sein als Verliebtheit?“ Päivi lachte.

„Ich weiß nicht. Es kann auch einfach ... na ja, Anziehung sein. Erotik. Du weißt schon. Den besten Sex hat man doch angeblich mit Leuten, die man eigentlich überhaupt nicht leiden kann.“

Sarina schüttelte Kekskrümel aus ihrer Handfläche auf den Teller zwischen ihnen.

„Mag sein. Aber das untrüglichste Zeichen ist doch wohl, dass du schon länger nicht mehr ernsthaft nach deinem Leo gesucht hast. Gib es zu.“ Päivi zwirbelte eine pinkfarbene Haarsträhne zwischen ihren Fingern.

Sarinas Miene verdüsterte sich. Verteidigungsbereit verschränkte sie die Arme vor der Brust. „Und ob ich das habe! Wie kannst du das behaupten? Das ist nicht fair. Schließlich musste ich dir auch noch helfen, deinen Dad zu finden. Und dann kam die Sache mit Schottland und dann Craig und ... Außerdem ... Vielleicht brauche ich einfach mal eine Pause, weil es so verdammt frustrierend ist, dass ich absolut keine Ahnung habe, wo Leo steckt, und ich bisher immer nur ins Leere gelaufen bin!“

Sarina war wütend. Wie konnte Päivi glauben, dass sie bereits aufgegeben hatte, bevor die Sache mit

Nathan passiert war? Hielt ihre Freundin sie für so wechselhaft?

„Hm", machte Päivi nur und legte ihren angebissenen Keks auf dem Teller ab. „Dann hilft es nichts. Du musst ihn suchen und herausfinden, ob er der Mann ist, für den du ihn hältst."

„Und was, wenn nicht? Was, wenn ich Nathan einen Korb gebe und dann stelle ich fest, dass Leo mich nur verarscht hat? Würde ich es dann nicht bereuen und mir wünschen ...?"

„Wenn, wenn! *Hemmetti nyt mulla alkaa oikeesti kasvamaan kyrpä otsaan*!" Päivi schlug mit der flachen Hand auf das Bett, so dass der Teller einen Hopser machte und die verbliebenen Kekse durch die Gegend purzelten. „Langsam kann ich Nathan ehrlich verstehen. Du willst für alle Eventualitäten gerüstet sein. Aber ohne Risiko ist so gut wie nichts im Leben. Klar, vielleicht entscheidest du dich falsch. Das ist Mist, aber nicht das Ende der Welt. Sarina, du bist gerade mal vierundzwanzig und nicht fünfzig. Du wirst noch verdammt viele falsche und auch eine Menge richtiger Entscheidungen treffen."

Päivi zog den Ausschnitt ihres T-Shirts ein Stück nach unten. „Lieben, leiden, vergessen, Sarina. So geht das Spiel. Wenn Leo oder Nathan, wenn einer von beiden das Risiko wert ist, dann geh es ein, verflucht! Und wenn du verlierst, dann spielst du nochmal."

„Du hast leicht reden", schmollte Sarina. „Du hast Daniel und der ist das Risiko ganz offensichtlich wert."

Päivi nickte, während sie die verstreuten Kekse wieder einsammelte und die Krümel vom Bett fegte. „Das stimmt. Ich habe da einen echten Glücksgriff gemacht.

Aber es ändert nichts an der Tatsache, dass du Entscheidungen treffen musst und nicht immer vorher sicher wissen kannst, ob sie richtig sind oder sich als Fehler erweisen. Das Risiko, auf der Nase zu landen, bleibt. Es lässt sich überhaupt nicht vermeiden. Du hast recht, ich bin sicher, dass Daniel den Einsatz wert ist, doch es ist noch lange nicht garantiert, dass wir zusammenbleiben. Es gibt einfach keine absolute Sicherheit in der Liebe. Weißt du was? Am Ende hilft vielleicht wirklich nur noch die gute alte Pro-und-Contra-Liste. Schreib dir alles auf, was für Leo und was für Nathan spricht und was dagegen. Ganz nüchtern. Vielleicht hilft es dir weiter."

Sarina zupfte an ihrer Unterlippe. „Gar keine schlechte Idee. Danke."

Als Päivi sich mit Daniel zu seinem Gartenprojekt aufmachte, setzte sich Sarina an ihren Schreibtisch, um für jeden der beiden Männer eine Pro-und-Contra-Liste anzufertigen. Sie ließ sich Zeit, indem sie erst in Schönschrift den jeweiligen Namen oben auf die Seite setzte und dann fein säuberlich mit Lineal eine Tabelle zeichnete. Schließlich starrte sie auf die leeren Listen und kaute am Ende ihres Stifts. Es war gar nicht so einfach, wie sie gedacht hatte. Vielleicht sollte sie mit dem Offensichtlichen anfangen. Das Aussehen musste sie bei Leo eindeutig auf die Pro-Seite setzen. Bei Nathan schrieb sie „blöde Zahnlücke" unter Contra, strich es dann jedoch wieder durch. So schwarz auf weiß klang dieser Punkt oberflächlich und albern. Außerdem verlieh gerade dieser kleine Makel Nathan seinen Lausbubencharme. Für Leo sprach auf jeden Fall, dass er in fast allen Punkten ihrer Wunschliste entsprach. Er hatte all das, das für sie den perfekten Mann ausmachte und was sie sich schon als Dreizehnjährige für ihren zukünftigen Traumprinzen gewünscht hatte. Er sah fantastisch aus, küsste toll, konnte tanzen, rauchte nicht, war offenbar literaturinteressiert und sprach mehrere Fremdsprachen. Er war kein Prinz, aber immerhin klang sein Nachname adelig. Und Nathan? Okay, Nathan war berühmt. Aber er trat in Frauenkleidern auf und besaß garantiert ein Vielfaches mehr an High Heels als sie selbst. Das war dann wiederum etwas gewöhnungsbedürftig. Hm. Sex. Der Sex mit Nathan war eindeutig toll. Und mit Leo? Um ehrlich zu sein, hatte Sarina daran nur eine sehr vage Erinnerung. Nathans Unwille, sich festlegen zu wollen, kam eindeutig auf die Contra-Seite. Allerdings hatte Leo sie nach ihrer gemeinsamen Nacht einfach sitzen gelassen und war nach London gereist. Daran hatte Nathan sie ja gerade noch so freundlich erinnert. Immerhin war Leo vorher in einer längeren Beziehung mit Merle gewesen. Das zeigte doch, dass er eigentlich ein Beziehungsmensch war, oder? Und er wohnte in Deutschland, was die Dinge auch wesentlich einfacher machte. Würde Sarina für Nathan nach England ziehen, ohne sicher sein zu können, dass die Beziehung auch hielt? Oder war sie bereit für eine Fernbeziehung? Was sprach überhaupt für Nathan? Wieso hatte sie sich mit ihm eingelassen? Sarina überlegte.

Nathan konnte sie zum Lachen bringen, war spontan und voller verrückter Ideen. Mit ihm wurde es sicher nicht so schnell langweilig. Aber ob das ein Garant für eine dauerhafte und glückliche Beziehung war? Sarina seufzte, während sie weiter das Ende ihres Stiftes mit den Zähnen traktierte. Auf diese Weise kam sie einer Entscheidung kein Stück näher. Frustriert zerknüllte sie die Listen und beförderte beide in den Papierkorb.

In Filmen und Büchern war es immer so einfach. Wie oft hatte Sarina auf die Protagonistin geschimpft, wenn die mal wieder zu blind war, es zu erkennen? Hatte Nathan vielleicht recht und es gab ihn im wahren Leben einfach überhaupt nicht, den „Richtigen"? Wenn ja, dann war jede Beziehung ein Glücksspiel und erst am Ende wusste man, ob man richtig lag. Und jedes Mal wendete man viel Zeit auf, um am Ende festzustellen, dass man wieder mal den Zonk gezogen hatte.

Womöglich gab es sie doch, die untrüglichen Zeichen, die einem verrieten, wer das Risiko wert war, und Sarina war bloß zu blind, um sie zu bemerken. Konnte es sein, dass alles nur so lange völlig klar war, solange man nicht selber mittendrin steckte?

Wenn sie selbst Protagonistin in einem Liebesroman wäre, wäre ihr als Leserin gewiss längst klar, wie es ausgehen musste. Wahrscheinlich hätte sie mittlerweile bereits größte Lust dazu, die Roman-Sarina aus dem Buch zu zerren und ihr eine zu kleben, damit sie endlich schnallte, was der Leserin-Sarina schon seit mindestens fünfzig Seiten klar war.

Sarina glaubte, ihr Kopf müsste explodieren. Sie konnte einfach nicht klar denken. Wie sie es hasste, wichtige Entscheidungen zu treffen. Allerdings gab es da noch eine weitere, die sie bisher vor sich hergeschoben hatte. Auch zu Pats Jobangebot sollte sie sich Gedanken machen. Die Mitarbeit an einer neuen Fernsehshow war verlockend. Doch war sie bereit, für diese Chance ihr Studium auf unbestimmte Zeit zu unterbrechen und ins Ausland zu gehen? Wollte sie dafür ihr WG-Zimmer und ihren Studienplatz aufgeben?

Noch stand es vollkommen in den Sternen, was aus dem neuen Fernsehformat werden würde. Vielleicht wurde noch in der Testphase beschlossen, es gar nicht erst zu senden. Und selbst wenn, es war nicht gesagt, dass die Sendung dann auch Erfolg hatte. Vielleicht würde sie ein Riesenflop und schon nach kurzer Zeit eingestellt. Wenn, wenn, wenn! Warum musste es immer so viele Unwägbarkeiten geben? Wenn man doch nur eine Kristallkugel hätte und in die Zukunft schauen könnte. Diese Unsicherheit konnte Sarina überhaupt nicht leiden.

Sie musste dringend den Kopf frei bekommen. Kurzerhand kramte sie den Reiseführer aus ihren Unterlagen und wurde nach kurzem Blättern fündig. Der Markt in Greenwich klang interessant. Sie packte einen Rucksack, schlüpfte in ihre Schuhe und warf noch eine Strickjacke über. So gerüstet verließ sie ihr Zimmer. Die Tür zu Nathans Zimmer war angelehnt. Sarina konnte nicht widerstehen. Zaghaft klopfte sie mit dem Fingerknöchel an die Tür und öffnete. Nathans Bett war ordentlich gemacht. An der Kleiderstange klaffte eine sichtbare Lücke. Offenbar war Nathan bereits abgereist. Wahrscheinlich war es besser so.

Als Sarina einige Zeit später in Greenwich aus der Station der Docklands Light Railway ins Freie trat, tauchte sie ein in einen bunten Strom aus bummelnden Touristen und Einheimischen auf Shoppingtour. Sie ließ sich von der Menge hierhin und dorthin treiben, bestaunte die vielen kleinen Läden mit Kunsthandwerk, Schmuck, Mode und Antiquitäten, gönnte sich an einem Stand auf dem Pier einen Crêpe mit Banane und Nutella und ließ die sommerliche Brise ihre wirren Gedanken aus dem Kopf pusten. Während sie noch überlegte, ob sie die 13,50 Pfund für den Eintritt und die Wartezeit in der beachtlichen Schlange investieren sollte, um das Museumsschiff „Cutty Sark" zu besichtigen, klingelte ihr Handy.

Am anderen Ende der Leitung war eine völlig überdrehte Päivi.

„*Jumalauta*, Sarina! Hast du heute schon Radio gehört?"

„Nein, wieso? Ist etwas passiert?", wollte Sarina wissen.

„Capital FM und noch ein paar Sender haben es gebracht. Emma hat es auf Heart gehört. Sie senden es immer wieder, es ist der helle Wahnsinn! So muss es ja einfach klappen. Das war eine absolut geniale Idee von dir!"

„Was denn um Himmels Willen!? Wovon redest du?" Sarina verlor die Geduld.

„Na, den Typ von Capital FM darauf anzusetzen, Leo zu suchen. Offenbar hat er da eine ganz große Sache draus gemacht. Mann, da hätten wir auch schon früher drauf kommen können!"

„Capital FM? Sorry, aber ich verstehe nur Bahnhof. Kannst du mir mal erklären, was da abgeht?" Sarina war völlig perplex.

„Dann wusstest du gar nichts davon?"

„Wovon, Päivi? Wovon soll ich etwas wissen?! Jetzt spann mich doch nicht so auf die Folter!"

„Auf mehreren großen Radiosendern läuft die Aktion ‚Leo wanted!'. In regelmäßigen Abständen zwischen den Sendungen laufen Aufrufe. Du musst dir das selbst anhören!“

Sarina legte auf und beeilte sich, den nächsten Pub anzusteuern. Im *Gipsy Moth* lief zwar Musik aus der Konserve, aber immerhin verfügte der Laden über kostenloses WLAN. Sarina bestellte sich ein halbes Pint Bier, suchte sich einen ruhigen Platz ganz hinten im Biergarten, stöpselte die Kopfhörer ein und startete auf ihrem Handy den Livestream von Capital FM. Und tatsächlich, nach ein paar Songs und den Nachrichten kam der Beitrag, auf den sie wartete.

„Das waren die aktuellen Nachrichten und hier melden wir uns wieder mit der Aktion ‚Leo Wanted!‘ Ihr erlebt in diesem Sommer eine rührende Liebesgeschichte und habt die Chance, zwei Herzen zusammenzubringen. Leo verzweifelt gesucht! Hier noch einmal der Aufruf: Leo, du bist Student aus Deutschland und bist zu einem Praktikum bei einem Radiosender nach London gekommen. Sarina hat Himmel und Hölle in Bewegung gesetzt, um dich zu finden. Leo, wenn du uns hörst: Melde dich unter 0800 555 77. Unser Aufruf geht auch an euch da draußen: Betätigt euch als Amors kleine Helfer! Wenn ihr Leo kennt, oder wisst, wo er sich aufhält, dann bittet ihn, sich bei uns zu melden. Hach, Liebe kann doch so schön sein! Und jetzt wieder ein absoluter Kulthit aus den Neunzigern ...“

Sarina starrte wie hypnotisiert auf ihr Handy. Sie konnte noch nicht fassen, was sie da eben gehört hatte. Sie schluckte. Nathan! Das war Nathans Idee gewesen. Seit ihrer zufälligen Begegnung in der Victoria Station war Sarina nicht mehr so nah dran gewesen, Leo zu finden. Ihr Herz klopfte wie verrückt und sie verspürte eine unglaubliche innere Unruhe. Doch da war auch noch etwas anderes, ein dumpfes Gefühl, das sie nicht einzuordnen vermochte. Vielleicht war es die Angst, dass die Hoffnungen und Erwartungen, die sie nun so lange begleitet hatten, enttäuscht werden könnten.

So musste sich jemand fühlen, der monatelang für einen Auftritt geprobt hatte, der nun kurz bevorstand. In einem kurzen Moment wäre alles vorüber und es würde sich zeigen, ob sich die Mühe und die harte Arbeit gelohnt hatten. War sie in diesem Augenblick überhaupt bereit, sich dieser Situation zu stellen?

Sarina kippte den mittlerweile schal gewordenen Rest Bier hinunter und machte sich auf den Heimweg.

Kaum hatte sie den Schlüssel im Schloss herumgedreht, als die Tür bereits von Päivi aufgerissen wurde.

„Da bist du ja endlich! Dieser Typ vom Sender, Niall, hat schon ein paar Mal hier angerufen. Ich habe ihm schließlich deine Handynummer gegeben. Hat er dich erreicht?"

„Nein." Sarina schüttelte den Kopf. Sie fischte ihr Handy aus der Tasche und warf einen Blick auf das Display, das schwarz blieb. „Hab ich mir gedacht. Der Akku war schon ziemlich leer. Der Livestream hat ihm den Rest gegeben."

Wortlos drückte Päivi Sarina einen Zettel in die Hand und schob sie in die Küche, wo das Telefon auf dem Tisch lag.

„Los! Jetzt ruf schon an! Ich bin total aufgeregt! Vielleicht hat er Leo gefunden!"

Sarina ließ sich auf einen der Küchenstühle fallen und starrte das Telefon an. Sie atmete ein paar Mal tief ein und aus.

„Verdammt! Mein Mund klebt zusammen. Ich muss erst einmal was trinken."

Sarina stand auf, um sich ein Glas Wasser zu holen, während Päivi ungeduldig auf den Fußballen wippte.

„Was ich nicht verstehe: ich dachte, ihr habt nur diesen Kontakt bei Capital FM. Aber ich habe den Aufruf gestern bei mehreren Sendern gehört. Hat Nathans Freund da Beziehungen?"

„Würde mich nicht wundern", entgegnete Sarina und nahm einen großen Schluck Wasser. „Aber vielleicht war das gar nicht nötig. Soviel ich weiß, gehören Capital FM, Heart, Smooth, Gold und noch ein paar andere Sender alle zu Global Radio."

„Aber jetzt sieh zu, dass du da anrufst! Mach es nicht so spannend, verflucht!"

„Ist ja schon gut!" Sarina nahm noch einen Schluck Wasser. Dann setzte sie sich wieder an den Küchentisch und griff nach dem Telefon. Sie begann, zu wählen, legte aber direkt wieder auf und presste das Gerät an die Brust.

„Scheiße, Päivi! Ich kann das nicht. Ich weiß gerade überhaupt nicht mehr, was ich fühlen oder denken soll! Was, wenn ich Leo vollkommen egal bin?"

Päivi zuckte mit den Schultern. „Dann weißt du wenigstens ein für alle Mal Bescheid und hast den Kopf frei für Neues. Lieben, leiden, vergessen ... Du weißt schon."

„Schon, aber ...", druckste Sarina, „was, wenn ..."

„Ha! Ich wusste es!" Päivi schlug mit der Hand auf ihren Oberschenkel. „Ich wusste es! Du hast dich in Nathan verliebt und jetzt bist du dir nicht mehr sicher, ob du Leo überhaupt treffen willst."

Sarina legte das Telefon auf den Tisch und stützte den Kopf in die Hände.

„Vielleicht. Ja. Nein. Ich weiß überhaupt nichts mehr. In meinem Kopf ist nur noch Matsche. Ich muss zugeben, die Sache mit Nathan hat mich mehr aus der Bahn geworfen, als mir lieb ist. Aber selbst wenn ich Gefühle für ihn hätte ... Er erwidert sie schließlich nicht."

Päivis Stimme hatte einen belustigten Unterton. Sarina wusste, dass sie garantiert ihre Augenbraue hochzog. „Ach nein?"

„Nein."

„Und das weißt du so genau, weil ...?" Päivi klang nach wie vor amüsiert.

„Weil Nathan von sich aus diese Sache mit dem Radio angeleiert hat. Es war seine Idee. Ich wusste bis gerade eben nichts davon." Sie hob den Kopf und sah Päivi an, gerade noch rechtzeitig, um zu sehen, wie sich ihre Augenbraue senkte und ihr Mund offen fiel.

„Das war Nathans Idee?"

„Yup."

Päivi setzte sich. Sie runzelte die Stirn.

„Hm. Vielleicht solltest du trotzdem diesen Niall anrufen und die Sache hinter dich bringen. Ich schätze, es wird sich alles klären, wenn du Leo endlich persönlich gegenüberstehst und ihr über alles reden könnt."

„Da könntest du recht haben. Ich habe das losgetreten und euch alle mit meiner Suche verrückt gemacht. Jetzt muss ich mich der Sache wohl auch stellen. Egal, was mich erwartet. Aber ich würde gern zuerst mit Nathan sprechen."

„Vielleicht keine schlechte Idee. Weißt du denn, wo er steckt?"

„Leider nein. In einem Studio irgendwo im Lake District, ohne Telefon und Internet. Und seine Handynummer habe ich nicht." Sarina kratzte sich am Kopf. „Moment! Ich könnte diese Keira fragen. Nathan hat mir ihre Nummer gegeben. Ich hab sie im Handy gespeichert, aber das muss erst eine Weile laden, damit ich es wieder ankriege. Vielleicht gar nicht so schlecht, dann kann ich mich in der Zwischenzeit seelisch darauf vorbereiten, bei der doofen Ziege anzurufen."

Päivi lachte. „Du hast recht. Ich kann mir auch Schöneres vorstellen."

Als das Handy wieder genug Saft hatte, nahm Sarina ihr Telefon und wählte Keiras Nummer.

„Wer ist da?" Keiras Stimme klang, als wimmele sie einen Vertreter ab. „Ach so … Sarina. Ja, Nathan sagte, du würdest dich melden. Ich verstehe zwar nicht, wieso, aber irgendwie scheint der Gute ja einen Narren an dir gefressen zu haben." Sie lachte gekünstelt. „Ich soll dich also auf die Gästeliste setzen, ja?"

„Genau. Aber ich hätte auch noch eine Bitte an dich." Sarina gab sich alle Mühe, höflich und freundlich zu bleiben.

„Ich höre."

„Also, ich … Ich muss dringend mit Nathan sprechen und ich wollte dich fragen, ob du mir vielleicht seine Handynummer …"

Am anderen Ende der Leitung war ein schrilles Lachen zu hören.

„Wie käme ich dazu? Hör mal, Schätzchen. Nathan vertraut mir hundertprozentig und wenn ich jedem dahergelaufenen Groupie seine private Handynummer geben würde, müsste ich schon völlig geistesgestört sein.“

Sarina atmete tief ein. Sie durfte sich bloß nicht zu einem Wutausbruch provozieren lassen, auch wenn es ihr beinahe körperliche Schmerzen bereitete, zu dieser blöden Kuh freundlich sein zu müssen.

„Hör zu, Keira. Ich weiß, du machst nur deinen Job, und du hast ja auch recht, wenn du die Nummer nicht an jeden herausgibst. Aber ich muss wirklich dringend mit Nathan sprechen. Es gab da … Na ja, es gibt da etwas, das wir klären müssen. Ich bin sicher, Nathan wird nicht böse sein, wenn du mir seine Nummer gibst. Es ist echt wichtig.“

Keiras Stimme klang kühl und schneidend. „Pass auf, Herzchen. Ich weiß nicht, was da zwischen euch gelaufen ist und ehrlich gesagt, interessiert es mich auch nicht besonders, aber bilde dir ja nicht ein, dass du in irgendeiner Weise etwas Besonderes bist. Schön, ihr hattet vielleicht ein bisschen Spaß. Aber Nathan verliert schnell das Interesse an einem neuen Spielzeug. Glaub mir, du wärst nicht die Erste, die sich einbildet, furchtbar wichtig zu sein und die mir einen vorflennt.“

„Hör mal, ich bin kein Groupie. Ich muss wirklich mit Nathan sprechen, es geht um diese Sache mit …“

„Du kapierst es nicht, oder?“, fuhr Keira ihr ins Wort. „Ich setze dich auf die Gästeliste und ich schicke dir eine Einladung an Nathans Londoner Adresse, und das nur, weil Nathan mich darum gebeten hat. Weiß der Henker, was ihn da geritten hat. Darüber hinaus – vergiss es. Wenn du ihm so dringend etwas mitteilen möchtest, wirst du wohl bis dahin warten müssen. Und jetzt lass mich in Ruhe, ich hab zu tun.“

Die Verbindung wurde beendet und Sarina starrte eine Weile perplex ihr Handy an. Sie kochte innerlich. Diese verfluchte Zicke! Was bildete die sich ein? Aber sie war nun einmal von ihr abhängig. Sie würde warten müssen. Sarina setzte sich auf die Bettkante. Vermutlich hatte diese eingebildete Schreckschraube auch noch recht. Es schien Nathan nicht sonderlich zu interessieren, wie und ob es mit ihnen weiterging. Im Gegenteil, es war ihm ja offenbar ganz lieb, wenn er sie auf diese Weise elegant loswurde. Gut, dann musste es eben auch so gehen.

Sarina nahm das Telefon erneut zur Hand und wählte Nialls Nummer. Nach ihrem Auftritt im Sender war es ihr immer noch furchtbar unangenehm, mit ihm zu sprechen.

„Hi Sarina, gut, dass du dich meldest", begrüßte sie Nathans Freund. „Ich ... äh ... Also, ich habe eine gute und eine schlechte Nachricht für dich. Welche möchtest du zuerst hören?"

„Die gute?" Nach dem Telefongespräch mit Keira fühlte Sarina sich für schlechte Nachrichten nicht besonders gut gewappnet.

„Also, wir haben deinen Leo gefunden. Er hat sich beim Sender gemeldet."

Sarinas Herz pochte und sie hielt unwillkürlich den Atem an. „Und?", brachte sie schließlich heraus. „Er will mich nicht treffen?"

Niall lachte verlegen. „Oh! Nein. Nein, da kann ich dich beruhigen. Er möchte dich unbedingt sehen. Es ist nur so ... äh ... Na ja, eigentlich wollte ich die Sache nicht so an die große Glocke hängen, aber der Sender ... Also, eure Geschichte hat Stephen – das ist mein Boss – so gut gefallen, dass sie da ein Riesending draus gemacht haben. Sie möchten, dass ihr euch morgen bei einer Live-Übertragung im Sender zum ersten Mal begegnet. Ich habe versucht, es ihnen auszureden, aber die Resonanz auf die Aktion war so groß, dass sie sich die Gelegenheit nicht entgehen lassen wollen, den Ausgang der Geschichte mitzuverfolgen."

„Ach du Schreck!" Sarina wusste nicht, was sie sagen sollte. „Kann ich wenigstens vorher mit Leo sprechen?"

„Leider habe ich seine Nummer nicht. Nicole hat den Anruf entgegengenommen und Stephen hat ihr verboten, sie mir herauszugeben. Er möchte, dass alles möglichst spontan und unverfälscht rüberkommt."

„Oh Mann! Ich weiß nicht, ob ich das kann. Was hat denn Leo dazu gesagt?"

„Er fand es offenbar ganz witzig. Es tut mir echt leid, dass ich Stephen nicht von der Idee abbringen konnte. Dafür stellt der Sender euch eine Stretchlimo zur Verfügung, die euch zu einem Date ins ‚Vertigo42' fährt, Tapas und Champagner inbegriffen. Vielleicht tröstet dich das?"

„Vertigo42?"

„Eine Champagner-Bar im 42. Stock eines Hochhauses in der City of London", erklärte Niall.

„Hm ... Na ja, klingt ehrlich gesagt ziemlich cool. Vielleicht lohnt es sich dafür, sich vorher live im Radio vor halb England zum Deppen zu machen." Sarina lachte unsicher.

Das konnte ja noch heiter werden. So hatte sie sich ihr Wiedersehen mit Leo ganz gewiss nicht vorgestellt.

25

Unsicher stöckelte Sarina aus der U-Bahn-Station Leicester Square und bahnte sich einen Weg durch die Menge. Im Sender wurde sie gleich von Niall in Empfang genommen, der ihr noch kurz die Abläufe erklärte, und schon wurde sie in ein Tonstudio geschoben. Unschlüssig blieb sie vor dem riesigen blauen Tisch mit den vielen Monitoren und Mikrofonen stehen.

Der Raum war futuristisch eingerichtet und in blaues und rotes Licht getaucht. Durch eine Glasscheibe konnte man in das Aufnahmestudio nebenan sehen, an dessen Wänden auch zahlreiche Monitore hingen.

Der DJ hockte auf der anderen Seite des Tisches vor einem Mischpult mit einer Menge Regler und Knöpfe und wurde halb von einem großen Computermonitor verdeckt. An einem Metallarm streckte sich ein Mikrofon in sein Gesicht. Es sah ein wenig aus, als ob ihm ein Roboter mit einem dicken blauen Boxhandschuh gerade einen Kinnhaken verpasste.

Als er Sarina bemerkte, nahm er für einen kurzen Moment die klobigen Kopfhörer von den Ohren und bedeutete ihr, ihm gegenüber auf einem der rot gepolsterten Stühle Platz zu nehmen, der Sarina unangenehm an das Wartezimmer ihres Zahnarztes erinnerte. Sarina lächelte unsicher und nahm Platz. An dieser Seite des Tisches war Platz für vier Gäste. Vor jedem Stuhl standen ein eigener Monitor mit Tastatur und Maus sowie einem ähnlichen Mikrofonarm.

Der Moderator kam um den Tisch gehuscht, begrüßte Sarina knapp und justierte das Mikrofon, während er ihr erklärte, was nun passieren würde.

„Hi, Sarina. Schön, dass du hier bist. Ich bin Toby. Pass auf, kein Grund zur Panik, ja? Sei einfach ganz locker und natürlich und bleib so sitzen, okay? Ich hab das Mikrofon jetzt auf dich eingestellt, versuch also, den Abstand ungefähr so zu lassen. Ich werde gleich anmoderieren und dann geht es los. Alles klar?"

Sarina nickte. Die Zunge klebte ihr am Gaumen und ihre Handflächen wurden unangenehm klebrig.

Toby nahm seinen Platz hinter dem Mischpult wieder ein, setzte die Kopfhörer auf und machte eine fröhliche Daumen-hoch-Geste in Sarinas Richtung. Dann schob er an einigen Reglern herum und begann ins Mikrofon zu plappern.

„Hey! Hier ist immer noch Toby Williams mit den heißesten Hits des Sommers und großartigen Stars. Freut euch gleich auf die aktuelle Scheibe von Adele und einen absoluten Kulthit aus den Achtzigern. Doch zunächst zu eurer großen Lovestory des Sommers! ‚Leo Wanted!' – ein Mädchen sucht die große Liebe. Gestern haben so viele von euch diese Geschichte bei uns mitverfolgt. Und heute wird es richtig spannend, das kann ich euch versprechen! Für alle, die es gestern nicht mitbekommen haben, hier noch einmal die Fakten: Sarina kommt aus Deutschland und sie liebt Leo, doch bevor sie es ihm sagen kann, reist er nach London, um ein Praktikum zu machen. Tja, was tun? Prompt reist Sarina ihm hinterher, um ihn zu suchen. Leider weiß sie absolut nicht, wo er steckt, außer, dass er angeblich beim Radio arbeitet. So ist Sarina bei uns gelandet. Wir haben beschlossen, Amor ein wenig unter die Arme zu greifen und einen Suchaufruf für Leo zu starten. Und jetzt haltet euch fest! Sie sind beide heute hier, live bei uns im Studio! Aber noch sind sie einander nicht begegnet. Ihr werdet also live dabei sein, wenn sie sich zum ersten Mal wiedersehen. Leute, Romantik pur! Was könnte schöner sein, als zwei Herzen zusammenzuführen? Und wenn ihr sehen könntet, was ich gerade sehe, dann wüsstet ihr: Leo ist ein verdammt glücklicher Kerl! Hier bei mir sitzt nämlich Sarina! Ein blonder Engel, Beine bis zum Himmel, in einem Kleid ... Wow! Einfach nur wow! Sarina, gleich wirst du deinem Traummann endlich wieder begegnen. Bist du schon aufgeregt?"

„Äh ... Ja, sehr", stotterte Sarina in die Roboterfaust vor ihrem Gesicht.

„Ich habe eben Bescheid bekommen, dass er schon hier im Gebäude ist. Sarina, was wirst du ihm sagen, wenn er gleich vor dir steht?"

„Na ja, ich ... Also, dass ich ihn gesucht habe, weil ich glaube, dass ... äh ... na ja, dass wir zusammengehören und er einfach mein absoluter Traummann ist."

Sarina kam es vor, als stünde sie neben sich und hörte sich selbst reden. Sie hatte das ausgesprochen, was sie in ihrem Kopf schon hundert Mal zu Leo gesagt hatte, und in dieser surrealen Umgebung kam es ihr schrecklich absurd vor.

„Wir sind gespannt, wie dein Leo reagieren wird. Was glaubst du, wie wird seine Reaktion sein?"

Sarina lachte verkrampft. „Ich ... weiß es ehrlich nicht! Ich meine, ich hoffe, dass es ihm auch so geht wie mir."

„Das hoffen wir auch. Denn unten wartet schon eine Limousine auf euch, die euch zum Vertigo42 fahren wird – für ein traumhaftes Date mit einem atemberaubenden Blick über London. Natürlich dürfen Tapas und Champagner nicht fehlen! Leute, es bleibt spannend. Bleibt dran, denn gleich geht es hier weiter mit Leo und Sarina."

Sarina glaubte, sie müsste platzen, während der DJ in aller Ruhe einen aktuellen Hit anmoderierte und sich dann wieder ihr zuwandte.

„So, gleich ist es soweit. Wir spielen noch zwei Songs und dann holen wir Leo hier ins Studio." Toby deutete auf den freien Platz neben Sarina. „Und dann wiederholst du einfach noch einmal, was du gerade gesagt hast, alles klar soweit?"

Sarina nickte. Ihr Mund fühlte sich an, als habe ihn jemand mit Schleifpapier bearbeitet, und ihre Zunge lag wie ein schwerer Stein in ihrem Mund. Sie hatte hartnäckige Zweifel daran, dass sie überhaupt etwas herausbringen würde.

Noch nie waren ihr ein paar Minuten derart lang erschienen. Als der DJ schließlich den dritten Song anmoderiert hatte, öffnete sich die Studiotür hinter ihrem Rücken. Sarina fuhr herum und starrte Leo an wie eine übernatürliche Erscheinung. Leo, genau so, wie sie ihn in Erinnerung hatte, nur viel schicker in einem weißen Hemd mit schwarzem Sakko und einer grauen Jeans. Er lächelte etwas eingeschüchtert, hob stumm die Hand und formte mit seinen Lippen ein „Hi!".

„Ihr könnt euch ruhig unterhalten, wir sind gerade nicht auf Sendung", lachte Toby und warf einen Blick auf seinen Monitor. „Ihr habt noch genau eine Minute dreiundvierzig.“

Sarina hielt es nicht länger auf dem Stuhl. Sie lief zu Leo hinüber und schlang ihm die Arme um den Hals.

„Leo!“, flüsterte sie in seinen Hemdkragen. „Ich fasse es nicht!“

Sie spürte seine Arme, die ihren Körper umfingen, als sei es das normalste von der Welt, nach einer gemeinsam verbrachten Nacht aus dem Bett zu flüchten, um sich dann Wochen später während einer Livesendung in einem Radiostudio wieder in die Arme zu schließen.

„Sarina! Wow! Ich bin einfach nur überwältigt!“ Leo drückte sie an sich. „Ich hätte nie gedacht, dass ...“

„Okay. Ich unterbreche euch nur ungern, aber wir sind gleich wieder auf Sendung. Achtung, noch zehn, neun, acht ...“

Leo ließ die Arme sinken, und sie beeilten sich, ihre Plätze einzunehmen. Sarina fühlte, wie er nach ihrer Hand tastete und sie ergriff. Dann meldete sich der DJ wieder.

„Toby Williams hier mit den aktuellen Hits aus eurer Capital Playlist und euren Stars hautnah. In der nächsten Stunde könnt ihr euch auf Demi Lovato freuen, die uns nämlich hier im Studio besucht und mit uns Instaoke spielen wird. Dabei performt sie spontan aktuelle Hits für euch in einer exklusiven Karaoke-Version. Außerdem plaudert sie munter aus dem Nähkästchen. Ihr dürft also gespannt sein. Doch jetzt erst einmal zum großen Showdown eurer Lovestory des Sommers. ‚Leo Wanted!‘ – ein Mädchen sucht die große Liebe. Bei mir im Studio sind Sarina und Leo, die sich jetzt hier live zum ersten Mal wiedersehen, nachdem Sarina ihren

Leo wochenlang verzweifelt gesucht hat. Leo, willkommen hier bei uns im Studio.“

„Danke. Äh … Hi!“, machte Leo.

„Leo, du weißt, warum du hier bist?“

„Ich kann es mir denken …“ Leo warf Sarina einen Seitenblick zu und lächelte.

„Es ist verdammt schade, dass ihr da draußen nicht sehen konntet, was hier gerade im Studio los war. Wir mussten die beiden schon mit einem Brecheisen trennen. ‚Hey! Nehmt euch ein Zimmer!‘ Nein, im Ernst, die beiden sind noch ganz brav, aber es gab schon ersten Feindkontakt. Leo, was geht dir gerade durch den Kopf?“

Leo drückte Sarinas Hand und lächelte sie noch einmal an, bevor er antwortete: „Ich bin total überwältigt, dass Sarina mich gesucht hat. Und … wow! Sarina, du siehst absolut umwerfend aus!“

„Danke“, stammelte Sarina verlegen in ihr Mikrofon.

„Sarina, jetzt ist der große Moment gekommen. Er ist hier und du kannst ihm dein Herz ausschütten. Unten wartet schon eure Limousine und fährt euch zu einem spektakulären Date ins Vertigo42 mit Tapas, Champagner und einem atemberaubenden Blick über die Stadt. Sarina, tief einatmen und dann … raus damit!“

„Ich, also … Äh … Ich bin so froh, dass du hier bist, Leo!“ Leo lächelte und drückte aufmunternd ihre Hand. „Damals hatte ich keine Chance, dir zu sagen, wie du mich umgehauen hast. Und ich habe mich gefragt, ob es dir vielleicht auch so gegangen ist. Ich weiß, wir haben uns nicht unter den günstigsten Umständen kennengelernt, aber ich würde gern eine zweite Chance für uns haben – einen ganz neuen Start.“

Leos Stimme zitterte ein wenig, als er ins Mikrofon sprach.

„Sarina, ich bin total geplättet. Ich hätte nie erwartet, dass du so für mich empfindest. Du musst mächtig sauer sein, weil ich damals einfach so abgehauen bin, aber ... es ist mir in dem Moment einfach alles über den Kopf gewachsen. Die Trennung von meiner Ex, dann unser Abend – ich hatte Angst, dass ich mich zu schnell in eine neue Beziehung stürze und wieder alles versaue. Ich brauchte einfach eine Weile Abstand zu allem.“

„Wow. Leo, das war ehrlich und kam von Herzen, das kann man spüren“, kommentierte Toby.

Zwischen den Musik-Einspielern stellte der DJ ihnen noch ein paar Fragen zu ihrer Geschichte. Sarina erzählte von ihrer Beinahe-Begegnung in der Victoria Station. Leo sprach davon, wie oft er an Sarina gedacht und bereut hatte, sich ohne ein Wort nach London aufgemacht zu haben. Sarina hätte das Interview nur sehr bruchstückhaft wiedergeben können. Sie fühlte sich, als säße sie in einer Seifenblase und alles zöge an ihr vorüber.

„Leute, was für eine unglaubliche Lovestory!“, rief Toby schließlich begeistert ins Mikrofon. „Ich bin gerührt. Und bevor ich hier mit den Tränen kämpfen muss, glaube ich, wir sollten unsere zwei Turteltäubchen jetzt auf ihr Date schicken. Versprecht uns, dass ihr uns nächste Woche noch einmal besucht und verratet, was daraus geworden ist!“

„Versprochen.“ Sarina war erleichtert, die Sendung hinter sich gebracht zu haben. Langsam fühlte sich ihr Kopf auch weniger wattig an.

„Romantik pur, Leute! Ein absolutes Traumpaar! Ich werde für euch gleich noch ein paar Bilder schießen, die ihr dann auf unserer Homepage bewundern könnt. Vielleicht schicken die beiden uns ja auch ein paar Selfies von ihrem Date, was meint ihr?"

„Na klar", versprach Leo. Auch er wirkte sehr erleichtert.

„Okay! Wir freuen uns! Habt einen wunderschönen, romantischen Abend zusammen, ihr zwei! Wir sind mächtig stolz, dass wir zwei Herzen zusammenführen konnten! Und jetzt wie versprochen die neue Single von Adele."

Sarina fühlte sich, als habe man eine tonnenschwere Last von ihren Schultern genommen, als sie sich endlich in das weiche Lederpolster der Limousine fallen ließ. Leo rutschte neben sie und legte wie selbstverständlich den Arm um ihre Schulter. Sarina lächelte. Leo sah unverschämt gut aus in seinem blütenweißen Hemd und dem sportlichen, schwarzen Sakko. Die dunklen, lockigen Haare fielen ihm keck ins Gesicht und ein Blick in seine wunderschönen graugrünen Augen mit den dichten, geschwungenen Wimpern genügte, um sie Wochen in der Zeit zurück zu katapultieren, zurück zu jenem magischen Abend, an dem sie sich im duftenden Gras zwischen tanzenden Glühwürmchen zum ersten Mal geküsst hatten. Leo legte seine Hand an ihre Wange, beugte sich zu ihr und berührte zaghaft ihre Lippen mit seinen.

„Ich hoffe, du glaubst mir, wenn ich dir sage, dass du mir gefehlt hast", raunte er.

„Warum hast du nie versucht, mit mir zu sprechen?" Sarina sah ihm direkt in die Augen. „Ich hab mich beschissen gefühlt, als du einfach verschwunden bist. Du hättest mich wenigstens anrufen können!"

Leo senkte den Blick und griff nach ihrer Hand. „Du hast allen Grund, sauer zu sein, Sarina. Ich habe mich wie ein Arschloch benommen und habe dich hängenlassen. Dafür gibt es keine Entschuldigung. Doch ich bin froh, dass ich die Chance erhalte, es wenigstens zu erklären. Weißt du, die Ereignisse haben sich für mich überschlagen. Die Trennung von Merle, unser Abend ... Ich habe schon lange gemerkt, dass zwischen mir und Merle einiges im Argen war. Spätestens, als ich dich kennengelernt habe und du mir nicht aus dem Kopf wolltest, war es vollkommen klar. Als Merle sich von mir getrennt hat, war es trotzdem ein Schock für mich. Ich habe mich gefragt, ob ich es provoziert habe. Schließlich hatte ich mich schon in dich verguckt. Nach unserer Nacht habe ich Panik bekommen. Es ging alles zu schnell. Eigentlich wollte ich mir bloß ein paar Tage zum Nachdenken nehmen. Danach hätte ich dich angerufen. Ehrlich. Doch dann kam aus heiterem Himmel die Zusage für die Praktikumsstelle. Alles musste ganz hopplahopp organisiert werden. In gewisser Weise passte es mir in den Kram – ich musste ohnehin raus aus allem. Verstehst du? Ich bin einfach weggelaufen, weil ich mit meinem Gefühlschaos total überfordert war. Ich habe mir eingeredet, dass es mit uns ohnehin keinen Zweck hat, wenn ich direkt für ein paar Monate nach London verschwinde, noch bevor wir uns richtig kennenlernen konnten. Ich habe mein Gewissen beruhigt, indem ich mir vorgemacht habe, es wäre für dich ohnehin nur ein kleines Party-Abenteuer gewesen. Und danach war es zu spät. Ich war zu feige, mich nach all der Zeit noch zu melden. Ich dachte, du reißt mir den Kopf ab.“

„Das hätte ich auch tun sollen. Verdient hättest du es.“ Sarina strich Leo eine Haarsträhne aus dem Gesicht. „Aber ich kann dir einfach nicht böse sein.“

„Das ist mein großes, großes Glück“, flüsterte er, nahm ihr Gesicht in beide Hände und küsste sie zärtlich.

Trotz der halsbrecherisch hohen Absätze schwebte Sarina wie auf einem unsichtbaren Luftkissen, als sie schließlich die gläserne Lobby des Tower 42 betraten, die in violettes Licht getaucht war. Nachdem sie sich beim Concierge gemeldet und die Sicherheitssperre passiert hatten, nahmen sie den Fahrstuhl ins zweiundvierzigste Stockwerk. Der Lift war so schnell, dass für ausgiebiges Knutschen gar nicht genug Zeit blieb.

Kurze Zeit später betraten sie die Bar, in der an einer breiten Fensterfront mit einem spektakulären Blick über die Lichter der Stadt bunt zusammengewürfelte Clubsesselchen aufgereiht waren. Davor befanden sich schmale, gläserne Tischchen.

Sie wurden gleich von einer freundlichen jungen Dame in Empfang genommen und zu ihrem Platz geführt.

„Unglaublich!“ Sarina blieb einen Moment stehen und bestaunte den Ausblick über Londons Osten, das Südufer der Themse. Sie konnte sogar die Kuppel der St. Paul’s Cathedral entdecken.

„Hey, guck mal. Das ist doch dieses Hochhaus, das aussieht wie ein Zäpfchen.“

Leo zeigte auf die Spitze des Gebäudes, das die Londoner *gherkin* – Gürkchen – nannten. Es war ungefähr gleich hoch und man konnte nur die Spitze aus nächster Nähe sehen. Sarina lachte.

„Stimmt, es hat wirklich mehr Ähnlichkeit mit einem Zäpfchen als mit einem Gürkchen.“

Sie setzten sich, und kurz darauf erschien eine Kellnerin mit einer Flasche Champagner in einem Kühler und zwei Gläsern.

„Auf dich und deinen Mut!“ Leo hob sein Glas und fixierte sie über den Rand hinweg. „Auf uns.“

Ein Gefühl wie ein weicher, flauschiger Handschuh hüllte sie ein, zu dem sich das angenehme Prickeln des Champagners gesellte.

„Ich bin so froh, dass du den Mut hattest, den ich nicht hatte.“ Leo näherte sich ihrem Ohr und küsste sanft die Seite ihres Halses. Ein Schauer überlief Sarina und sie kicherte nervös.

„Das kitzelt.“ Sie griff nach ihrem Glas und nahm noch einen Schluck. „Aber jetzt musst du mir erklären, wo du die ganze Zeit gesteckt hast. Ich habe dutzende Radiosender abgeklappert ohne auch nur eine Spur von dir.“

Leo lachte. „Kein Wunder! Ich habe es da keine zwei Tage ausgehalten. Der Sender war eine ganz kleine Klitsche und die Arbeitsatmosphäre dort war schrecklich. Zum Glück habe ich dann direkt eine Stelle bei einer Werbeagentur gefunden. Aber um ganz ehrlich zu sein, möchte ich eigentlich nur noch nach Hause. Offensichtlich bin ich nicht so der Typ für Abenteuer. Ich bin eher ein Gewohnheitstier. Ich brauche Verlässlichkeit, mein Zuhause, meine Freunde ... Verstehst du?“

„Absolut!“ Sarina legte ihre Hand auf Leos Arm. „Besser, als du denkst.“

Leo lächelte. „Na ja, wenigstens dafür war meine Flucht gut. Ich habe eine Menge über mich selbst gelernt. Von London hatte ich wohl auch eine verklärte Vorstellung. Dieser Moloch!"

„Moloch finde ich ein bisschen hart!", protestierte Sarina.

„Laut, eng, dreckig, voll, teuer, gefährlich ...", zählte Leo auf. „Das ist nichts für mich."

„Hm. Es gibt auch schöne Ecken." Sarina ließ ihren Blick über die glitzernden Lichter der Stadt wandern, über die sich gerade die Dämmerung ausbreitete.

„Wie dem auch sei, ich bin jedenfalls froh, dass du mich gesucht hast. Ich dachte, du würdest mir nie wieder eine Chance geben, nachdem ich es so gründlich versaut habe." Leo nahm Sarinas Hand und legte sie an seine Brust. „Ich weiß, es gibt dafür keine Entschuldigung, aber vielleicht kannst du verstehen, dass ich nach der Trennung und all dem einfach schrecklich durcheinander war und dann genau das Falsche getan habe."

Sarina lächelte und legte ihren Zeigefinger auf Leos Lippen. Leos weiche, warme, volle Lippen. Sie beugte sich vor und küsste ihn. Leo hatte seine Hand in ihren Nacken gelegt und zog sie näher, öffnete vorsichtig ihre Lippen. Der Kuss fühlte sich gut an. Leo duftete dezent nach Parfum und schmeckte nach einer Mischung aus Champagner und einem Hauch von Pfefferminz. Sie saßen vor einer atemberaubenden Kulisse, vor sich eine Flasche sündhaft teuren Champagners, und doch merkte Sarina, dass sie nicht ganz hier war, hier in diesem absolut perfekten Moment. Sie konnte ihr Gedankenkarussell nicht stoppen, konnte aber auch keinen einzelnen der Gedanken zu fassen bekommen und klar verfolgen. Vermutlich ging es alles einfach zu schnell, war zu viel, um es zu verarbeiten. Es würde eben eine Zeit brauchen, bis sie sich fallenlassen konnte. Leo lächelte selig, als sie sich voneinander lösten.

„Genau wie ich es in Erinnerung hatte. Ich kann gar nicht fassen, dass ich damals so blöd war. Sarina, ich bin mir jetzt absolut sicher: du bist die Frau für mich. Auch mit Abstand fühle ich noch ganz genau so. Nach dieser Auszeit bin ich mir sicher, dass es definitiv mehr ist als die Angst vor dem Alleinsein."

Ein Gefühl des Schwindels überkam Sarina. Sie wusste nicht, ob es am Champagner lag, an der Tatsache, dass sie sich in etwa 180 Metern Höhe über der Stadt befanden oder an Leos Worten. Er hatte genau das ausgesprochen, wonach sie sich seit Monaten gesehnt hatte – seit dem Tag, an dem er, dieser absolut perfekte Mann, im Seminar über ihre Füße gestolpert war. Kein Wunder, dass ihre Gefühle sie überwältigten.

In diesem Augenblick trat die Serviererin mit einem Tablett köstlicher Kleinigkeiten zu ihnen und Sarina bemerkte erst jetzt, wie hungrig sie war.

„Mmmm. Das sieht köstlich aus!"

„Und wie. Aber ich bin überhaupt nicht hungrig", lachte Leo. „Ich schwebe gerade auf Wolke sieben und mein Gehirn hat die Verbindung zu meinen inneren Organen gekappt ..." Er grinste und zwinkerte ihr zu. „Na ja ... Vielleicht nicht zu allen!"

„Also ehrlich, Leo!" Sarina kicherte.

„Na, ich meine doch nur, dass ich die Schmetterlinge in meinem Bauch noch sehr gut spüren kann." Leo grinste neckisch, spießte eine Olive auf und führte sie an Sarinas Lippen.

Sarina schloss die Augen und ließ sich von Leo füttern. Sie spürte dem Gefühl in ihrem Bauch nach. Doch es war eindeutig Hunger, keine Schmetterlinge. Mit Leo hier zu sein war wunderschön. Beinahe noch schöner, als sie sich ihr Zusammentreffen in ihren Träumen ausgemalt hatte. Sie fühlte sich wohl. Es war ein warmes, geborgenes Gefühl, in das sie wie in eine dicke Wolldecke eingepackt war. Sie beschloss, die Gedanken mit noch ein paar Schlucken Champagner zum Schweigen zu bringen und dieses Gefühl und diesen Abend zu genießen. Die Schmetterlinge würden schon noch kommen.

26

Die weiße Stretchlimousine sorgte für neugierige Blicke, als sie im Stadtteil Holloway direkt vor einem Pfandleiher anhielt. Leo öffnete die Tür und stieg aus. Er reichte Sarina die Hand, die sie etwas zögerlich ergriff. Es hatte sich falsch angefühlt, den wundervollen Abend nach dem Essen im Vertigo42 so einfach zu beenden. Doch genauso falsch fühlte es sich an, wenn sie daran dachte, jetzt mit Leo zu schlafen.

Sie hielt Leo am Arm zurück. „Warte."

Leo wandte sich zu ihr um, schlang die Arme um sie und zog sie an sich.

„Ich ... äh ... ich glaube, ich bin noch nicht soweit, dass ich ... Könnten wir vielleicht? Ich meine, könnten wir vielleicht einfach nur reden und kuscheln?"

Leo lachte leise und beugte sich vor, um mit den Lippen sachte ihr Ohr zu berühren. „Natürlich. Selbstverständlich. Wir lassen uns Zeit. So viel Zeit, wie du brauchst – wie ich brauche. Ich habe eine zweite Chance bekommen und dieses Mal will ich alles absolut richtig machen."

Und das absolut Richtige zum absolut richtigen Zeitpunkt sagen, ergänzte Sarina in Gedanken. „Okay. Ja, lassen wir es langsam angehen."

Leos Apartment befand sich im zweiten Stock eines kastigen roten Backsteingebäudes, direkt über einem indischen Take-away. Das Treppenhaus war düster und muffig, und die Stufen knarzten wie in einem alten Spukschloss. Die Tür war mit mehreren Schlössern gesichert, und Leo brauchte eine Weile, bis er sie geöffnet hatte. Entschuldigend zuckte er mit den Schultern. Dann endlich öffnete sich die Wohnungstür, und sie betraten die winzige Einzimmerwohnung. Es war gerade einmal genug Platz für ein Bett, ein Tischchen mit zwei Stühlen, einen alten Fernseher und eine kleine Single-Küche mit zwei Kochplatten. Das Bett stellte außer den eher unbequem aussehenden Plastikstühlen die einzige Sitzgelegenheit dar. Leo öffnete das Fenster, kickte verschämt noch eine einsame Socke und ein Paar Boxershorts unter das Bett und bat Sarina, Platz zu nehmen. Von draußen drang der allgegenwärtige Klangteppich aus Automotoren, Hupen, quietschenden Bremsen und menschlichen Stimmen und der Geruch von Curry und frischem Naan-Brot herein.

„Möchtest du noch etwas trinken? Ich hab Cola da, Bier, Cider und Wasser."

„Ich glaube, ein Wasser wäre nicht schlecht nach dem Champagner."

Während Leo den Kühlschrank öffnete und eine Wasserflasche herausnahm, hockte sich Sarina auf das breite Polsterbett, das federnd nachgab und ein ächzendes Geräusch machte, als ob gerade nicht eine zierliche junge Frau, sondern ein ausgewachsenes Nilpferd darauf Platz genommen hätte.

„Es ist leider nicht das Hilton." Es war Leo sichtlich unangenehm, Sarina sein temporäres Zuhause vorzuführen. „Aber selbst eine Bruchbude wie diese kostet hier einen Arm und ein Bein."

„Kein Grund zur Entschuldigung." Sarina nahm das Glas Wasser, das er ihr hinstreckte. „Ich kenne die Mietpreise hier. Mit meinem WG-Zimmer habe ich verdammtes Glück gehabt. Allerdings ist es auch im Eastend, da ist es insgesamt etwas günstiger."

Leo ließ sich neben sie auf das Bett fallen, so dass Sarina wie auf einer Wippe nach oben schnellte. Sie kicherte. In diesem Bett könnten sie niemals Sex haben, ohne dass es die gesamte Nachbarschaft mitbekäme. Vielleicht war das gar nicht so schlecht.

„Puh! Ich kann überhaupt nicht erwarten nach Hause zu kommen." Leo atmete hörbar aus. „Ich finde es grauenhaft hier. Überall Gedränge, nie kommt man zur Ruhe. Der Job beim Radiosender war eine einzige Enttäuschung, und in der Agentur ist es zwar etwas besser, aber ich habe immer noch nicht richtig Anschluss gefunden. Die meisten dort haben Familie und kein Interesse an neuen Freunden."

„Ich glaube, du hast die Stadt einfach auf dem falschen Fuß erwischt", meinte Sarina. „London hat auch viele positive Seiten. Es ist bunt und multikulti, du kannst dich an einem Tag einmal um die ganze Welt futtern, du schaust in die eine Richtung und siehst hochmoderne, verspiegelte Wolkenkratzer und Hightech und dann biegst du um die Ecke und stehst vor einem historischen Gebäude. Den Mix finde ich spannend. An fast jeder Ecke findest du einen Park. Jede Menge Theater, Museen, Galerien und Veranstaltungen, es gibt fast nichts, was es nicht gibt ... Mit den öffentlichen Verkehrsmitteln kommst du ohne Probleme überall hin und das auch noch ziemlich günstig. Also, mir gefällt es hier."

Leo nickte. „Wahrscheinlich hast du recht und ich hatte einfach Pech. Jedenfalls war ich viel allein in den vergangenen Wochen und hatte viel Zeit zum Nachdenken. Das war vielleicht nicht das Schlechteste."

Leo nahm Sarina das mittlerweile leere Glas aus der Hand und stellte es zusammen mit seinem auf dem winzigen Nachttisch ab. Nachdem er das Sakko über die Stuhllehne gehängt und die Schuhe ausgezogen hatte, machte er es sich auf dem Bett bequem und zog Sarina neben sich. Er rollte sich auf die Seite und legte Sarina die Hand auf den Bauch.

„Ich kann es immer noch nicht glauben, dass du hier bist und dass du nach mir gesucht hast. Du glaubst nicht, wie oft ich hier lag und wütend auf mich selbst war, weil ich die Sache mit dir so gründlich versaut hatte. Aber mir fehlte der Mut, dich um Verzeihung zu bitten. Wenn ich daran denke, dass wir uns in der Victoria Station nur um Haaresbreite verpasst haben … Und dann habe ich den Aufruf im Radio gehört und konnte es zuerst gar nicht fassen. Glaubst du an Schicksal?"

Sarina schob ihre Hand unter Leos und blickte in seine Augen.

„Ja. Ja, das tue ich. Es klingt vielleicht albern, aber … ich habe schon mit dreizehn Jahren gewusst, dass ich jemanden wie dich treffen möchte."

Sarina hatte das Gefühl, die Wände des schäbigen Apartments müssten sich jeden Moment auflösen und sie nebeneinander auf dem Bett unter dem sommerlichen Sternenhimmel zurücklassen. Die Geräusche der Großstadt verschwanden im Hintergrund zu einem beruhigenden Grundrauschen. Es war ein Gefühl der Geborgenheit und Ruhe, doch da war noch etwas, das störte wie ein lästiges Nagetier, das sich im

Verborgenen daran machte, wichtige Leitungen durchzuknabbern. Etwas, das Sarina nicht greifen konnte, das es ihr aber schwer machte, diese Idylle zu genießen.

„Es ist schon komisch", unterbrach Leo das Schweigen. „Ich bin vor allem davongelaufen, am meisten vielleicht vor mir selbst. Aber hier habe ich mich gefunden. Hier ist mir klar geworden, was ich vom Leben erwarte und was ich mir für die Zukunft wünsche, und das ist eigentlich ganz simpel. Ich brauche einen Ort, an dem ich mich zu Hause fühle und Menschen an meiner Seite, auf die ich mich verlassen kann. Eine Frau, bei der ich mir vorstellen kann, einmal mit ihr alt zu werden. In ein paar Jahren vielleicht eine Familie, ein Haus … So etwas halt. Auch, wenn es spießig klingt. Aber ich bin jetzt siebenundzwanzig und habe das Studium bald hinter mir. Da denkt man auch schon mal einen Schritt weiter. Es ist mir viel klarer geworden, was zwischen mir und Merle schiefgelaufen ist. Wir waren schon eine halbe Ewigkeit zusammen, kannten uns aus der Schulzeit und ich habe immer geglaubt, wir hätten dieselbe Vorstellung von einer gemeinsamen Zukunft. Doch wir haben uns in unterschiedliche Richtungen entwickelt. In der letzten Zeit hat sie immer wieder davon gesprochen, auf Weltreise zu gehen oder Extremsportarten auszutesten. Auf die Dauer hätte ich sie nur gebremst. Ich glaube, ich bin einfach ein echter Langeweiler." Leo lachte und beugte sich vor, um Sarina zu küssen. Seine Lippen berührten zärtlich ihre Augenbrauen, ihre Wangen, ihr Kinn und fanden dann ihre Lippen.

Ihre Erinnerung hatte sie trotz des Alkoholnebels, der über jenem Abend lag, nicht getäuscht. Leo war ein unglaublich guter Küsser. Er wusste genau, was er tat, und tat es genau in der richtigen Intensität und Geschwindigkeit. Sarinas Hände gruben sich in sein Haar, während sie sich knutschend auf dem Bett herumrollten wie verliebte Teenager. Alles war perfekt und genau so, wie es sein sollte. Die dreizehnjährige Sarina war am Ziel ihrer Träume. Besser hätte sie sich ihr Leben gar nicht träumen können. Doch eine störrische graue Wolke versuchte mit Vehemenz, sich vor ihren perfekten Sternenhimmel zu schieben. Dieses hartnäckige Gefühl, dass sie irgendetwas übersehen hatte.

Es war bereits weit nach Mitternacht. Den ganzen Abend hatten sie intensiv geschmust und geküsst – es hatte sich gut angefühlt. Die Haut um Sarinas Mund herum brannte leicht. Genau so, wie es sich nach einer massiven Knutscherei gehörte. Sie tastete nach ihrem Kinn und lächelte. Sie würde es morgen gut eincremen müssen. Sie lag auf der Seite und beobachtete das Spiel der Lichter an der Wand, die von draußen durch die Lamellen des Rollos drangen. Leo hatte sich an ihren Rücken geschmiegt und den Arm um ihre Hüfte gelegt. Seinen tiefen, regelmäßigen Atem konnte Sarina in ihrer Halsbeuge spüren.

Sie dachte darüber nach, was nun geschehen würde, schließlich war sie am Ziel ihrer Suche angelangt. Sie würde ihr WG-Zimmer hier verlassen und zurück nach Deutschland reisen. Kathi wiederzusehen, war ein schöner Gedanke. Und doch mochte sie sich nicht ausmalen, wie sie ihre Koffer packte und dem gemütlichen Reihenhäuschen in Bermondsey den Rücken kehrte. Wie würde sie es ihren Mitbewohnern erzählen? Würde sie die anderen besuchen? Oder würde sie jemand in Deutschland besuchen kommen? Was würde aus ihrer Freundschaft zu Päivi? Und vor allem ... Was würde sie Nathan sagen? Sarina konnte nicht verhindern, dass sich das Bild seines Gesichts in ihre Erinnerung schob. Sein freches Lachen, als er sie im Brunnen festgehalten hatte, seine blauen Augen, das Gefühl seiner Hände auf ihrem Körper. Sarina schob die Erinnerung beiseite. Nein. Sie wollte jetzt nicht an ihn denken. Auch wenn Keira eine eingebildete, missgünstige Ziege war, sicher war etwas dran, dass Nathan nicht der Typ war, der sein Herz lange an eine Frau hängte. Und letzten Endes hatte Nathan doch selbst dafür gesorgt, dass sie Leo gefunden hatte, oder nicht?

Sie versuchte, ihre Gedanken wieder auf die Zukunft zu richten – auf ihre Freunde, auf ihr Studium, auf ein gemeinsames Leben mit Leo. Sie dachte an den staubigen Karton auf dem Dachboden ihres Elternhauses. Endlich würde sie ihn leben können, den Traum, den sie ihm vor über zehn Jahren anvertraut hatte. Und doch wollte sich das Glücksgefühl nicht so recht einstellen.

Wenn sie versuchte, sich ihre Zukunft auszumalen, gab es da noch so viele angefangene Geschichten, die darauf warteten, zu Ende erzählt zu werden. Sarina durchfuhr der Gedanke wie ein Blitz. Vorsichtig schob sie Leos Arm beiseite und stieg aus dem Bett. Sie ging zum Fenster und spähte zwischen den Aluminiumlamellen hinaus auf die Straße. Im Licht der Laternen sah die Straße reichlich schäbig aus. Vor dem Büro des Mini-Cab-Unternehmens lungerten einige dubiose Gestalten herum, die sich lautstark in breitem Cockney unterhielten und Rauchwolken in die Luft bliesen. Eine Autotür wurde geöffnet und das Radio plärrte lautstark einen Song von Sting. *If you love somebody, set them free.* Sie wandte sich zum Bett um und betrachtete den schlafenden Leo, der so friedlich und zufrieden aussah wie ein satter Säugling. Seine dichten schwarzen Locken ringelten sich auf dem weißen Kissen, und Sarina vermisste die Wärme seines Körpers. Leo war unglaublich hübsch – und nicht nur das. Er war warmherzig, bodenständig und suchte, genau wie sie, nach Verlässlichkeit in der Liebe. Er war all das, wovon sie bereits als Dreizehnjährige geträumt hatte. Sie hatte solche Angst davor gehabt, dass das Bild, das sie sich von Leo gemacht hatte, der Realität nicht standhalten würde, dass es auseinanderfallen und sich ihre gemeinsame Nacht als bedeutungsloser One-Night-Stand entpuppen würde. Doch ihre Befürchtung war nicht eingetreten. Leo war noch genau so, wie sie ihn in Erinnerung hatte, so wie er in ihrer Fantasie schon immer gewesen war. Leo hatte sich überhaupt nicht verändert.

Sarina fröstelte. In diesem Moment wurde ihr schlagartig bewusst, was es war, das nicht passte. Sie selbst war es, die sich verändert hatte. Ohne es zu merken, war sie eine andere geworden. Vielleicht war die dreizehnjährige Sarina nun endlich erwachsen geworden. Mit einem Schauer rieb Sarina über die Gänsehaut auf ihren Armen und kroch zurück unter die warme Bettdecke.

27

„Guten Morgen, Sonnenschein!", flüsterte Leo an ihrem Ohr und küsste sie sanft. „Ich habe uns Frühstück gemacht."

Sarina setzte sich auf, reckte die Arme und schnupperte. Es roch appetitlich nach geröstetem Brot und frischem Kaffee. Sie gähnte und krabbelte aus dem Bett. Leo warf ihr eins seiner T-Shirts zu, das sie überzog und sich zu ihm an den kleinen Tisch hockte.

„Ich kann dieses verdammte labbrige Toastbrot langsam echt nicht mehr sehen." Leo fischte zwei Scheiben Brot aus dem Toaster und legte eine auf Sarinas Teller. „Ich freue mich schon darauf, dich mit einem richtigen Frühstück zu verwöhnen – mit frischen, knackigen Brötchen. Und Butter ohne Salz."

Sarina strich mit übertriebener Sorgfalt Butter und Marmelade auf ihr Brot.

„Leo ... Ich kann nicht mit zurück nach Deutschland kommen."

Klirrend ließ Leo das Messer auf den Teller fallen und starrte Sarina an.

„Was ... Wieso ... Hab ich etwas Falsches gesagt?"

„Nein. Nein, du hast alles richtig gemacht, es ist nur ..." Sarina suchte nach den richtigen Worten. „Ich habe mich verändert. Ich bin nicht mehr dieselbe, die ich noch vor ein paar Wochen war. Es war nur so eine kurze Zeit, aber es ist so viel passiert. Außerdem glaube ich ... Ich glaube, ich habe mich verliebt."

Leo runzelte die Stirn. „Du meinst, du hast in der Zwischenzeit jemanden kennengelernt?"

„Ja. Nein. Das auch, aber ehrlich gesagt, weiß ich noch nicht so recht, was ich für ihn empfinde. Das ist es nicht. Ich habe mich in diese Stadt verliebt. In die Leute, die ich hier getroffen habe, meinen neuen Job, mein neues Leben, in dem plötzlich alles offen ist und so vieles noch entdeckt werden will."

„Wenn es dir darum geht, noch etwas länger hierzubleiben, das können wir einrichten, Sarina. Wir müssen ja nicht gleich morgen zurückfahren." Leo reichte über den Tisch und griff nach ihrer Hand.

Sarina sah auf. Der erschrockene Blick seiner Augen brach ihr beinahe das Herz.

„Nein, Leo. Das ist es nicht. Erinnerst du dich, als du gestern sagtest, du hättest dich hier gefunden?"

Leo nickte stumm.

„Ich glaube, ich habe diese Suche gerade erst begonnen. Verstehst du?"

Leo wandte den Blick zum Fenster und sah hinaus.

„Ich ... Ja. Ich denke schon", sagte er schließlich.

Sarina drückte seine Hand. „Ich komme mir so schrecklich dämlich vor, dass ich erst so einen Aufriss gemacht habe, um dich zu suchen, nur um dann plötzlich meine Meinung zu ändern. Das ist alles andere als die feine Art, das weiß ich. Es tut mir so leid, Leo."

Leo versuchte sich an einem Lächeln. „Das muss es nicht, Sarina. Gefühle sind manchmal schwer zu verstehen. Die können richtig kleine Arschlöcher sein."

„Oh ja! Das können sie!" Sarina fühlte sich, als habe jemand einen schweren Rucksack von ihren Schultern genommen.

Leo atmete hörbar aus und zog seine Hand zurück.

„Puh! Starker Tobak. Ich kann dich verstehen. Ich weiß schließlich, dass man Gefühle nicht erzwingen kann, aber ich werde wohl trotzdem eine Weile daran knabbern. Nimm dir die Zeit, die du brauchst, okay? Vielleicht kreuzen sich unsere Wege ja noch einmal."

„Das möchte ich nicht völlig ausschließen." Sarina nahm noch einen Schluck Kaffee. „Ich ... ähm ... ich gehe jetzt wohl besser."

„Hey! Du musst nicht gleich weglaufen. Du kannst ruhig noch zum Frühstück bleiben." Leo presste die Lippen aufeinander. Dann nickte er und stand auf. „Nein, vielleicht nicht. Zu krampfig, nicht wahr?" Er breitete die Arme aus.

„Danke." Sarina drückte Leo und presste einen Kuss auf seine Wange. „Für alles."

28

Die Party der Plattenfirma fand im Marriott Hotel County Hall am Südufer der Themse statt. Sarina hatte sich Päivis schwarzen Tellerrock mit den Margeriten im Stil der Fünfzigerjahre ausgeliehen. Sie trug dazu eine weiße Korsage und hatte noch ein halbes Vermögen für High Heels und ein Bolerojäckchen aus Kaschmir ausgegeben. Dennoch kam sie sich schrecklich underdressed vor, als sie die opulente Lobby des Nobelhotels betrat.

Ihre Sorge war unberechtigt, denn als sie der hilfsbereiten Hotelangestellten ihre Einladung gezeigt hatte und von ihr zum Veranstaltungsraum geführt worden war, entdeckte sie Keira, die ihren üblichen Mix aus schwarzem Leder und Spitze trug. Sarina wollte sich gerade elegant wegducken, doch die platinblonde Harpyie hatte sie bereits entdeckt. Sie warf einen abschätzigen Blick auf Sarinas Outfit und die kunstvolle Hochsteckfrisur, die Päivi fabriziert hatte.

„Sieh mal einer an, Grace Kelly gibt sich die Ehre." Keira lachte laut und schrill. „Der Debütantinnenball findet aber woanders statt, Schätzchen." Sie wandte sich um und hakte sich bei einem hochgewachsenen, schlanken Mann mit blonden Haaren ein. Er trug eine schwarze, an der Seite geschnürte Lederhose und ein schwarzes Hemd.

„Nathan, Baby. Lucille Ball ist hier, um dich zu sehen."

Nathan drehte sich zu Sarina um und schenkte ihr ein kurzes Lächeln, das ihr reichlich unterkühlt vorkam.

„Hi. Schön, dass du kommen konntest. Ich ... äh ... habe hier noch eine Weile zu tun. Vielleicht holst du dir einen Drink. Wir sehen uns später."

Sarina kam nicht einmal dazu, etwas zu erwidern. Schon hatte sich Nathan wieder der Gruppe zugewandt, in deren Mitte er und Keira standen. Es handelte sich um ein paar Herren mit ergrauten Schläfen, deren jugendlicher Aufzug gar nicht so recht zu ihnen passen wollte, sowie um eine Frau, die große Ähnlichkeit mit Uma Thurman in *Pulp Fiction* hatte. Vermutlich waren sie Vertreter der Plattenfirma. Sarina blickte sich etwas verloren um und steuerte dann die Bar an. Nach einem Blick auf die Karte bestellte sie einen Pimm's Royale. Champagner schien langsam zur Gewohnheit zu werden. Sarina hockte sich etwas abseits in einen Clubsessel und schaute den Bläschen in ihrem Glas zu, wie sie langsam die Erdbeere zum Drehen brachten.

„Hey! Na, Sarina?" Alex ließ sich in den Sessel neben ihr fallen. Die langen Haare trug er zurückgegelt in einem strengen Pferdeschwanz. „Wo hast du denn Päivi gelassen?"

„Die ist zu Hause. Vielleicht hätte ich besser auch nicht herkommen sollen."

„Wieso?" Alex runzelte die Stirn.

„Na ja, Nathan scheint schwer beschäftigt zu sein. Ich weiß gar nicht, warum er mich dabeihaben wollte." Sarina nippte an ihrem Drink.

„Kümmer dich nicht um Nathan. Der hat so Phasen, da ist er ungenießbar. Das darf man nicht persönlich nehmen. Genieß einfach die Drinks, das Essen und die Aussicht vom London Eye." Er grinste. „Bist du schon einmal damit gefahren?"

„Nein. Ich war bisher zu geizig", gab Sarina zu.

„Na siehst du? Und heute bekommst du eine exklusive Nachtfahrt. Das erlebt nicht jeder."

„Wahrscheinlich hast du recht. Ich sollte mir nicht die Laune verderben lassen." Sarina prostete Alex zu, der ebenfalls sein Glas hob. „Was macht denn deine Kleine?"

„Es ist unglaublich! Ich hätte nicht gedacht, dass ein so kleines Wesen einen so vollkommen im Griff haben kann." Alex lachte. „Neulich hat sie mich zum ersten Mal angelächelt. Und ich hab vor lauter Rührung angefangen zu heulen. Glaubst du das? Voll Rock'n'Roll, was?"

Sarina lachte. „Ich sag's nicht weiter."

Der Abend wurde doch noch erstaunlich nett, nachdem sich auch Alex' Frau und Keyboarder Mick zu ihnen gesellt hatten. Zwei Drinks, etwas köstliches Fingerfood und einige Tour-Anekdoten später, machte sich ein exklusives Grüppchen von etwa zwanzig Gästen auf in Richtung London Eye. Das gigantische Riesenrad am südlichen Ufer der Themse war mit ovalen, gläsernen Kapseln bestückt, die Sarina in der nächtlichen blauen Beleuchtung an Raumfähren aus einem Science-Fiction-Streifen erinnerten.

Ein adrett gekleideter Kellner begrüßte die Gäste und servierte Champagner. Sarina schnappte sich ein Glas und trat an die Fensterfront. Am gegenüberliegenden

Themseufer erstreckte sich das von Laternen gesäumte Victoria Embankment, welches direkt auf das beleuchtete Parlamentsgebäude und dessen berühmten Glockenturm, Big Ben, zulief. Auch nachts waren auf der Themse noch einige Ausflugsdampfer unterwegs. Es dauerte eine Weile, bis alle Gäste in der Kabine Platz gefunden hatten und sich das eiförmige Gebilde langsam in die Höhe hob. Sarina schaute sich nach Nathan um, der auf der anderen Seite der Kabine mit Blick Richtung Hungerford und Golden Jubilee Bridge inmitten einer lachenden, schwatzenden Gruppe stand. Ihre Blicke trafen sich für einen kurzen Augenblick, bevor Nathan sich der Aussicht zuwandte. Sarina war wütend. Warum hatte er darauf bestanden, sie hier zu treffen, wenn er sie nun nicht einmal ansehen mochte? Sie leerte ihr Glas in einem Zug, stellte es auf einem Tablett auf der ovalen Holzbank in der Mitte der Kabine ab, schnappte sich ein neues Glas und drehte sich wieder dem Fenster zu. Langsam kroch die Kapsel immer höher, bis sie schließlich den höchsten Punkt des Rads erreicht hatte und dort stehen blieb. Sarina ließ ihren Blick über die glitzernden Lichter der Stadt schweifen. War es wirklich die richtige Entscheidung gewesen, Leo gehen zu lassen? Und hatte diese Entscheidung wirklich nichts mit Nathan zu tun gehabt? Natürlich gab es viele andere Gründe, die sie dazu bewogen hatten, ihren Lebensmittelpunkt bis auf Weiteres nach London zu verlegen. Da waren ihre neuen Freunde, ihr Job, ihre wachsende Liebe zu dieser Stadt. Doch wenn sie ehrlich war, konnte sie ihre Gefühle für Nathan davon nicht gänzlich abkoppeln. Er war Teil ihres Lebens hier. Und wie sie sich zunehmend eingestehen musste, war er ein ziemlich wesentlicher Teil. Sarina drehte gedankenverloren das Glas zwischen ihren Fingern. Wäre London ohne Nathan immer noch das London, in das sie sich, ohne es zu wollen, verliebt hatte? Sie ließ in Gedanken ihre Zeit hier Revue passieren. Der Kellner hielt ihr ein Tellerchen mit schokoladenüberzogenen Erdbeeren hin. Während sie die blinkenden Lichter der Stadt betrachtete, knabberte sie die süße, leicht bittere Schokoladenhülle von der Frucht und biss dann herzhaft hinein. Erdbeersüße und Schokolade verbanden sich auf ihrer Zunge mit dem Geschmack des Champagners. Die Kombination war köstlich – dazu der überwältigende Ausblick. Sarina lächelte, als ein Gedanke in ihrem Kopf Form annahm. Mit all den Gründen, die sie bewogen hatten, hierzubleiben, verhielt es sich doch genau wie mit den Schokoerdbeeren und dem Champagner. Jede einzelne Komponente für sich genommen hatte ihren ganz speziellen Reiz. Und zusammen waren sie einfach unwiderstehlich. Erdbeeren waren auch ohne Schokolade ein Genuss. Schokolade brauchte keinen Champagner und Champagner prickelte auch ohne Erdbeeren. Nein, sie war nicht nur wegen Nathan geblieben. Sie wollte hier leben, neue Erfahrungen machen, neue Leute kennenlernen. Nathan war nur eine von vielen Komponenten, die ihr Leben hier so aufregend gemacht hatten. Während sie noch darüber sinnierte, ob Nathan in ihrem Leben der Champagner oder die Schokolade war, legte sich eine Hand auf ihre Schulter.

„Hey!" Sarina drehte sich um und blickte in Nathans Gesicht.

„Schön, dass du gekommen bist." Nathans Miene schien allerdings das genaue Gegenteil zu sagen. „Ein phantastischer Ausblick, nicht?"

Sarina nickte stumm und steckte sich den Rest der Erdbeere in den Mund.

„Ich ... Ich habe die Sendung im Radio gehört und eure Fotos auf der Homepage gesehen", unterbrach Nathan schließlich das Schweigen zwischen ihnen. „Ich freue mich für euch. Du wirst sicher bald nach Deutschland zurückgehen, nicht wahr?"

„Nein. Ich habe mich entschlossen, zu bleiben", entgegnete Sarina. „Du kannst mich gerne für verrückt halten, aber ich habe festgestellt, dass ... dass ich vielleicht doch gar nicht so genau weiß, was ich von der Zukunft erwarte."

Ein kaum merklicher Ruck war durch Nathans Körper gegangen. Mit unverhohlener Neugier sah er Sarina an.

„Und was ist mit Leo?"

„Er wird nach Deutschland zurückgehen und sein Studium beenden. Wir haben beschlossen, Freunde zu bleiben."

Nathan schluckte. Ein Lächeln spielte um seine Mundwinkel. Die Erleichterung stand ihm deutlich ins Gesicht geschrieben.

„Dann seid ihr nicht ... Habt ihr nicht? Und mit ... ähm ... Ich ... ähm ... Und also, ich meine ..."

Sarina musste lachen. Sie hatte Nathan selten so perplex erlebt. Wer hätte gedacht, dass sie ihn eines Tages auch noch würde überraschen können?

„Du dachtest also, ich würde mit Leo zurück nach Deutschland gehen?"

Nathan nickte und nahm einen tiefen Schluck aus seinem Glas.

„Ja. Na ja, ich hab die Radio-Aktion ja selbst eingefädelt, damit du ihn findest. Ich wollte, dass du glücklich wirst. Und dann ...“ Er presste die Lippen aufeinander und sah hinaus. „Dann habe ich gemerkt, wie sehr du mir fehlst und hätte mir selbst in den Hintern beißen mögen.“

Ein Kribbeln machte sich in Sarinas Bauch bemerkbar, das nicht allein auf den Champagner zurückzuführen war.

„Und was jetzt? Wie geht es für uns beide weiter?“

Nathan schwieg eine Weile und sah sie einfach nur an. Er zog eine Augenbraue hoch.

„Ich würde es gern herausfinden. Aber du weißt, ich bin nicht der unkomplizierteste Mensch unter der Sonne und auch nicht der Typ, der sich schnell bindet.“

„Typisch Rockstar!“ Sarina schlug ihm spielerisch mit der flachen Hand auf den Arm. „Du glaubst, die ganze Welt dreht sich immer nur um dich. Ich bleibe ja nicht wegen dir. Na ja ... Jedenfalls nicht nur.“ Sie legte den Kopf schief und grinste.

Nathan rempelte sie sanft mit der Schulter an. „Werd bloß nicht frech! Schlimm genug, dass du mein Leben so auf den Kopf stellst.“

Sarina kicherte. Es fühlte sich an, als sei die Luft zwischen ihnen elektrisch aufgeladen. Die Spannung war kaum auszuhalten. Nathan strich Sarina eine Haarsträhne aus dem Gesicht, die sich aus ihrer Frisur gelöst hatte.

„Du siehst übrigens fantastisch aus.“

„Danke." Sarina fühlte winzige Nadelstiche in ihrem Nacken und unter der Kopfhaut, als Nathans Blick ihren traf.

„Du meinst, wir sollten es probieren?"

„Ich würde gerne sehen, wohin uns die Wellen tragen."

Nathan lachte sein spitzbübisches Zahnlückenlachen. Im bläulichen Dämmerlicht der Gondel wirkten seine Augen dunkel. Er nahm Sarina das Glas aus der Hand. Während er die Gläser abstellte, wandte sich Sarina der Aussicht zu. Nathan trat von hinten an sie heran und schlang die Arme um sie. Er hauchte einen Kuss in ihren Nacken und schmiegte seine Wange an ihre, während sie beide auf die ruhelose, nächtliche Stadt hinausblickten.

„Lass uns einfach sehen, wohin die Reise geht", sagte Sarina leise.

„Auch ohne Garantie?" Nathans Atem streifte Sarinas Ohr und ließ einen angenehmen Schauer über ihren Rücken rieseln. Sie drehte sich zu ihm und schlang ihre Arme um seinen Nacken.

„Ja, auch ohne Garantie. Ich habe allerdings ein sehr gutes Gefühl, was uns beide angeht."

„Ich auch." Nathan sah sie an und lächelte.

„Und jetzt küss mich schon, du Vollidiot!"

Nathan lachte, zog sie fest an sich und streifte sanft ihre Lippen mit seinen, die sich wie selbstverständlich zu einem leidenschaftlichen Kuss öffneten. Sarinas Körper kribbelte von den Zehen bis in die Haarspitzen, als sie sich hungrig an Nathan presste und den Kuss mit einer Leidenschaft erwiderte, als wäre es ihr letzter Tag auf Erden.

Ja. Sarina war sich sicher. Nathan war definitiv der
Champagner.

Glossar: Finnisch fluchen mit Pävi

Voi paska!	Oh, Scheiße!
Vittulan Väki!	Verdammte Scheiße nochmal! (wörtlich: Bewohner von Fotzenhausen! – „vittu" ist sehr häufige Zutat von finnischen Flüchen und ist ein derber Ausdruck für „Vagina")
Hyppää kaivoon!	Geh mir weg! (wörtlich: Spring in einen Brunnen!)
Helvetin Hyvä!	Absolut geil! (wörtlich: Höllisch gut!)
Mita vittua!?	Waaaaas? / Was zum Geier? (etwa wie: What the fuck?!)
Perkele!	Scheiße! (wörtlich: Teufel!)
Vittu tätä paskaa!	Zur Hölle mit diesem Scheiß! Scheiß drauf!

Hitto!	Verdammt! (wörtlich: Aas)
Voi kyrpä!	Oh Scheiße! (wörtlich: Oh Schwanz!)
Hemmetti nyt mulla alkaa oikeesti kasvamaan kyrpä otsaan!	In etwa: Verdammt, jetzt werde ich aber echt sauer! Zur wörtlichen Übersetzung sei nur so viel gesagt: in dieser farbenfrohen Metapher droht dem Fluchenden ein primäres männliches Geschlechtsteil aus der Stirn zu wachsen ...
Jumalauta!	Heilige Scheiße! (wörtlich: Gott hilf!)

Danksagungen

Mein Dank gilt wie immer allen, die mich mit guten Ideen, Ratschlägen und viel Geduld unterstützt haben, insbesondere natürlich Kari, Evelyn und meinem Mann Michael. Darüber hinaus danke ich Petri für seinen Expertenrat in Sachen finnische Vulgärsprache (Kiitos paljon, kulta!), der unbekannten Dame mit den quietschblauen Doc Martens auf Google Streetview, meinem vierjährigen Sohn, dessen Planscherei im Shakespeare-Brunnen am Leicester Square bei unserer Mutter-Sohn-Rechercherreise mich zu einer meiner Lieblingsszenen inspiriert hat, dem netten jungen barfüßigen Mann im Hyde Park, mit dem wir die Schwäne gefüttert haben und meinen Mädels von der *Romance Alliance*, die mir immer wieder unglaubliche Motivationsschübe verschaffen. Dabei geht ein ganz besonders dickes Dankeschön an unsere „Gruppen-Mutti" Bettina, die den Laden mit viel Herz und Humor sowie einem unglaublichen Organisationstalent zusammenhält. Ich hab euch lieb!!

Nicht zuletzt gilt mein Dank natürlich London, dieser wunderbaren, schrecklichen, tosenden, lärmenden, bunten, faszinierenden und liebenswerten Stadt, die ich während meiner vielen Aufenthalte und vor allem während meines Auslandsjahrs in England lieben gelernt habe.

Liebe Leserinnen und Lesen.

Rockstar Kisses – Verliebt in London ist mein dritter zeitgenössischer Liebesroman und bereits im Jahr 2016 erschienen. Jetzt habe ich ihn noch einmal überarbeitet und die Gelegenheit erhalten, ihn in neuem Gewand noch einmal aufleben zu lassen. Genau wie bei der Erstveröffentlichung bin ich nun natürlich gespannt – und auch ein kleines bisschen nervös –,wie der Roman bei euch ankommt, ob euch meine Figuren und ihre Geschichte gefallen. Daher freue ich mich immer über Rückmeldungen – ob in Form einer ausführlichen Rezension oder einer kurzen Nachricht an mich. Zu den Vorzügen unserer modernen, vernetzten Welt gehört es ja, dass es viel einfacher und unkomplizierter ist, mit seinen Leserinnen und Lesern in Kontakt zu kommen. Auf den Dialog mit meinen Leserinnen und Lesern lege ich großen Wert. Ich bin daher natürlich auch in den sozialen Netzwerken präsent und habe eine Autorinnenhomepage für euch erstellt. Auch auf den Buchmessen in Leipzig und Frankfurt bin ich meistens anzutreffen. Ich war nun schon viermal in Frankfurt und zweimal in Leipzig und kann nur sagen, dass ich es großartig finde, meinen Leserinnen und Lesern, aber auch meinen Kolleginnen und Kollegen persönlich begegnen zu können. Schön ist auch immer, dass man Gesichter mit den Namen verbinden kann, die man schon aus dem Netz kennt – insbesondere im Kontakt mit den Bloggerinnen und Bloggern. Ich freue mich jedes Mal auf diese Begegnungen. Nutzt also gerne die Gelegenheit, mich zu kontaktieren oder vielleicht auch einmal live zu treffen:

Aktuelle Informationen über mich und meine Projekte findet ihr auf meiner Autorinnenhomepage: http://dorothea-stiller.de.

Auf meiner Facebook-Seite (https://www.facebook.com/dorothea.stiller/) teile ich regelmäßig Neuigkeiten, Textvorschauen, Gewinnspiele und mehr mit meinen Leserinnen und Lesern. Ich würde mich freuen, euch dort wiederzutreffen!

Auch auf Twitter bin ich aktiv: http://twitter.com/StillerDorothea.

Rezensionen sind für Autorinnen und Autoren ein wichtiges Feedback und auch für Leserinnen und Leser sehr hilfreich bei der Wahl ihres nächsten Buches. Wenn ihr eine Rezension verfasst, freue ich mich sehr. Ob positiv oder negativ, alle Rückmeldungen sind hilfreich.

Gerne könnt ihr mich auch per E-Mail kontaktieren unter: info@dorothea-stiller.de

Einige meiner Kolleginnen und ich haben sich zu einer Autorengruppe zusammengeschlossen. Die *Romance Alliance* und aktuelle Informationen über unsere gemeinsamen Aktionen und Projekte findet ihr hier: https://romance-alliance.com/.

Ich wünsche euch weiterhin viele (ent)spannende, prickelnde, fesselnde, witzige und traumhafte Leseerlebnisse! Bei dp Digital Publishers werdet ihr bestimmt fündig.

Viel Spaß beim Stöbern und Schmökern!

Eure Dorothea Stiller